Andrea Reinhardt

So laut das Schweigen

Impressum

Alle Personen und Handlungen sind frei erfunden. Ähnlichkeiten mit realen Personen sind zufällig und nicht beabsichtigt.

© 2024 Andrea Reinhardt

www.andreareinhardt.de

1. Auflage

Umschlag/Covergestaltung: Buchcoverdesign.de / Chris Gilcher –

https://buchcoverdesign.de

Lektorat:

Luise Deckert, www.luise-deckert.de

Korrektorat: Diana Alchanow

Herstellung & Verlag: BoD – Books on Demand, Norderstedt

Taschenbuch: ISBN 9783759766366

Bibliografische Information der Deutschen Nationalbibliothek: Die Deutsche Nationalbibliothek verzeichnet diese Publikation in der Deutschen Nationalbibliografie; detaillierte bibliografische Daten sind im Internet über dnb.dnb.de abrufbar.

Kontakt

kontakt@andreareinhardt.de

Komplizen-Letter/ Newsletter

https://andreareinhardt.de/newsletter

Zur Autorin:

Andrea Reinhardt schreibt seit 2017 erfolgreich Thriller und lebt seit 2020 den Traum der Schriftstellerei. Nur aus Versehen ist die gelernte Kinderkrankenschwester zur Täterin geworden und verfasst seitdem emotionale, dramatische und perfide Verbrechen. Sie lebt heute einen Traum, den sie nie geträumt hat, trotzdem wurde das Schreiben ihre Berufung.

Schon mit ihrem Debüt Teufelseltern schaffte sie es in die Top 100 der allgemeinen Amazon Charts und erfreut sich seitdem einer wachsenden Leserschaft. Dabei greift sie zu Themen, die unter die Haut gehen, nimmt ihre Komplizen auf eine Reise mit, auf der diese in den Kopf des Täters, des Opfers und des Ermittlers sehen können.

Andrea Reinhardt

So laut das Schweigen

Psychothriller

»Wenn ich eine Story zu Ende erzählt habe, ist es, als komme ich von einer langen Reise nach Hause, während der ich in verschiedene Rollen geschlüpft bin. Ich habe die Charaktere gespielt, war Opfer, Täter, Zuschauer und Held zugleich.«

Für Ellena

»Du bekloppt, ich bekloppt, ein perfektes Team! «

In diesem Buch werden sehr viele medizinische Begriffe genutzt, die für den professionellen Auftritt des medizinischen Personals sehr wichtig sind. Um einige Begriffe besser zu verstehen, gebe ich hier eine kleine Liste zum besseren Verständnis.

-*ADHS*: Aufmerksamkeits-/ Hyperaktivitätsstörung

-*NeuroSynaptin*: ist ein ausgedachtes Medikament

-*NEBA*: ist ein spezieller Hirnwellen-Test (EEG), das zur Diagnose für ADHS zugelassen ist

-*Kanülen*: Hohlnadeln, zum Blutabnehmen, oder Spritzen von Medikamenten

-*EEG:* Test zur Hirnstrommessung

- *präfrontaler Cortex*: vorderes Gehirnareal, das zB für Bewegung und kognitives Denken verantwortlich ist.

-*Amygdala*: eine Struktur im Gehirn, die für die Emotionen wichtig ist, außerdem kontrolliert sie Reflexe und Körperfunktionen

-*Phenobarbital*: ein Medikament, um einen Krampfanfall zu unterbinden

-*Injektion:* Verabreichung eines Medikamentes in die Vene

-*Resting-State-fMRT*: ein Bildgebungsverfahren, bei dem der Patient eine Aufgabe lösen muss

-*Positronen-Emissions-Tomographie*: ein Bildgebungsverfahren, bei dem Stoffwechselvorgänge im Körper gemessen werden

-*Neurotransmitter*: Stoffe, die Reize von einer Nervenzelle zu einer anderen Zelle weitergibt

- *Tubus*: Beatmungsschlauch
- *Dormicum und Ketamin*: Medikamente zur Sedierung
- *Salbutamol*: ein Medikament zum Inhalieren bei verengter Lunge und verengten Bronchien

1

Das kleine Mädchen lag in einem weißen, gespenstisch langen Kleid auf dem Bett. Die blonden Haare klebten an der feuchten Stirn. Ihre Haut war so kalkweiß, dass sie in dem künstlichen Licht des Raumes beinahe unwirklich leuchtete und die Wandfarbe fahl erscheinen ließ. Die Hände und Füße waren mit breiten Schnallen ans Bett gefesselt. Sie wand sich mit aller Kraft, zerrte an den Fesseln, doch jede Bewegung schien ihre Lage nur zu verschlimmern. Die Augen waren voller Entsetzen aufgerissen und starrten panisch an die hohe, rissige Zimmerdecke. »Hilfe«, schrie sie. Die Stimme hatte verzweifelt geklungen und wurde von dem Raum verschluckt.

Ein hochgewachsener Mann mit breiten Schultern trat auf das blonde Mädchen zu und beugte sich über das Bett.

Das Kind schrie noch lauter und kämpfte wild gegen die Fesseln.

Die groben Pranken des Mannes senkten sich unerbittlich zu ihrer Kehle und legten sich fest um ihren Hals.

Das ganze Bett bebte, während die Kleine zitterte, bis sie sich plötzlich nicht mehr bewegte.

Miriam schrak auf, setzte sich auf und blickte sich panisch im Schlafzimmer um. Der Schweiß rann ihr über die Stirn und lief zwischen ihren Brüsten hinunter bis zum Bauchnabel. Ihr Atem ging schnell und ihr Herz raste, als hätte sie gerade einen Marathon hinter sich gebracht.

Miriam kannte diese Reaktion und wusste, wie sie sich beruhigen konnte. Sie schaute an die gegenüberliegende Wand. »Es war nur ein Traum. Ich bin in meinem Schlafzimmer. Da ist mein weißer Kleiderschrank mit den goldenen Verzierungen, die ich so mag. Ich sehe meinen übergroßen Spiegel, meine Büchersammlung, mein schwarzes Rollo.«

Ihr Atem beruhigte sich und auch das Herz schlug nicht mehr so wild, dass es fast aus dem Brustkorb sprang. Miriam wischte sich den Schweiß ab und schaute auf die Uhr.

Es war erst 5:30 Uhr und sie könnte noch mindestens eine Stunde schlafen, doch dazu war sie nun nicht mehr in der Lage. Also entschied sie, vor der Arbeit ein wenig joggen zu gehen, um sich den Kopf frei zu laufen. Sie kroch aus dem Bett und band sich die langen blonden Haare zu einem hohen Dutt. Dann zog sie ihre Sportsachen an, nahm ihr Handy, setzte die Kopfhörer auf und ging in die Küche.

Dort roch es nach altem Fett von den Burgern, die sie und ihre Freundin Josephin am Abend zuvor gebraten hatten.

Sie würgte bei dem Geruch. Schnell riss sie das Fenster auf, trank einen großen Schluck Wasser und verließ das Haus.

»Guten Morgen, Miriam«, begrüßte die nette Nachbarin sie, die jeden Tag in der Früh zur Arbeit aufbrach. »Wieder nicht so gut geschlafen?« Vor einer Weile hatte Miriam der Nachbarin erzählt, dass sie von Albträumen geplagt wurde, als diese sie gefragt hatte, wie sie so diszipliniert morgens zwischen 5 und 6 Uhr joggen gehen konnte.

Miriam lächelte bedauernd. »Ja, leider. Ich renne es mir jetzt von der Seele.«

»Dann wünsche ich dir einen schönen Tag.« Die Nachbarin stieg auf ihr Fahrrad und radelte über die Heinrich-Heine-Straße.

Miriam folgte ihr und bog in die Straße An der Spreewaldbahn ein, die zum Kletterwald Lübben führte. Hinter dem begann ihre übliche Laufstrecke.

Sie liebte die Sommermonate, denn da wurde es so früh hell und sie konnte die Waldrunde vor der Arbeit drehen. Im Winter traute sie sich das nicht, weil sie aus irgendeinem Grund panische Angst im Dunkeln hatte.

Sie startete ihre Musik und ließ sich von ihr tragen. In gemächlichem Tempo rannte sie über den unebenen Waldboden und steigerte sich.

Schon nach einigen Metern brannten ihre Oberschenkel und sie drosselte die Geschwindigkeit. Der Schlafmangel machte ihr zu schaffen, deshalb war sie nicht fit genug für einen Sprint. Obwohl sie langsamer geworden war, raste ihr Herz so stark, dass es in ihren Ohren rauschte. Sie stellte die Musik lauter und zwang sich, ruhig zu atmen.

Nach einigen Metern hörten die Oberschenkel auf zu brennen und ihre Füße bewegten sich fast automatisch über den Boden.

Der dichte Wald bedeutete für Miriam Freiheit fernab von den Geräuschen des Alltags. Die morgendliche Stille umhüllte sie wie ein schwerer Mantel, in dem sie sich vor den bösen Träumen verstecken konnte. Die ersten Sonnenstrahlen brachen durch das Blätterdach und warfen ein wunderschönes Lichtspiel auf den moosbewachsenen Boden. Der Duft von feuchtem Laub und Erde stieg ihr in die Nase, wodurch sie entspannte. Ihr Atem war nun ruhig und ging im Takt mit ihren Schritten.

Warum konnte sie sich nicht immer so frei fühlen? Sie war fünfunddreißig Jahre alt, eine Frau, die mitten im Leben stand, und trotzdem war sie noch nicht angekommen.

Ihr Gedankenkarussell lenkte sie zu sehr von ihrer Runde ab, deshalb konzentrierte sie sich mehr auf den Weg. Als sie einen leichten Anstieg erreichte, spannten sich ihre Muskeln an. Sie erhöhte die Kraftanstrengung, um nicht langsamer zu werden, und drosselte sie wieder, nachdem sie die Steigung überwunden hatte.

Ihre Lungen füllten sich mit der frischen Morgenluft. Das Gefühl der Entspannung breitete sich immer weiter in ihr aus. Doch sie spürte tief in sich noch die Nachwirkungen des Traumes, der sie seit über einem Monat verfolgte.

Diese nächtliche Quälerei hatte nach ihrem Krankenhausaufenthalt vor sieben Wochen begonnen. Sie hatte eine Blinddarmoperation gehabt und in der Nacht hatte es Komplikationen gegeben. Sie erinnerte sich daran, wie ein paar Ärzte und Pfleger auf sie gestürzt waren. Es war Hektik ausgebrochen. Alle hatten an ihr herumgefummelt, bis sie eingeschlafen war. Seitdem plagten diese Träume sie.

Josephin hatte erst am Abend zuvor mit ihr darüber gesprochen und beide waren zu dem Schluss gekommen, dass in Miriam durch den Vorfall in der Klinik unbewusste Erinnerungen wach geworden waren, die sich nun in Form von Träumen einen Weg an die Oberfläche bahnten. An die Zeit in der Psychiatrie und an den Grund, weshalb sie dort gewesen war, konnte sich Miriam nämlich nicht mehr erinnern.

Plötzlich durchzuckte ein eisiger Schauer sie. Ein Bild blitzte vor ihrem inneren Auge auf: das kleine Mädchen, gefesselt und verzweifelt mit weit aufgerissenen Augen voller Panik.

Dann war es wieder weg.

Miriam wurde schwindlig. Sie hielt an, beugte sich nach vorne, stützte sich mit den Händen auf den Oberschenkeln ab und zwang sich, ruhig zu atmen. Es war eine Sache, dass sie fast jede Nacht von diesem mysteriösen Mädchen träumte, aber dass sie es auch im Wachzustand sah, beunruhigte sie.

»Vielleicht gehst du damit mal zu einem Psychologen«, hatte Josephin zu ihr gesagt.

Miriam wollte dringend, dass die Träume aufhörten. Doch ein Psychologe kam nicht infrage. Sie konnte sich nicht richtig erklären, was diese Abneigung verursachte, aber sie fühlte sich nicht wohl dabei, sich vor einem fremden Menschen zu entblößen.

Das Grübeln blockierte sie beim Laufen, sie musste damit aufhören. Sie holte noch einmal tief Luft und setzte sich dann langsam wieder in Bewegung. Doch je weiter sie joggte, desto intensiver kamen die Bilder.

Das Mädchen auf dem Bett, der hochgewachsene Mann mit den beängstigend großen Händen, die sich um den Hals des Kindes schlossen. Die Panik der Kleinen, ihr verzweifelter Kampf gegen die Fesseln - alles schien so real, als wäre es wirklich passiert.

Miriam schüttelte den Kopf, um die Bilder zu vertreiben, aber sie verweilten hartnäckig. Ihre Sorge verwandelte sich in Wut, weil diese Träume ihr Leben zunehmend negativ beeinflussten. Sie schlief kaum noch. Ihr Appetit ließ zu wünschen übrig. Deshalb hatte sie schon acht Kilo verloren, was für ihre ohnehin schlanke Silhouette nicht gerade förderlich war und dafür sorgte, dass sie krank aussah. Weil sie meist wenig Energie hatte, litten auch die sozialen Kontakte. Sie fühlte sich einfach zu schlapp, um sich zu verabreden. In letzter Zeit war nur Josephin zu Besuch gekommen, weil diese nicht der Mensch war, der ständig ausgehen wollte.

Um die Wut und die schrecklichen Bilder loszuwerden, biss sie die Zähne zusammen und sprintete los. Sie übersah fast einen abgebrochenen Ast, der quer über dem Weg lag, konnte jedoch rechtzeitig darüber springen.

Ihr Atem beschleunigte sich, in ihrer Lunge brannte es, sie fühlte sich lebendig. Die Bäume rasten an ihr vorbei. Dann schrie sie all ihre Last heraus.

Vor ihr auf dem Pfad erschien plötzlich das Kind aus ihren Träumen.

Blut breitete sich auf dem weißen Kleid des Mädchens aus. Die rote, zähe Flüssigkeit tropfte vom Bett, lief wie ein Rinnsal den sterilen Boden entlang, so als wollte sie einen Weg weisen.

Miriam stürzte und blieb erschöpft liegen. Das kühle Moos klebte an ihrer Wange. Am liebsten hätte sie die Augen geschlossen, um sich auszuruhen, doch sie hatte Angst vor den Bildern. Mit letzter Kraft hievte sie sich hoch, beendete die Musik und gab auf. Zum Joggen war sie zu geschwächt und zu nervös. Sie drehte um und machte sich auf den Weg nach Hause.

Zurück in der Wohnung duschte sie. Anschließend trank sie einen Smoothie mit Orange, Mango, Banane und Ingwer, damit sie wenigstens etwas im Magen hatte. Dann fuhr sie mit dem Fahrrad zur Arbeit. Ihre Gedanken kreisten um diesen Albtraum, der nun sogar im Wachzustand erschien.

Das Hupen eines Autos ließ sie zusammenzucken. Sie riss den Lenker herum, knallte mit dem Vorderrad gegen den Bordstein und stürzte vom Fahrrad. »Au, verdammt.«

Sie hielt sich den Bauch, weil sie mit ihm auf das Gestell gefallen war.

»Passen Sie doch auf. Immer diese unvorsichtigen Fahrradfahrer«, schrie der Autofahrer und raste an ihr vorbei.

»Danke, du Arschloch«, brüllte sie hinterher. Sie schaute an ihren Ellenbogen, weil es dort brannte. Er war aufgeschürft und blutete.

»Sind Sie verletzt?«, fragte eine Dame, die mit ihrem Hund vorbeilief. »Soll ich einen Krankenwagen rufen?«

»Nein, vielen Dank, lieb, dass Sie fragen. Mir geht es gut. Nur eine kleine Schürfwunde.« Miriam stand auf und hob ihr Fahrrad vom Boden.

»Sie müssen achtsamer sein, junges Fräulein«, mahnte die Frau. »Das Auto hätte Sie fast erwischt, Sie sind Schlenker gefahren. Gut, dass Sie wenigstens einen Helm tragen.«

Miriam schaute beschämt nach unten, sie war mal wieder durch die Gedanken zu abgelenkt gewesen. »Sie haben recht, es war meine Schuld. Ich muss mich auf den Verkehr konzentrieren.«

»Der Rowdy hätte Ihnen trotzdem helfen können.« Die Passantin lächelte. »Ich wünsche Ihnen einen schönen Tag.«

Miriam holte tief Luft und radelte weiter, hochkonzentriert auf die Straße. Sie war heilfroh, kurze Zeit später an ihrer Marketingagentur anzukommen.

Als sie die Büroräume betrat, eilte ihre Partnerin, mit der sie die Firma vor fünf Jahren gegründet hatte, auf sie zu. »Miri, wir haben einen richtig dicken Fisch an Land gezogen.« Josephin grinste breit. Ihre Wangen leuchteten rot. »Wir übernehmen für ein bekanntes Unternehmen die komplette Neuausrichtung. Marketingkonzepte, Design, Content und die Betreuung der Onlineshops inklusive dem Online-Marketing.«

Miriam sprang ihrer Freundin um den Hals. »Wow, das ganze Programm. Das ist viel. Warum Neuorientierung?«

»Sie möchten ihr Branding den aktuellen Trends anpassen. Die Geschäfte laufen gut, aber sie wollen ihre Zielgruppen erweitern. Ihre bisherige Marketingagentur kann das nicht umsetzen. Deshalb kommen wir ins Spiel. Das dürfen wir nicht versauen.«

Miriam lächelte. »Werden wir nicht. Sie arbeiten von nun an mit den Besten.« Sie zwinkerte.

Josephin schaute an ihr herunter. »Die Leiterin der besten Agentur sollte aber ordentlicher gekleidet sein. Hast du die Straße geküsst?«

Miriam seufzte. »Ja, ich war unkonzentriert und bin gefallen. Halb so schlimm. Ich habe noch Ersatzkleidung hinten und ziehe mich schnell um.«

»Dasselbe Thema?« Ihre Freundin hob eine Augenbraue.

Miriam zuckte mit den Schultern.

»Bisher waren es nur Träume, aber jetzt sehe ich dieses Kind so, als wäre ich dabei gewesen. Es hängt mit meiner Kindheit zusammen. Vielleicht bin ich das Mädchen damals in der Psychiatrie. Es kommt mir immer so vor, als wäre ich aus meinem Körper getreten und würde von außen beobachten, was mit mir geschieht. Nur glaube ich nicht, dass jemand so was Schreckliches mit mir angestellt hat.«

Josephin verschränkte die Arme, lehnte sich an den Türrahmen und sah Miriam eindringlich an. »Vielleicht spinnt sich dein Gehirn ja etwas zusammen. Schließlich erinnerst du dich nicht mehr bewusst an eine lange Zeit deiner Kindheit und auch nicht an den Aufenthalt in der Psychiatrie. Es könnte sein, dass du etwas erlebt hast, das dir Angst gemacht hat, und dass dir dein Unterbewusstsein nun Brocken hinwirft. Ich habe mal einen Bericht gesehen, in dem erklärt wurde, dass verdrängte Erinnerungen irgendwann an die Oberfläche zurückkommen. Vielleicht könnten deine Träume dadurch entstehen.«

Miriam nickte. »Das ist möglich. Mama und Papa haben mir nur gesagt, dass ich immer traurig war und darum behandelt wurde. Ich habe auch nie wirklich danach gefragt, das sollte ich endlich tun.«

Josephin lächelte. »Das solltest du und ich helfe dir dabei, damit du endlich wieder voll im Leben durchstarten kannst. Ich kann mir ja gar keine bessere Partnerin vorstellen.«

»Ja, ich mir auch nicht. Wer hätte gedacht, dass ich mal eine eigene Agentur mit der besten Freundin leite, die man haben kann?« Miriam sah sich im Büro um.

»Du wärst sicher auch eine gute Ärztin geworden, aber du bist eine großartige Mediengestalterin. Gott sei Dank hattest du hier Verwandtschaft, sonst wärst du irgendwo gelandet, nur nicht bei mir«, sagte Josephin.

Auch Miriam empfand es als glückliche Fügung. Seit sie die Psychiatrie als Kind verlassen hatte, war sie ständig traurig gewesen. Zwar hatte sie die liebevollsten Eltern, damals hatte sie sogar gute Freunde und ihre große Liebe

Florian gehabt, aber in ihrem Inneren hatte immer eine Leere geherrscht. Im Medizinstudium, das sie nach dem Abi angefangen hatte, war ihr Unwohlsein schlimmer geworden. Sie hatte sich mit dieser beruflichen Perspektive nicht wohlgefühlt.

Eigentlich hatte sie nur ein paar Tage zu ihrer Tante in den Spreewald fahren wollen, um sich zu erholen und darüber nachzudenken, was sie statt des Studiums mit ihrem Leben anfangen wollte. Aus Tagen waren Wochen geworden, weil ihre Tante das Geschick hatte, sie aufzumuntern. Sie hatte sich wohler gefühlt. Die dunkle Seite in ihr war zwar noch dagewesen, doch nicht mehr so präsent wie in Koblenz.

Bei einem Fest hatte sie Josephin kennengelernt. Diese hatte ihr voller Begeisterung von der Ausbildung zur Mediengestalterin erzählt, was Miriams Interesse geweckt hatte. Ein paar Wochen später hatte auch sie diese Lehre in Lübben begonnen.

Ihre Eltern waren zwar traurig gewesen, aber sie wollten, dass sie glücklich war. Miriam telefonierte regelmäßig mit ihnen und sie waren auch schon ein paarmal zu Besuch in den Spreewald gekommen.

»Hey.« Josephin gab ihr einen Schubs. »In welchem Traum steckst du gerade?«

Miriam lachte. »Es war ein guter. Ich habe darüber nachgedacht, wie ich hier gelandet bin und wie sehr es mir geholfen hat. Mein Leben war in den letzten Jahren großartig. Deshalb ärgert es mich, dass ich seit Wochen diese quälenden Träume hab.«

»Du warst seit fünfzehn Jahren nicht zu Hause, weil du vor irgendetwas weggelaufen bist. Ganz bestimmt sind dieser Florian und deine Scham nicht die einzigen Gründe, die dich von einer Rückkehr abhalten. Es gibt einen Zusammenhang, den du verdrängst. Was ist, wenn du während deiner Erkrankung ein schlimmes Erlebnis hattest und dein Unterbewusstsein jetzt versucht, es zu verarbeiten? Der Krankenhausaufenthalt hier hat da möglicherweise eine Wunde aufgerissen. Nimm dir ein paar Tage frei, besuch deine Familie und finde heraus, was die Ursache für deine Träume sein könnten.«

Miriam wurde bei der Vorstellung übel. Sie liebte ihre Eltern abgöttisch. Aber der bloße Gedanke an ihre Heimatstadt Koblenz verursachte bei ihr ein schreckliches Gefühl, ohne dass sie es erklären konnte. Sie bekam Schweißausbrüche, ihr Atem ging schneller, ihr Herz raste.

»Alles in Ordnung?« Josephin war vor sie getreten und hatte eine Hand auf ihre Schultern gelegt. »Du bist auf einmal ganz blass.«

»Ich habe Angst, dass diese unendliche Traurigkeit und diese dunklen Momente wiederkommen, sobald ich in Koblenz bin. Das hat mich kaputt gemacht, ich möchte mich nicht noch einmal so fühlen.«

»Das verstehe ich«, sagte Josephin und zog eine mitleidige Miene. »Deine Träume und auch diese Art Flashbacks zeigen dir, dass dein Unterbewusstsein etwas verarbeiten will. Solange du nichts unternimmst, wird das nicht enden.«

»Ich weiß.« Miriam seufzte. »Ich fahre, sobald wir den Großauftrag beendet haben, das habe ich mir fest vorgenommen.«

Josephin schüttelte den Kopf. »Verschwende keine Zeit mehr. Wir haben ein gutes Team, mit dem schaffe ich die erste Phase des Auftrags. Kümmere dich um diese Angelegenheit.«

»Aber …«

Ihre Partnerin stoppte Miriam mit der Hand. »Keine Widerrede, du fährst nach Koblenz. Wir schaffen das hier.«

Miriam war völlig überrumpelt. »Was soll ich denn meinen Eltern sagen, wenn ich nach so vielen Jahren plötzlich wieder vor der Tür stehe?«

»Die Wahrheit. Du willst die Vergangenheit aufarbeiten und dazu brauchst du Unterstützung. Sie können dir dann auch gleich Arztbriefe von deinem Aufenthalt in der Psychiatrie geben.«

Eigentlich war Miriam froh, dass Josephin ihr dieses Angebot machte. Schon länger hatte sie überlegt, für einen Urlaub in die Heimat zu fahren, um den Grund ihres Psychiatrieaufenthaltes zu erfahren. So ein sensibles Thema wollte sie nicht übers Telefon besprechen. »Bist du sicher, dass ich dich hier allein lassen kann?«

»Absolut.« Josephin ging an den Computer. »Ich suche dir für morgen früh eine Zugverbindung heraus. Dann hast du noch Zeit, deine Eltern darauf vorzubereiten, dass du sie besuchst.«

2

Es war Mittag, als Miriam endlich am Hauptbahnhof in Koblenz ankam. Sie hatte in Berlin sowie in Dortmund umsteigen müssen und war froh, dass die Züge dieses Mal keine Verspätungen gehabt hatten.

Miriam lief vor dem Bahnhofsgebäude auf und ab, um sich warm zu halten. Sie ärgerte sich über Sebastian, weil er noch immer nicht da war. Eigentlich wollte sie ein Taxi nehmen, doch ihr Vater hatte darauf bestanden, dass ihr Bruder sie abholen kam. Seit fünfzehn Minuten wartete sie auf ihn, da hätte sie längst bei ihren Eltern sein können. Sie setzte sich auf einen Pfeiler und schaute erneut auf ihr Handy. Kurz überlegte sie, ob sie Sebastian anrufen sollte, doch sie wusste, dass er dann mit übler Laune auftauchen würde. Wahrscheinlich war er sowieso schon angesäuert, weil ihr Vater ihn dazu zwang, sie abzuholen.

Sie scrollte durch ihre Nachrichten, um die Zeit zu überbrücken. Schon seit sie einen Fuß auf Koblenzer Boden gesetzt hatte, waren Schuld und Scham in sie gekrochen, die sie gegenüber ihren ehemaligen Freunden hegte. Sie hatte sich vorgenommen, sich auch mit ihnen zu treffen, um sich zu entschuldigen. Als Erstes würde sie Florian fragen, ob er Lust hätte, sich mit ihr zu verabreden.

Seine letzte Nachricht vor drei Jahren hatte Miriam nie beantwortet.

Sie seufzte. Es tat ihr mittlerweile so leid, dass sie ihn ohne Vorwarnung zurückgelassen hatte.

Florian war eine der wenigen Personen gewesen, die ihr ein bisschen Freude bereitet hatte, es war nur nicht ausreichend gewesen, um sie von ihrer Traurigkeit zu befreien.

Dass sie sich nie mehr bei ihm gemeldet hatte, plagte ihr Gewissen. Aber sie hatte ihre Vergangenheit komplett hinter sich lassen müssen, um neu anzufangen. Ihre Liebe zu ihm war stark gewesen und sie hätte sich nur gequält, wenn sie die über die Entfernung aufrechterhalten hätte. Außerdem wäre es auch nicht fair ihm gegenüber gewesen, um eine Beziehungspause zu bitten. Er hatte ebenso neu anfangen müssen und das hätte er nicht gekonnt, wenn sie ihn hingehalten hätte.

Miriam verlor den Mut, ihm zu schreiben, und schloss die Nachrichten-App.

Plötzlich tauchten wieder diese Bilder aus dem Traum vor ihrem inneren Auge auf. Das kleine, blonde Mädchen lief aufgebracht in dem Krankenzimmer umher.

Miriam hatte das Gefühl, das Geschehen durch eine Scheibe zu beobachten.

Die Kleine schrie und schlug gegen das Glas. »Hilf mir endlich«, brüllte sie. Noch nie war es so real gewesen, dass das Kind sogar mit ihr gesprochen hatte. Es schaute

Miriam direkt an. Die Haut war bleich, es hatte schwarze Augenränder. Es fehlten die Wimpern und Brauen, so als hätte man sie abrasiert oder ausgerupft. Das Weiß war übersät mit roten Äderchen. Aus den Winkeln liefen Blut und Tränen. »Hol mich hier raus«, schrie das Mädchen so laut, dass Miriam zusammenfuhr.

Ihr Herz raste. Sie starrte das Kind an, war unfähig, sich zu rühren.

Von hinten trat jemand an das Mädchen heran. Es legten sich wieder diese großen starken Arme des Mannes, den Miriam schon oft in ihren Träumen gesehen hatte, um den Hals des Kindes. Er hatte etwas in der Hand, das wie ein Bohrer aussah. Miriam hielt die Luft an, als er diesen an den Kopf des Mädchens hielt.

»Was soll das?«, rief Miriam und klopfte gegen die Scheibe. »Hören Sie auf!«

Blut spritzte gegen das Glas.

Das Kind starrte eindringlich in Miriams Augen.

Die Scheibe beschlug, so als setzte sich Nebel darüber. Blutspritzer vermischten sich mit dem weißen Dunst.

»Bitte hören Sie auf«, flehte Miriam.

Plötzlich stieß sie jemand von hinten an. »Spinnst du total?«

Miriam fuhr herum und sah in die angewiderte Miene ihres Halbbruders.

»Was veranstaltest du hier für einen Zirkus?« Er wedelte mit der Hand vor seinem Gesicht.

Miriam holte tief Luft, damit sich ihr Herz beruhigte, und drehte sich einmal im Kreis, um sich zu orientieren.

Auf der anderen Seite der Straße stand eine Frau, die sie stirnrunzelnd ansah.

»Kommst du jetzt?«, fragte Sebastian. »Es ist peinlich, wie du dich hier verhältst. Außerdem darf ich hier nicht parken.«

Miriams Beine zitterten, so heftig hatte die Erscheinung des Kindes sie getroffen. Es war so real gewesen. Höchste Zeit, dass sie es in Angriff nahm, ihre Vergangenheit zu verarbeiten. Sie verstaute ihren Koffer sowie ihren Rucksack im Auto und setzte sich auf den Beifahrersitz. Genervt schaute sie Sebastian an, der auf der Fahrerseite einstieg. »Schön, dass du es noch geschafft hast. Müssen wirklich Umstände sein, mich hier abzuholen.«

»Glaub mir, ich hätte andere Dinge zu tun, als mich um eine Verrückte zu kümmern.«

»Doch wenn Papi den kleinen Sebastian um etwas bittet, dann tut er das auch.« Miriam wollte eigentlich nicht so barsch sein, er hatte es nicht verdient, ihre Angst und den Zorn abzubekommen.

Aber ihr Verhältnis war schon immer schlecht gewesen. Sebastian spielte den lieben, braven Sohn, der seinem Vater alles recht machen wollte. Dabei war er ein großes Arschloch. Seit der Zeit in der Klinik stellte er Miriam so dar, als wäre sie verrückt geworden. Sie hatte keine Lust, noch mehr Zeit als nötig mit ihm zu verbringen, und hoffte, dass er bald losfuhr.

Tatsächlich parkte er aus, aber warf ihr direkt danach einen giftigen Blick zu. »Spar dir deinen Sarkasmus. Ich kümmere mich wenigstens um unsere Eltern. Du hingegen tauchst hier jahrelang nicht auf und willst dann, dass alle springen.«

»Bullshit. Ich habe Papa gesagt, dass du mich nicht abholen brauchst. Wenn ich nicht auf dich hätte warten müssen, wäre ich zehnmal schneller gewesen.« Sie verschränkte die Arme und sah aus dem Fenster, während er ihr einen Vortrag über Verantwortung hielt. Kaum war sie in Koblenz, wollte sie schon wieder zurück in den Spreewald. Doch sie wollte Sebastians Anfeindungen nicht still ertragen. Lange genug hatte sie ihren Frust hinuntergeschluckt. »Du bist schon immer ein fieser Sack gewesen, ich habe gar keinen Bock, neben dir im Auto zu sitzen. Bei dir muss man ständig Angst haben, dass du einen quälst. An deinem Auftreten merkt man ja, dass du dich nicht geändert hast. Zwar sperrst du mich nicht mehr in Schränke ein, aber sadistisch bist du trotzdem noch.«

Er war fünfzehn Jahre älter als sie und hatte sich wie ein Tyrann aufgespielt, wenn ihre Eltern nicht da gewesen waren. An diesem Tag waren ihre Eltern zum Essen bei Freunden eingeladen gewesen. Sebastian hatte keine Lust gehabt, auf Miriam aufzupassen, hatte sie in den Kleiderschrank gezwungen und abgeschlossen. »Du bist eh total krank und bevor du mir etwas antust, sperre ich dich lieber ein«, hatte er gesagt.

Miriam hatte gedacht, dass sie in dem Schrank sterben würde.

Erst kurz bevor ihre Eltern nach Hause gekommen waren, hatte er sie herausgelassen und ihr gedroht, dass er Papa erzählen würde, sie müsste wieder in die Psychiatrie, wenn sie etwas verraten würde. Was hätte sie als Sechsjährige gegen einen Einundzwanzigjährigen ausrichten sollen?

Das unwohle Gefühl war für Miriam wieder präsent, seit er vor sie getreten war.

Glücklicherweise schwieg Sebastian, während er Richtung Koblenz-Rübenach fuhr.

Auf der Rübenacher Straße pochte ihr Herz mit einem Mal, und auf der Aachener Straße schlug es wild gegen ihren Brustkorb. Was an diesem Ort machte sie so nervös?

Sie hatte in der Klause gewohnt, in einem der letzten Häuser, die an den Anderbach angrenzten. Es gab viele gute Erinnerungen an ihre Kindheit, ehe sie krank geworden war. Vor allem die Nachmittage an dem Bach und dem dicht bewachsenen Grundstück hinter dem Haus hatten viel Spaß gemacht. Durch die Liebe ihrer Eltern hatte sie sich geborgen gefühlt.

Auf Sebastian hätte sie verzichten können. Ihr Vater hatte ihn aus der ersten Ehe mitgebracht. Leider hatte seine Mutter ihn nicht haben wollen, vielleicht weil sie ihn auch so schrecklich wie Miriam fand.

Das Auto stoppte vor dem Haus ihrer Eltern.

Miriam fasste an den Türgriff, um auszusteigen. Sie war froh, gleich nicht mehr alleine mit ihrem Halbbruder zu sein.

»Warte«, befahl Sebastian. »Was war das vorhin für eine Scheiße am Bahnhof?«

»Was meinst du?«, fragte Miriam mit brüchiger Stimme, obwohl sie ganz genau wusste, was er hören wollte. Es war ein kläglicher Versuch, die Antwort hinauszuzögern.

»Du hast rumgeschrien und irgendwelche merkwürdigen Handbewegungen gemacht, als hättest du auf die Luft eingeschlagen. Drehst du wieder durch?«

Miriam schaute ihn mit gerunzelter Stirn an. »Wieder? Was soll das bedeuten?«

»Kannst du dich immer noch nicht erinnern, weshalb du in der Psychiatrie gelandet bist?«

Sie schüttelte den Kopf.

Sebastian verdrehte die Augen. »Du hättest wegbleiben sollen. Wenn Mama und Papa hören, wie du dich am Bahnhof verhalten hast, werden sie vor Sorge eingehen. Du hast ihnen schon so viel Leid beschert.«

Miriam wurde immer unbehaglicher. »Es wäre hilfreich, wenn man mit mir darüber spricht, was der Auslöser für den Aufenthalt in der Psychiatrie war. Das vorhin waren wahrscheinlich Flashbacks, die mich seit Monaten plagen. Deshalb bin ich hier. Ich muss wissen, warum ich damals in der Psychiatrie war.«

Sebastian hob die Hand. »Stopp. Du wirst die beiden nicht darauf ansprechen. Sie haben genug mit dir durchgemacht.«

»Aber …«

»Nichts aber!«, sagte Sebastian streng. »Du kommst einfach nur zu Besuch und verhältst dich normal. Dann fährst du wieder und alles ist gut.«

»Sebastian, ich brauche Antworten, um endlich damit abschließen zu können. Du wirst mich nicht davon abhalten, mit ihnen zu reden.«

Sebastian funkelte sie an. »Papa und Heidi sind damals an ihre Grenzen gekommen. Deine Mutter wurde deshalb krank, ihr Herz hat das nicht mitgemacht. Sie sind froh, dass du deinen Weg gegangen bist. Du solltest ihnen diesen Frieden lassen. Oder willst du, dass ihre Wunden wieder aufreißen? Heidi würde an einer Herzattacke zugrunde gehen.« Für ihn war die Diskussion damit anscheinend beendet, er stieg aus und knallte die Tür zu.

Miriam schluckte. Sie hatte nie mitbekommen, dass ihre Mutter so krank gewesen war. Sebastians Worte hatten sie verunsichert. Sollte sie das Thema lieber nicht ansprechen? Zögerlich holte sie ihr Gepäck aus dem Kofferraum und folgte ihm zur Eingangstür, an der ihre Mutter bereits breit lächelnd wartete.

Sie nahm Miriam in den Arm. »Wie schön, dass du endlich Zeit gefunden hast, uns zu besuchen.« Ihre Mutter drückte sie von sich weg und betrachtete sie. »Du bist so dünn. Isst du denn auch genug? Außerdem siehst du blass aus. Geht es dir gut?«

Sebastian warf Miriam einen warnenden Blick zu.

»Es ist alles in Ordnung, Mama«, antwortete Miriam. »Ich bin nur etwas müde von der Fahrt, ich bin früh in den Tag gestartet.«

»Ruh dich später aus. Das Essen ist schon fertig. Du musst am Verhungern sein.« Ihre Mutter zog Miriam ins Haus. Sie ließ den Arm erst wieder los, als sie in der Küche standen.

Eine grobe Leinendecke lag auf dem Tisch und hing in sanften Falten über die Ecken. In der Mitte thronte eine prächtige Keramikvase mit duftenden Lilien, die ein süßes Aroma in die Luft entließen.

Sofort drangen Erinnerungen in Miriams Gedanken, weil ihre Mutter schon immer diese Sorte Blumen zu besonderen Anlässen gewählt hatte. Kurz schloss sie die Augen und ließ den Duft auf sich wirken.

Sie sah sich als kleines Mädchen, wie sie fröhlich durch die Küche hüpfte, ihr langes blondes Haar wirbelte herum und sie stieß gegen eine Vase. Noch immer konnte sie die enttäuschten Blicke ihrer Mutter, der die Blumen so wichtig gewesen waren, in Gedanken heraufbeschwören.

Miriam betrachtete die Lilien mit schlechtem Gewissen, als würden ihr die zarten Blütenblätter einen Vorwurf machen.

»Setzt euch«, unterbrach ihre Mutter die Stille, bevor sich Miriam in diese Gedanken vertiefen konnte.

Sie setzte sich. »Das sieht lecker aus. Papas und mein Lieblingsgericht. Kommt er auch?«

»Natürlich. Der ist oben im Bad, da er heute ein wenig Probleme mit seinem Magen hat. Gut, dass er sich sowieso freigenommen hatte, weil du deinen Besuch angekündigt hast. Ich bin so froh, dass er nur noch eine halbe Stelle in der Klinik hat, dadurch habe ich ihn öfter daheim. Wobei mir besser gefallen würde, wenn er endlich ganz aufhören würde.«

Miriam empfand Stolz, dass er sich extra für sie freigenommen hatte, obwohl ihre Anmeldung etwas kurzfristig gewesen war. Und sie verstand auch den Wunsch ihrer Mutter. »Es braucht wohl noch etwas Zeit, bis er ganz in den Ruhestand geht. Er liebt seinen Job.«

Ihre Mutter nickte. »Da hast du recht.«

Es breitete sich eine Stille aus, die schwer auf Miriam lastete. Sie spürte die Blicke ihrer Mutter und ihres Halbbruders auf sich ruhen. Dadurch fühlte sie sich wie unter einem Mikroskop, wo ihre Gedanken für alle sichtbar waren. Mit einem aufgesetzten Lächeln versuchte sie, die unangenehme Situation aufzulockern. »Ich habe deine Kochkünste echt vermisst.«

Ihre Mutter lächelte sie an.

Sebastian jedoch warf ihr einen finsteren Blick zu, seine Augen verengten sich zu schmalen Schlitzen, die mehr verrieten, wie sehr er ihren Besuch hasste, als es Worte je könnten. Sein Schweigen war voller Verachtung.

Miriam fühlte sich unwohl und wollte sich am liebsten verkriechen.

Doch bevor die Anspannung noch weiterwachsen konnte, öffnete sich die Tür.

Ihr Vater betrat den Raum mit leuchtenden Augen. Ein sanftes Lächeln umspielte seine Lippen. »Mein kleiner Engel ist heimgekehrt.«

Miriam erhob sich und ließ sich von ihm in die Arme schließen.

Er drückte sie sanft, als wollte er ihr versichern, dass alles in Ordnung war.

Von Miriam fiel die Nervosität etwas ab. Nicht mal Sebastians angewiderter Blick machte ihr in diesem Moment etwas aus.

»Geht es dir gut?«, fragte ihr Vater.

»Ich bin etwas gestresst, aber ansonsten ist alles prima.«

Ihr Vater sah sie eindringlich an.

Sie befürchtete, dass er sie durchschaute, denn er hatte schon immer an ihrer Nasenspitze ablesen können, wenn sie log.

Doch er sagte nichts dazu und setzte sich ihr gegenüber. »Schön, dass du endlich mal wieder da bist. Gott sei Dank waren wir dich wenigstens dreimal besuchen, sonst hätten wir dich gar nicht mehr erkannt.« Ihr Vater lachte laut. »Der Spreewald ist ja ein wunderschöner Ort zum Urlaubmachen und wir haben gesehen, wie wohl du dich dort fühlst.«

Seit ein paar Wochen nicht mehr. Miriam musste an sich halten, damit sie es nicht laut aussprach. Sie würde mit ihren Eltern über die Zeit in der Psychiatrie reden, wenn Sebastian nicht anwesend war.

Ihre Mutter seufzte. »Es tut mir so leid, dass wir dich nach deiner Blinddarmoperation nicht besucht haben. Dein Vater hatte viel um die Ohren.«

»Das ist schon okay. Josephin hat sich gut um mich gekümmert und ich habe mich schnell erholt.«

Ihre Mutter stellte die vollbeladenen Teller auf den Tisch. »Es war ein großer Schock, als uns deine Freundin angerufen hat, um uns zu erzählen, dass es solche Komplikationen gab. Ich bin froh, dass es dir nun wieder gut geht.« Sie wischte sich eine Träne aus den Augen. »Genug mit der Sentimentalität. Lasst uns essen. Guten Appetit.«

Das Klappern des Bestecks war das einzige Geräusch während der Mahlzeit.

Immer wieder streiften Miriam die Blicke ihrer Familie. Ihr Unbehagen nahm zu und sie fragte sich erneut, ob es eine gute Idee gewesen war, an diesen Ort zurückzukommen.

In der Luft lag etwas Unausgesprochenes, das wie ein unsichtbarer Nebel zwischen ihr und ihrer Familie hing. Dieselbe unheimliche Atmosphäre hatte sie damals aus Koblenz vertrieben und jahrelang von der Stadt ferngehalten. Sie wusste nicht einmal, ob es an Sebastian lag, den sie nie hatte leiden können, oder ob es einen anderen Grund gab.

Plötzlich blitzten wieder die Bilder des kleinen blonden Mädchens vor ihrem inneren Auge auf. Miriam krallte sich in die Tischkante, um dem schwindelerregenden Gefühl standzuhalten, das sie überkam. Der Boden schien sich zu drehen und Übelkeit stieg in ihr auf. Die Albträume umklammerten sie wie eiskalte Hände, und ihr Verlangen nach Antworten wurde mit jedem Augenblick drängender.

»Schatz, geht es dir gut?«, fragte ihre Mutter.

Miriams Blick fiel auf Sebastian, der sie mit gehobener Braue anstarrte. Sie schluckte. »Mir ist nur etwas schwindelig, ich muss mich gleich ein wenig hinlegen.«

Damit gab sich ihre Mutter offenbar zufrieden und aß weiter.

Josephin hatte recht, Miriam würde nur abschließen können, wenn sie erfuhr, was ihr Problem war. Sie streckte ihren Rücken, holte tief Luft und schwor sich, nicht abzureisen, ehe sie nicht wusste, warum sie dieses schreckliche Gefühl in sich trug.

3

5. März 2024

Er fuhr durch die halbdunklen Straßen mit einer bedrückenden Last auf den Schultern zu dem dringenden Treffen, das er einberufen hatte.

Die Neuigkeit von Miriams plötzlicher Rückkehr nach Koblenz verbreitete sich wie ein Lauffeuer unter den Mitgliedern. Sie löste Unruhe und Angst aus. Er konnte nicht einfach abwarten, ob etwas passieren würde oder nicht. Jeder wusste, dass von Miriam eine hohe Gefahr ausgehen könnte, wenn sie sich an Details erinnerte und diese ausplauderte. Sie mussten die Krise besprechen, mussten planen und vor allem mussten sie alles dafür tun, dass das Geheimnis niemals an die Öffentlichkeit gelangte.

Die Gruppe versammelte sich im Konferenzraum, der sich im abgelegenen Flügel der Klinik befand. Dort gab es keinen aktiven Krankenhausbetrieb mehr, sodass sie sich treffen konnten, ohne erwischt zu werden. Ein Ort der Sicherheit und Diskretion, nur für die Augen der Auserwählten bestimmt.

Die Anspannung war greifbar, als er den Raum betrat. Die Teilnehmer saßen bereits um den massiven Eichentisch. Ihre Gesichter spiegelten eine Mischung aus Ernsthaftigkeit und Nervosität wider.

Er setzte sich an den Kopf des Tisches.

Alle Blicke waren erwartungsvoll auf ihn gerichtet.

»Wie willst du das Problem mit Miriam lösen?«, ertönte die tiefe Stimme eines Kollegen, noch ehe er die Teilnehmer begrüßen konnte. Die Autorität in den Worten war unmissverständlich gewesen, begleitet von einem Hauch Besorgnis.

Er selbst war auch nervös, doch er wollte seine Kollegen beruhigen und hob beschwichtigend die Hand. »Wir sollten nicht gleich die Pferde scheu machen. Es ist noch nicht klar, warum sie hier ist. Vielleicht ist es nur ein kurzer Heimatbesuch und unsere Sorge ist schneller erledigt, als dass es zu einem Problem wird.«

»Wir müssen trotzdem darüber sprechen, welche Auswirkungen es auf uns haben könnte, wenn sie sich erinnert«, mahnte ein anderes Mitglied.

Ein leises Murmeln der Zustimmung ging durch die Runde, begleitet von besorgten Blicken.

Er wusste, dass sie eine tickende Zeitbombe war. »Ich kann eure Sorge verstehen. Doch wir sollten noch die Füße stillhalten, solange wir nicht wissen, warum sie hier ist.«

»Wir dürfen nicht zulassen, dass sie uns auf die Schliche kommt. Sie kann all unsere Arbeit zerstören, die Herbert vor über dreißig Jahren begonnen hat.«

»Herbert war derjenige, der uns alles kaputt gemacht hat«, antwortete er und kochte vor Wut bei dem Gedanken daran.

Sein Kollege, eines der ältesten Mitglieder, funkelte ihn an. »Ohne Herbert würde unsere Organisation nicht existieren und wir sind nur dank seiner Vorarbeit so weit gekommen.«

»Ja, bis wir wegen unethischen Verhaltens aus der offiziellen Forschung rausgeflogen sind. Die ganze Arbeit war umsonst, weil wir nichts veröffentlichen können.« Er mahlte mit den Kiefern.

»Es ist ein Vorteil, dass wir rausgeflogen sind«, erwiderte sein Kollege. »Sonst könnten wir nicht so vorgehen, wie wir es tun.«

Die Stimmung war aufgeheizt.

»Beruhigt euch«, sagte der vierte Arzt im Bunde. »Herberts Entscheidungen müssen wir nicht mehr durchkauen. Er ruht in Frieden. Wir werden wie besprochen weiterforschen, Erfolg haben, das Medikament auf den Markt bringen, Ruhm erlangen und Geld verdienen. Um so wichtiger ist es, dass wir eine gemeinsame Lösung für unsere aktuellen Probleme finden. Weißt du schon Genaueres, weshalb Miriam plötzlich hier auftaucht?« Der Kollege sah ihn drängend an.

»Nein, aber ich werde herausfinden, wenn sie aus dem Grund hier sein sollte, den wir befürchten«, antwortete er bestimmt. Er selbst war etwas nervös, weil er nicht wusste, wie er an Miriam herankommen sollte, um zu erfahren, ob sie Erinnerungen an dieses Erlebnis vor vielen Jahren hatte. Doch das würde er den anderen nicht erzählen. »Wir müssen die Arbeit mit erhöhter Wachsamkeit fortsetzen«, sagte er, um das Gespräch in eine andere Richtung zu lenken.

Einige Mitglieder der Gruppe begannen leise zu diskutieren.

»Sprecht eure Sorgen laut aus. Wir müssen alle Bedenken beseitigen und gehen erst hier raus, wenn wir uns einig sind.«

Ein langjähriger Sicherheitsmitarbeiter verschränkte seine muskelbepackten Arme und lehnte sich zurück. Sein Blick war finster. »Vielleicht sollten wir das Problem sofort lösen. Es war jahrelang Ruhe, wir haben durch den Eskalationsplan geschafft, Ordnung hereinzubringen. Bis auf ein paar Warnungen, die wir aussprechen mussten, brauchten wir seit acht Jahren nicht mehr zum Äußersten greifen. Diesen Zustand möchte ich gern beibehalten. Miriam könnte unsere jahrelange Arbeit zunichtemachen und die Leute aufscheuchen. Wir sollten direkt handeln und bei ihr die letzte Stufe anwenden, dann wird sie gar nicht erst zu einer Gefahr für uns.«

Die Worte hatte er befürchtet, sie gefielen ihm überhaupt nicht und er war frustriert, dass der Themenwechsel nicht gelungen war. Er konnte nur hoffen, dass es nicht gleich zu einer Abstimmung kam, bei der alle der Meinung waren, bei Miriam zum letzten Mittel zu greifen. »Es würde für großen Aufruhr sorgen, wenn Miriam etwas in ihrem Heimaturlaub zustoßen würde. So lösen wir erst recht Unruhe aus. Wir müssen nicht handeln, ehe irgendetwas passiert. Wir fangen niemals mit der letzten Stufe an. Das ist unsere Regel. Es gibt derzeit nicht mal einen Grund für Stufe eins.«

Wieder Gemurmel.

Er begann zu schwitzen, weil er befürchtete, um eine Abstimmung nicht herumzukommen.

»Wir hätten schon damals das Problem lösen sollen«, erwiderte der Kollege, dessen Oberarmmuskeln angespannt wirkten. Er arbeitete seit Jahren für die Organisation. Zwar nicht als Arzt, aber wie einige andere Mitglieder als Aufpasser. Er war dafür zuständig, Störenfriede zum Schweigen zu bringen.

»Wir haben das vor Jahren gut gelöst. Warten wir ab, wie lange Miriam in Koblenz bleibt. Je weniger merkwürdige Dinge passieren, desto weniger fallen wir auf. Sollte es doch zu Unruhen kommen, halten wir uns wie immer an den Eskalationsplan.« Er schaute in das Gesicht eines guten Freundes.

Dieser senkte den Blick.

Ein eisiges Schweigen legte sich über den Raum.

Nach einem Augenblick erhob sich eines der Mitglieder. »Ich möchte nicht, dass die gesamte Organisation aufgescheucht wird. Wir haben endlich Ruhe gehabt, keine potenziellen Gefahren. Das soll so bleiben. Ich hoffe, du bekommst alles in den Griff.« Dann verließ der Mann den Raum.

Nach und nach folgten ihm die anderen. Die Tür schloss sich leise hinter ihnen.

Er blieb zurück, wischte sich den Schweiß von der Stirn und lockerte den Kragen seines Pullovers. Fürs Erste hatte er die Mitglieder beruhigen können. Nun musste er dafür sorgen, dass die gesamte Organisation ohne Vorkommnisse weitermachen würde.

4

6. März 2024

Miriams Herz pulsierte vor Aufregung.

Die Nachricht von ihrer Rückkehr nach Rübenach war offenbar in aller Munde. Noch am späten Abend hatte Florian sie kontaktiert und sie zum Frühstück am nächsten Morgen eingeladen.

Es war unerwartet gekommen, doch sie hatte sich darüber gefreut und zugesagt, um sich endlich mit ihm auszusprechen.

Sie kämmte sich das widerspenstige Haar und band sich einen hohen Zopf. Dann legte sie sich eine leichte Make-up-Grundierung auf, tuschte sich die Wimpern, wählte einen rosa Lippenstift und zog sich ein Kleid an. Sie wollte perfekt für ihn aussehen.

Doch als sie sich im Spiegel betrachtete, überfluteten sie Zweifel. Ihre Gefühle wirbelten durcheinander. Warum war es ihr so wichtig, ihm zu gefallen?

Sie versuchte, sich selbst zu beruhigen, streckte den Rücken, hob das Kinn entschlossen und murmelte leise: »Ich treffe Flo nur um der alten Freundschaft willen, nicht mehr und nicht weniger.« Ein nervöses Lächeln huschte über ihr Gesicht, weil sie sich lächerlich vorkam. Sie verhielt sich wie eine verliebte Jugendliche, dabei war das Treffen kein Date. Sie holte tief Luft und verließ das Bad.

In der Küche bereitete ihre Mutter gerade das Frühstück vor. »Du bist ja schon wach. Das trifft sich gut, wir können gleich essen.«

»Ich passe, weil ich eine Verabredung habe und in der Stadt frühstücke.«

Ihre Mutter starrte sie entsetzt an, als wäre das ein absolutes No-Go. »Aber es ist unser erster gemeinsamer Tag seit Jahren.«

»Ich bin zum Mittag wieder zurück, dann haben wir noch jede Menge Zeit zusammen.«

»Mit wem triffst du dich denn?«, fragte ihr Vater, der hinter ihr aufgetaucht war.

»Mit Florian. Er hat mir gestern Abend geschrieben und mich eingeladen. Ich möchte gern hingehen, weil ich ihm eine Entschuldigung schulde.«

Ein unbehagliches Schweigen legte sich über die Küche.

Ihre Eltern taten gerade so, als wäre es ein Kapitalverbrechen, mit fünfunddreißig Jahren alte Bekannte zu treffen.

»Vielleicht kommst du erstmal richtig an, ehe du dich mit Florian verabredest.« Ihr Vater hatte streng geklungen.

Miriam konnte sich nicht erklären, warum ihre Eltern so merkwürdig auf die Verabredung reagierten. Die stechenden Blicke ihrer Mutter und die unübliche

Strenge ihres Vaters verunsicherten sie. Doch sie ließ sich nichts anmerken und zwang sich zu einem Lächeln. »Du hast Florian immer gemocht, Papa. Warum reagierst du so abwertend auf dieses Treffen?«

»Das soll nicht abwertend sein, ich bin nur der Meinung, dass du es langsam angehen solltest. Oder erinnerst du dich nicht mehr, was damals alles passiert ist?«

Miriam runzelte die Stirn. Langsam machte es ihr echt Angst, dass sie augenscheinlich sogar Erinnerungslücken in Bezug auf ihre Jugendzeit hatte. Sie überlegte angestrengt, aber sie entsann sich einfach nur an eine nette Zeit mit ihren Freunden. »Ich habe mich mit Florian immer super verstanden, wir haben nicht mal gestritten.«

Ihr Vater presste die Lippen zusammen und seufzte schwer. »Es gab doch sicher einen Grund, warum du von heut auf morgen in den Spreewald gegangen bist.«

Miriam runzelte die Stirn. »Mein Grund war, dass ich mich hier in Koblenz immer traurig gefühlt habe. Ich bin nicht wegen Flo von Koblenz weggegangen.«

»Eure Beziehung ist Vergangenheit«, mischte sich Sebastian ein, der unbemerkt in die Küche gekommen war. Er setzte sich an den Tisch und trank ein Glas Orangensaft. »Bleib einfach hier und genieße den Besuch bei deinen Eltern. Flo war kein guter Kerl für dich, sei froh, dass du ihn los bist. Deine Freunde haben dich zum Kiffen verleitet, was deiner Gesundheit geschadet hat. Du warst psychisch labil, da war es nicht sonderlich schlau von ihnen, dir so ein Zeug anzudrehen.«

Ihr Vater nickte.

Miriam war irritiert darüber, dass ihr Vater und Bruder so schlecht von Florian sprachen. »Ich habe ab und zu mal einen Joint geraucht wie viele andere auch. Das habe ich aber freiwillig getan, dazu haben mich meine Freunde nicht gezwungen. Heute würde ich das nicht mehr tun. Ich glaube nicht, dass Florian nachher das Gras auspacken wird und mit mir kifft. Wir sind erwachsen.«

Ein lautes Seufzen aus der Kehle ihres Vaters bereitete ihr Gänsehaut. »Bitte pass gut auf dich auf. Wir lieben dich, du hast genug durchgemacht. Ein neues Leben im Spreewald zu beginnen, war die richtige Entscheidung, auch wenn wir dich hier vermissen. Es geht dir endlich gut. Lass dir das nicht kaputtmachen.«

Eben das tut es nicht mehr, dachte Miriam, sagte es aber nicht laut, weil Sebastian am Tisch saß. »Keine Sorge, Papa, ich habe nicht vor, dauerhaft nach Koblenz zurückzukommen. Auch wenn ich euch vermisse, fühle ich mich hier nicht mehr zu Hause.«

Im Gesicht ihrer Mutter erkannte sie eine leichte Enttäuschung.

Miriam nahm sie in den Arm, gab ihr einen Kuss. »Ich fahre jetzt und bin zum Mittag zurück. Wir könnten heute Nachmittag einen Spaziergang machen.«

Ihre Mutter nickte lächelnd. »Gute Idee. Nimm mein Auto, ich brauche es nicht.«

»Danke, das ist lieb, denn den Bus habe ich jetzt verpasst.« Miriam gab auch ihrem Vater einen Kuss auf die Wange und verließ dann das Haus.

Eine drückende Stille begleitete die Fahrt, weil ihr die übertriebene Sorge ihrer Eltern wegen ein paar gerauchter Joints im Nacken saß.

Florian und all ihre Freunde waren vernünftig gewesen.

Oder hatte sie doch etwas vergessen? Sie würde Florian fragen, ob etwas vorgefallen war, was ihre Eltern verärgert haben könnte.

Nach zehn Minuten stellte sie das Auto im Parkhaus am Saarplatz ab und eilte die Straße Weißer Gasse hinunter, weil sie schon spät dran war. Als sie endlich am vereinbarten Treffpunkt in der Kaffeewirtschaft am Münzplatz ankam, spürte sie eine Mischung aus Angst und Nervosität.

Florian saß bereits an einem Tisch. Sie hatte ihn sofort erkannt, da er sich in den letzten fünfzehn Jahren kaum verändert hatte. Ein warmes Lächeln umspielte seine Lippen.

Miriam war angespannt, weil sie nicht wusste, wie Florian auf sie zu sprechen war. Hätte er sie zu einem Treffen gebeten, wenn er immer noch sauer wäre?

Er erhob sich. »Schön, dass du gekommen bist.«

Völlig verdattert ließ sie die Umarmung zu. Der herbe Duft seines Parfüms weckte sofort Erinnerungen in ihr, denn es war derselbe, den er schon als Jugendlicher getragen hatte.

»Hoffentlich hat sich dein Geschmack nicht komplett geändert. Ich habe uns ein gemischtes Frühstück für zwei bestellt.«

Gemeinsam waren sie früher oft am Morgen in der Kaffeewirtschaft gewesen und hatten immer das Gleiche bestellt: Weizenbrötchen, Croissants, Käse, Marmelade und Eier, dazu Orangensaft.

Miriam lächelte. »Alles beim Alten. Danke für die Einladung, ich habe mich gefreut, von dir zu hören. Ich hätte mich in den nächsten Tagen auch bei dir gemeldet.«

»Als ich erfahren habe, dass du zurück bist, war ich sehr überrascht. Da wollte ich meine Chance ergreifen, ehe du wieder verschwindest. Ich habe so viele Fragen. Auf meine Nachrichten und Anrufe hast du leider nie reagiert. Ich habe eigentlich nicht damit gerechnet, dass du kommst.«

Miriam senkte den Kopf. Ihre Wangen glühten. »Es war nicht in Ordnung, wie ich gehandelt habe, das weiß ich heute. Ich bin dir eine Erklärung schuldig. Deshalb wollte ich dich treffen.«

»Ich möchte nur verstehen, warum. Du hast mir gesagt, dass du zu deiner Tante fährst, um dich zu erholen und um herauszufinden, was du anstatt des Medizinstudiums machen möchtest. Dann bist du nie wieder gekommen und hast den Kontakt abgebrochen. Habe ich etwas Falsches getan?«

Miriam schüttelte energisch den Kopf. »Das hatte nichts mit dir zu tun. Ich habe dich sehr geliebt. Aber beim Besuch meiner Tante habe ich gemerkt, dass ich mich im Spreewald ganz anders gefühlt habe. Freier, unbeobachtet, nicht mehr so traurig. Beim Gedanken daran, zurückzukommen, habe ich wieder diese Leere, die Ängste gespürt, die mich seit dem Psychiatrieaufenthalt gequält haben. Deshalb habe ich den Schritt, nach Koblenz zurückzukehren, nicht mehr machen können. Ich habe dich,

Carina und Elli so vermisst. Aber damals empfand ich den Kontaktabbruch als richtige Entscheidung. Ich habe mir eingeredet, wenn ich mich einfach nicht mehr melde, könnt ihr sauer auf mich sein und dann schneller damit fertig werden. Und ich dachte, dass ich so ebenfalls besser damit zurechtkomme. Es hätte uns alle nur geschmerzt, wenn wir Kontakt gehalten hätten.«

Florian presste die Lippen zusammen. »Auch wenn ich dich verstehe, hättest du uns wenigstens sagen können, dass du nicht wiederkommst.«

»Heute weiß ich das. Damals habe ich das anders gesehen.«

Die Bedienung unterbrach die Unterhaltung und fragte nach den Getränkewünschen.

Sie bestellten jeder einen Cappuccino.

»Du hast mir zwar das Herz gebrochen, doch die Wut ist längst weg«, fuhr Florian dann fort. »Wir haben dich sehr vermisst. Geht es dir gut mit deinem neuen Leben?«

»Ich habe großartige Freunde gefunden und leite mit meiner Freundin Josephin eine Marketingagentur. Es war alles in Ordnung, bis ich vor ein paar Wochen diese Operation hatte.«

Die Bedienung brachte die Cappuccini.

Florian zog die Augenbrauen zusammen. »Was für eine Operation war das? Gab es Komplikationen?«

Miriam nahm einen Schluck. Sie erzählte ihm von der OP, ihren Träumen und Flashbacks. Es tat gut, sich das noch einmal von der Seele zu reden. Vielleicht würde Florians Blick darauf sogar helfen, dass sie die

Zusammenhänge besser verstand. »Ich vermute, dass es etwas mit dem Aufenthalt in der Psychiatrie zu tun hat, in der ich als kleines Mädchen war«, sagte sie deshalb.

»Du meinst, du siehst dich selbst?«

»Ja, ich glaube schon. Ich erkenne meistens das Gesicht des Mädchens nicht, doch es befindet sich in einem Krankenzimmer. Dieser Notfall vor ein paar Wochen, als die Ärzte so hektisch auf mich stürzten, hat offenbar eine Erinnerung in mir geweckt. Vielleicht habe ich in der Psychiatrie eine ähnliche Situation erlebt und träume nun schlecht, beziehungsweise sehe Bruchstücke dieser Erfahrung. Josephin glaubt, dass ich das Kindheitstrauma verarbeiten sollte, doch dazu muss ich erst einmal wissen, was passiert ist. Ich werde mit meinen Eltern reden.«

Florian nickte und lächelte leicht. »Du bist immer noch die alte Miri, die auf alles eine Antwort braucht.« Seine Miene wurde wieder ernst. »Es tut mir so leid, dass ich dir damals nicht das Gefühl geben konnte, hier glücklich zu sein. Ich habe nicht so stark wahrgenommen, dass du so gelitten hast. Wahrscheinlich hat niemand von uns das bemerkt.«

Miriam griff nach seiner Hand. »Ich habe mich bei dir immer wohlgefühlt. Wir hatten so eine schöne Zeit. Wenn wir die Stadt unsicher gemacht haben, habe ich meine Traurigkeit vergessen. Als Kind und Jugendliche war es der Ort Koblenz, der mich irgendwie heruntergezogen hat, vor allem Rübenach. Im Medizinstudium und während des freiwilligen Praktikums in der Klinik ist es schlimmer geworden. Ich habe es nicht mehr ausgehalten.«

Florian schaute sie einen Augenblick an.

»Was ist?«, fragte sie.

»Offenbar geht es dir immer schlecht, wenn du etwas mit einer Klinik zu tun hast. Passt dazu, dass du eventuell deine Kindheit verarbeiten musst, weil diese Probleme losgingen, seit du in der Psychiatrie warst.«

»Lass uns nicht weiter davon reden.« Lieber wüsste sie, warum ihr Bruder so gegen Flo geschossen hatte. Dass Florian kein guter Kerl war, konnte sie nicht glauben.

Er zeigte volles Verständnis dafür, dass sie ihn sitzenlassen hatte, und hatte ihr verziehen.

Florian winkte vor ihrem Gesicht und unterbrach damit ihre Gedanken. »Ist alles in Ordnung? Du siehst nachdenklich aus.«

Miriam zögerte, weil sie die Freundschaft, die sie gerade langsam wieder aufbauten, nicht schon wieder belasten wollte. Doch eine Lüge erschien ihr auch nicht richtig. »Es ist nichts Dramatisches. Ich war vorhin nur etwas verwirrt, weil meine Eltern und Sebastian es nicht so prickelnd fanden, dass wir uns treffen. Sie haben gemeint, dass du mir damals nicht gutgetan hast.«

Florian runzelte die Stirn. »Warum das denn?«

»Ich habe die Vermutung, dass Papa denkt, ich sei wegen dir verschwunden. Meine Eltern und ich haben nie richtig darüber gesprochen, weshalb ich Koblenz verlassen habe. Und sie fanden auch nicht okay, dass wir ab und zu gekifft haben.«

Florian zog eine Schnute. »Siehst du, du hast sogar deine Eltern mit deinem plötzlichen Abgang verwirrt.«

Er zwinkerte ihr zu. »Aber ich war nicht der Grund, oder?«

»Nein, ganz sicher nicht.« Miriam senkte den Blick erneut. »Es wird Zeit, dass ich ihnen erzähle, warum ich weggegangen bin, und dass sie mir erklären, warum ich in der Psychiatrie war. Dann kann ich endlich mit der Vergangenheit abschließen. Sebastians Meinung zu dir interessiert mich sowieso nicht, er war immer gegen alles, was ich getan habe. Für den kann ich nichts richtig machen.«

»Er konnte mich nie leiden. Vielleicht ist das der Grund, dass er dir einreden will, ich wäre nicht gut für dich. Es ist also egal, was er denkt. In erster Linie geht es darum, dass es dir gut geht. Ein klärendes Gespräch mit deinen Eltern kann wirklich nützen. Solche Träume und Flashbacks sind nicht schön.« Er lächelte. »Vielleicht machst du gerade auch nur eine Phase durch. Stress oder so. Da kommt es auch mal vor, dass man fies träumt. Das geht wieder vorbei.«

Miriam schüttelte den Kopf. »Ich bin mir sicher, dass die Träume aufhören, wenn ich weiß, warum ich damals krank geworden bin. Du hast doch selbst gesagt, dass es einen Zusammenhang zwischen meinen aktuellen Problemen und meiner Erfahrung in der Psychiatrie geben könnte. Sebastian hat zwar etwas dagegen, dass ich meine Eltern nach meiner Erkrankung frage, aber ich tue es trotzdem.«

»Warum sträubt er sich?«

Miriam zuckte mit den Schultern. »Er meinte, dass Mama und Papa extrem gelitten haben. Meine Mutter wurde wohl sogar herzkrank davon. Er will nicht, dass ich das alles erneut aufleben lasse. Sie sind erleichtert, dass ich mich im Spreewald so wohl gefühlt habe, ich dürfe das nicht kaputtmachen.« Sie seufzte. »Meinst du, er hat recht? Soll ich meine Eltern nicht damit behelligen? Aber ich möchte doch auch, dass es mir gut geht.«

»Ich weiß nicht, was in dieser Situation das Richtige ist, und verstehe sowohl deine als auch Sebastians Argumentation. Komm erst einmal zur Ruhe, vielleicht ist es wirklich nur Stress durch die Operation und die Arbeit. Wenn du jetzt in der Vergangenheit herumgräbst und es kommt dabei dann gar nichts rum, hast du viele Wunden geöffnet und fühlst dich erst recht schlecht.«

Damit hatte Florian recht, doch innerlich spürte sie, dass es nicht mit etwas Ausruhen getan sein würde. »Ich denke darüber nach«, sagte sie dennoch, um ihn nicht zu verprellen. »Sebastian soll auf keinen Fall dabei sein, wenn ich mit meinen Eltern darüber spreche. Also muss ich eh noch auf den richtigen Moment warten.« Da die Stimmung bei diesem Treffen düsterer geworden war, als ihr lieb war, setzte sie ein Lächeln auf. »Lass uns endlich essen, sonst verhungere ich.« Miriam schmierte auf das Croissant Erdbeergelee und nahm einen großen Bissen. »Erzähl mir von dir. Was machst du so? Arbeitest du noch in der Klinik?«

»Ja, ich bin dort in der Radiologie, so wie es mein Plan war, aber nur mit einer halben Stelle. Nebenher bin ich auch in der Forschung tätig und habe dort sogar eine leitende Position. Das erfüllt mich richtig, ich habe mir ja schon früher gern Untersuchungsergebnisse durchgelesen, weil die so interessant waren.«

»Wow, das klingt cool. Was für Studien führt ihr durch?«

»Derzeit leite ich ein Team, das künstliche Intelligenz in der Neurologie erforscht. Wir testen Methoden des maschinellen Lernens, die für die Diagnoseerstellung nützlich sein sollen, zum Beispiel in der Auswertung von EEGs. Vielleicht versuchen wir auch bald, noch ein anderes Projekt zu beantragen.«

Miriam lachte auf. »Ich kann mir nicht vorstellen, dass unsere Leben einmal von künstlicher Intelligenz beherrscht werden. Das Thema ist auch bei uns in der Medienbranche groß. Aber wir weigern uns und machen alles selbst. Schön, dass du deinen Beruf so liebst. Wie sieht es in deinem Privatleben aus?«

»Da könnte es besser laufen. Ich bin geschieden und habe eine zwölfjährige Tochter.«

Miriam bemerkte einen kleinen Stich in ihrer Brust.

Wenn seine Tochter zwölf Jahre alt war, war er drei Jahre, nachdem Miriam ihn zurückgelassen hatte, Vater geworden.

Sie hatte absolut kein Recht, das zu verurteilen, doch in ihr loderte Eifersucht. Sie waren sechs Jahre ein Paar gewesen, eigentlich hatte sie die Frau an seiner Seite sein wollen.

Sie schüttelte den Gedanken ab, denn sie hatte schließlich alles dafür getan, dass nicht sie die Mutter seiner Kinder geworden war. »Es tut mir leid, dass es nicht funktioniert hat. Kenne ich deine Ex-Frau?«

»Nein«, antwortete Florian knapp. Er zupfte nervös an dem Saum seines Pullovers.

Eine Weile unterhielten sie sich noch über ihre Medienagentur, bis sie sich schließlich verabschiedeten.

»Melde dich, wenn du eine Weile in Koblenz bist«, sagte Florian. »Wir könnten um die Häuser ziehen und noch einmal so viel Spaß wie früher haben.«

»Gern.« Miriam umarmte Florian. »Danke, dass du bereit warst, meine Entschuldigung zu akzeptieren.« Sie war zufrieden und nun motivierter, ihre Vergangenheit hinter sich zu lassen. Zu Hause würde sie mit ihren Eltern sprechen, auch wenn Sebastian es ihr untersagt hatte. In ein paar Tagen würde sie mit einem guten Gefühl nach Hause fahren und endlich in Frieden leben.

Vielleicht würde Florian sie mal besuchen und noch einmal dort anknüpfen, wo sie damals aufgehört hatten.

5

1994

Im Zimmer piepten Geräte.

Mehrere Männer in weißen Kitteln standen um das Bett und starrten auf das blonde Mädchen.

Es lag in einem weißen Nachthemd auf dem sauberen Bettbezug. Das Haar bedeckte das Kopfkissen. An ihrem Kopf klebten irgendwelche Kabel und Schläuche. Sie war ganz blass. An ihren Armen leuchteten überall blaue Flecken. Sie starrte an die Decke. Bewegte sich nicht. Doch es liefen Tränen aus ihren Augen.

»Wie ist der Stand?«, fragte einer der Männer.

»Die ADHS-Diagnose steht. Sie hat die zweite Gabe NeuroSynaptin erhalten. Das EEG zeigt bis dato keine Veränderungen«, antwortete jemand.

»Sie ist sehr schwach. Die Mikroblutungen gefallen mir nicht. Irgendetwas läuft verkehrt.«

»Wir haben alles im Griff. Sie wird das überstehen, es sind keine schlimmen Blutungen.«

Das Mädchen tastete nach den Schläuchen am Kopf.

Ein Mann griff nach ihrer Hand. »Schön die Finger

davonlassen.« Er nahm etwas, das wie breite weiße Gürtel mit großen Metallschlingen aussah. Damit band er ihre Arme und anschließend die Füße ans Bett.

Das Mädchen schrie laut um Hilfe, zappelte, wand sich in den Fesseln.

»Bleib ganz ruhig. Dir wird nichts passieren. Wir wollen nur, dass es dir wieder besser geht.«

»Ich möchte zu meiner Mama«, schrie das Mädchen.

»Sie kommt dich bald besuchen«, antwortete einer der Männer.

Sie standen alle bedrohlich um das Bett und starrten das Mädchen an.

Es schrie erneut: »Lass mich los. Ich will zu meiner Mama.« Das Kreischen hallte durch das Zimmer. Sie riss an den Fesseln, hob immer wieder den Kopf an und ließ ihn dann wieder fallen.

»Gebt ihr etwas zur Beruhigung«, sagte jemand.

Ein Mann kam mit einer Spritze und gab die dem Mädchen in die Ellenbeuge.

Der Kopf des Mädchens fiel nach einem Augenblick zur Seite. Die Kleine starrte durch die große Glasscheibe, doch ihre Augen waren leer. So als wäre sie in Gedanken gar nicht mehr in diesem Zimmer.

6

6. März 2024

Nachdem Miriam das Café verlassen hatte, stellte sie sich für einen Augenblick auf den Münzplatz und schaute sich um.

Viel hatte sich in den letzten fünfzehn Jahren nicht verändert. Es hatte eine Zeit gegeben, da war sie mit ihren Freundinnen oft dort in den Lokalen zum Pizzaessen oder Cocktailtrinken gewesen.

Ihr kam der Abend in den Sinn, an dem sie mit Elli, Carina und Florian das letzte Mal in der Altstadt unterwegs gewesen war, ehe sie ihr Medizinstudium abgebrochen hatte und in den Spreewald verschwunden war. Sie waren zum Essen in der Tapasbar verabredet gewesen und hatten ein paar Cocktails trinken wollen. An diesem Samstag war Salsa-Abend gewesen, an dem Musiker live gespielt und Lehrer den Gästen das Salsa-Tanzen beigebracht hatten. Miriam erinnerte sich daran, wie Carina und Elli versucht hatten, die Schritte zu lernen, aber es in ihrem angeheiterten Zustand nicht hinbekommen hatten. Florian und sie hatten das

Schauspiel beobachtet. So herzhaft gelacht wie in dieser Nacht, hatte sie selten.

Carina hatte sich irgendwann einem Musiker an den Hals geworfen und die ganze Nacht von ihm geschwärmt.

Es war ein lustiger Abend gewesen. Ein Leuchten hatte die Dunkelheit, die in ihrer Seele geherrscht hatte, für ein paar Stunden durchbrochen.

Zum Abschluss hatten die Mädchen noch einen Joint geraucht, dann hatte Florian sie völlig betrunken und bekifft nach Hause gebracht.

Miriam riss die Augen auf, denn ihr fiel ein, dass Sebastian sie in dieser Nacht erwischt hatte, als sie in diesem Zustand nach Hause gekommen war. Er hatte sie beschimpft, wie sie sich so gehen lassen könne. Ihre Freunde seien keine, weil sie zuließen, dass sie Drogen nahm und somit auch, dass ihre psychische Erkrankung durch solche Substanzen wieder aufflammen könne.

Am nächsten Morgen hatte sich Miriam von ihrem Vater eine Standpauke anhören dürfen, weil sie im Vollrausch heimgekommen war. Danach hatte sie sich noch unwohler gefühlt. Daraufhin hatte sie beschlossen, ihr Leben neu zu sortieren und für ein paar Tage wegzufahren. Eine Woche später hatte sie ihr Studium geschmissen und entschieden, im Spreewald zu bleiben.

Durch die zeitliche Abfolge denkt Papa, dass ich wegen Florian weggezogen bin. Kein Wunder, dass er ein falsches Bild von ihm bekommen hat. Sie musste ihrer Familie unbedingt erklären, dass ihr Weggang nichts mit ihren Freunden oder den Drogen zu tun gehabt hatte. Einmal mehr ärgerte sie sich, dass sie nicht längst mit ihren Eltern über ihre Kindheit und die Zeit danach gesprochen hatte, dann wäre das Missverständnis zu Flo und ihren Freundinnen gar nicht erst entstanden. Am Abend würde sie sich mit ihren Eltern zusammensetzen und reden, egal, ob Sebastian da sein würde oder nicht.

Sie entschied, noch ein Eis von der Eisdiele bei der Liebfrauenkirche zu essen, ehe sie nach Hause ging. Dort waren sie und Florian häufiger gewesen, aber auch als Kind hatte sie sich oft eine Kugel kaufen dürfen.

Vor der Diele gab es eine lange Schlange.

Es war das beste Eis, das man in Koblenz finden konnte.

Deshalb stellte sie sich auch an.

Miriam spürte nach der Unterhaltung mit Florian eine große Erleichterung und war motiviert, die Vergangenheit zu verarbeiten. Vielleicht konnte sie Koblenz danach auch wieder ohne Unbehagen besuchen.

Um das Warten etwas erträglicher zu machen, beobachtete sie die Menschen, die durch die Straßen zogen. Ihr Blick fiel dabei auf einen Mann, der neben der Eisdiele in einer Ecke stand.

Er starrte Miriam an. Oder bildete sie sich das nur ein? Vielleicht war sein Blick gar nicht auf sie gerichtet, sondern auf jemanden hinter ihr.

Sie wandte sich nach hinten.

Doch niemand anderes sah in seine Richtung.

Miriam drehte sich zurück zu dem Mann, der sie noch immer eindringlich anstierte.

Seine Kleidung hing zum Teil in Fetzen, sein Haar war fettig und ungekämmt. Zudem schimmerte sein Gesicht unnatürlich weiß.

Er machte ihr etwas Angst. Schnell sah sie weg und überlegte, ob sie gehen sollte. Sie könnte in den nächsten Tagen mit Flo herkommen und ein Eis essen. Oder sollte sie den Typen einfach fragen, warum er sie so musterte? Sie schaute wieder in seine Richtung, doch er stand nicht mehr da. Hastig blickte sie sich um.

Er war nirgendwo zu sehen.

Gott, es war einfach nur ein Mann, mehr nicht. Wahrscheinlich hat er nicht einmal mich angeschaut. Miriam atmete erleichtert aus und entschied, in der Reihe zu warten.

Als sie dran war, stellte sich ein kleines Mädchen neben sie. Es starrte durch die Scheibe und leckte sich die Lippen. Ein wenig erinnerte es Miriam an sich selbst, denn das hatte sie auch immer so getan.

»Bist du allein hier?«, fragte Miriam.

Das Mädchen schüttelte den Kopf. »Mein Bruder passt auf mich auf.« Sie zeigte auf einen Jungen, der etwas abseits auf einem Stein saß und ebenfalls sehnsüchtig auf die Leute schaute, die ihr Eis aßen. Er war deutlich älter als seine Schwester.

Das beruhigte Miriam, denn das Kind war zu jung, um allein durch die Stadt zu gehen. »Das ist ein toller Bruder.«

»Ja, Mama liegt krank im Bett. Wir sollten ein wenig rausgehen, damit sie schlafen kann.«

»Wohnt ihr in der Nähe?«

»Ja, da vorn.«

Miriam schmunzelte. »Ganz schön gemein, neben einer Eisdiele zu wohnen, nicht wahr?«

Das Kind lächelte und nickte. »Wir können nicht oft Eis essen. Mama hat nicht so viel Geld.«

»Welche Sorte magst du am liebsten?«, fragte Miriam, die das Mädchen herzerwärmend fand.

Es wirkte trotz der Probleme zu Hause so fröhlich.

Miriam hätte alles dafür getan, in diesem Alter auch so zu empfinden.

»Ich liebe Erdbeere und Vanille.«

»Und dein Bruder?«

»Der isst immer Schokolade.«

Miriam bestellte für die Kinder jeweils zwei Kugeln in der Waffel und für sich drei Portionen Stracciatella im Becher. Sie gab die Waffeln der Kleinen. »Lasst es euch schmecken.«

Das Mädchen schaute Miriam mit offenstehendem Mund und glasigen Augen an. »Danke schön. Du bist sehr lieb.«

»Gern geschehen. Passt gut auf euch auf.« Miriam lief die Straße wieder hoch zum Münzplatz.

Eine Frau eilte an ihr vorbei und rempelte sie dabei an.

»Hey, passen Sie doch auf«, sagte Miriam, die ihr Eis gerade so noch retten konnte.

Die Frau starrte sie mit weit aufgerissenen Augen an.

Miriams Magen flatterte.

Die Dame war dürr, blass und hatte eingefallene Wangen, doch es war unverkennbar ihre Freundin Carina. Dieses Tattoo am Hals war einzigartig.

»Carina?« Miriam blieb die Spucke weg.

Carina drehte sich schnell um und hastete davon.

»Warte. Ich bin es. Miriam.« Sie eilte ihrer Freundin hinterher.

Diese legte an Geschwindigkeit zu und verschwand kurz darauf in der Menschenmenge, die über die Löhrstraße bummelte.

Miriam war schockiert, weil ihre Freundin so reagiert hatte. In ihr breitete sich erneut Unruhe aus. Hegte Carina noch immer einen Groll auf sie? War das noch eine weitere Baustelle, die sie abarbeiten musste?

7

6. März 2024

Nachdenklich lag Miriam im Bett ihres alten Zimmers und starrte an die Decke, an der noch immer das goldglitzernde Tuch aus ihrer Jugendzeit hing.

Wie oft hatte sie so verweilt und über ihr Dasein nachgedacht? Wie viele Tränen hatte sie in diesem Bett vergossen, weil sie sich unwohl gefühlt hatte?

Auch in diesem Moment spürte sie eine schwere Last. Das war offenbar der Begegnung mit Carina geschuldet. Miriam konnte sich nicht erklären, warum diese so abweisend reagiert hatte. Klar war ihre ehemalige Freundin wütend, verletzt oder traurig, das hatte Miriam nicht anders verdient. Aber hätte Carina nicht wenigstens etwas sagen können?

Seufzend erhob sich Miriam und schaute aus dem Fenster in den Garten. Eine hochgewachsene Hecke hinderte den Blick auf die Felder.

Sie erinnerte sich, wie sie als kleines Mädchen dort über den Anderbach gesprungen und fröhlich mit den Kindern aus Rübenach herumgetollt war. Bis der Tag gekommen war, der alles verändert hatte. Es fühlte sich an wie ein Geheimnis, das tief in ihr steckte. Sie musste mit ihren Eltern sprechen. Wegen Carina würde sie später Florian fragen.

Das Klopfen an der Tür riss sie aus ihren Gedanken. »Ja, bitte.«

Ihre Mutter steckte den Kopf zur Tür herein. »Alles okay?«

Miriam setzte sich wieder auf ihr Bett. Es war ihre Chance, endlich das wichtige Gespräch zu beginnen, doch sie hatte Sebastians warnende Worte im Kopf. Konnte sie ihrer Mutter das Thema zumuten oder würde sie wirklich einen Herzanfall bei ihr auslösen? Die Probleme waren viele Jahre her, Miriam war gesund und wollte nur wissen, was passiert ist. Auch ihre Mutter müsste nun darüber hinweg sein, deshalb entschied sie, endlich Antworten einzufordern. »Darf ich dich etwas fragen, das mich seit Langem beschäftigt?«

Ihre Mutter nahm neben ihr Platz. »Ich habe sofort gemerkt, dass dich etwas belastet, als du vor der Tür gestanden hast. Du bist blass und übermüdet. Wie kann ich dir helfen?«

»Wodurch bin ich damals so krank geworden? Ich möchte damit abschließen, aber mir fehlt die Erinnerung daran.«

Ihre Mutter schluckte und nestelte mit den Fingern. »Du solltest nicht so sehr in deiner Vergangenheit herumstochern, Schatz. Im Spreewald lebst du ein schönes Leben, lass das alte ruhen.«

»Ich kann es nicht verarbeiten, wenn ich nicht mehr erfahre, Mama. Mich quälen Albträume, sie beeinflussen meinen Alltag. Ich war ein fröhliches Kind. Und auf einmal herrschte in mir nur noch Dunkelheit. Ich hasse es, hier zu sein. Es fühlt sich an, als wäre meine Seele in Koblenz gefangen. Bitte sag mir, was geschehen ist.«

Ihre Mutter war ganz blass geworden. »Was sind das für Träume?«

Miriam hatte große Sorge, dass das Herz ihrer Mutter schlapp machen würde. Doch nun hatte sie das Fass aufgemacht und sie wusste, dass ihre Mutter nicht mehr lockerlassen würde, ehe sie wusste, was ihre Tochter so quälte. Deshalb erzählte sie ihr von dem kleinen Mädchen, dem vielen Blut und den Hilfeschreien. »Ich möchte dich nicht wieder aufregen, aber ich muss es wissen. Bin ich dieses Mädchen? Ist damals in der Klinik etwas vorgefallen, das mich so erschreckt hat?«

»Heidi«, ertönte plötzlich Sebastians Stimme von der Tür. »Papa braucht dich unten.«

Erschrocken sah Miriam ihren Halbbruder an.

Sein Blick in ihre Richtung war boshaft. Hatte er das Gespräch belauscht und griff ein, ehe Miriam Antwort erhalten würde? Ihre Mutter strich ihr übers Haar. »Du bist geheilt, Kleines. Lass es gut sein.« Dann verließ sie das Zimmer.

Schnell schloss Sebastian die Tür und hastete auf Miriam zu. Er hielt sein Gesicht ganz eng an ihres und fletschte die Zähne wie ein wildgewordener Hund. »Du sollst sie damit in Ruhe lassen. Ich wusste, dass du nur Ärger bringst, wenn du hier auftauchst.«

»Sag mir doch einfach, was los ist. Warum darf ich mit Mama nicht über meine Kindheit sprechen?«

»Du bist als kleines Kind einfach durchgedreht, hast halluziniert, total wirre Dinge erzählt. Papa und Heidi sind fast daran zugrunde gegangen. Weißt du, wie viele Nerven es Papa gekostet hat, bis du richtig therapiert warst? Jetzt tauchst du hier auf und bist schon wieder so merkwürdig drauf wie damals, als sie dich in die Psychiatrie stecken mussten. Sie sollen das nicht noch einmal erleben müssen.«

»Aber ich habe keine Halluzinationen, nur Träume.«

Sebastian prustete los. »Ich habe dich gestern am Bahnhof beobachtet. Du hast geschrien und in die Luft geschlagen.« Er zeigte auf ihren Koffer, der noch immer nicht ausgepackt in der Ecke stand. »Fahr nach Hause und hol dir Hilfe. Das ist das Einzige, das ich dir gut gemeint raten kann.«

Miriam ignorierte seine Empfehlung, die er ihr sicherlich nicht aus edlen Beweggründen gegeben hatte. Sie wollte bei ihrer Erkrankung bleiben, um mehr zu erfahren. »Was waren das damals für Halluzinationen?«

»Hör auf zu bohren. Es war schlimm - für uns alle. Ich möchte, dass du gehst.«

»Nein, das werde ich nicht tun«, sagte sie trotzig und verschränkte die Arme. »Ich will wissen, was passiert ist. Und ich werde nicht lockerlassen, ehe ich eine Antwort habe.«

»Weiß ich doch nicht, warum du plötzlich so komisch geworden bist. Papa hat irgendwo deine Krankenakte liegen. Wenn man die liest, denkt man, man hätte es mit einem dämonenbesessenen Kind zu tun gehabt.«

Miriam verzweifelte fast, weil sie sich an diese Zustände nicht erinnern konnte. »Bitte erzähle mir mehr. Wie lange ging es mir schlecht?«

»Die Halluzinationen wurden in der Psychiatrie behandelt und waren danach weg. Aber labil bist du immer geblieben. Meistens hast du dagesessen und Trübsal geblasen.«

»Daran erinnere ich mich. Ich war ein glückliches Kind und plötzlich hat sich alles verändert. Es muss doch irgendwas vorgefallen sein. Warum habe ich diese Halluzinationen bekommen?«

»Das ist egal. Tu uns allen den Gefallen und verschwinde wieder.«

Miriam biss die Zähne zusammen. »Ich glaube nicht, dass Mama und Papa mich loswerden wollen. Wir können sie fragen gehen.«

»Natürlich wollen sie das nicht. Aber du musst nicht so egoistisch sein und sie wieder in deine Scheiße mit reinziehen. Du bist erwachsen, komm endlich allein klar.« Sebastian zeigte aus dem Fenster. »Die Leute da draußen tuscheln schon. Sie alle haben damals mitbekommen, dass was nicht gestimmt hat, weil du wochenlang weg warst. Papa musste sich Lügen einfallen lassen, damit er dich schützen konnte. Keiner hat sich mehr darin erinnert. Erst als du wieder aufgetaucht bist, fingen sie wieder an zu reden. Du bringst Unruhe mit.« Dann verließ er das Zimmer.

Miriam starrte erneut in den Garten. Hatte sie früher wirklich Halluzinationen gehabt, die nun zurückgekommen waren? Aber warum hatte sie nun welche von so einem gruseligen Kind? Waren es etwa Wahnvorstellungen von ihrer Situation als Fünfjährige in der Psychiatrie?

Da ihr die Gedanken keine Ruhe ließen, wählte sie Florians Nummer. Sie wollte unbedingt mit jemandem darüber sprechen und er war der Einzige, der im Moment überhaupt offen mit ihr redete und ihr das Gefühl gab, sich darüber zu freuen, dass sie nach Koblenz gekommen war. Während des Telefonats könnte sie Flo auch direkt von der komischen Begegnung mit Carina erzählen.

Er nahm nach dem vierten Freizeichen ab. »Du hältst es aber nicht lang ohne mich aus«, witzelte er.

»Ich brauche gerade jemanden zum Reden. Hast du ein wenig Zeit?«

»Ja, habe ich. Was ist los?«

»Ich habe dir doch heute Morgen von diesen Träumen erzählt. Darauf habe ich gerade Mama angesprochen, aber Sebastian kam dazwischen und hat sie fortgeschickt. Er hat mir gesagt, dass ich als Kind Halluzinationen hatte. Damit Mama und Papa nicht wieder sehen, dass meine Erkrankung offenbar zurück ist, möchte er, dass ich abreise.«

Am anderen Ende blieb es einen Moment lang still. So still, dass es beängstigend war.

»Flo? Bist du noch dran?«

»Ähm, ja. Ich weiß nur nicht, was ich sagen soll. Denkst du, Sebastian sagt die Wahrheit?«

»Warum sollte er mich anlügen? Und er hat ja recht, dass ich offenbar einen Rückfall habe. Er hat mich am

Bahnhof gesehen, wie ich in die Luft geschlagen habe. Da war ich wieder in einer Szene mit diesem Mädchen gefangen. Was, wenn es tatsächlich Halluzinationen sind?«

Wieder sagte er nichts. Sie hörte nur seinen Atem.

»Florian? Rede bitte mit mir.«

Er seufzte. »Das klingt echt übel. Ich habe damals gespürt, dass es dir nie richtig gut ging. Auch wenn wir glücklich waren, hast du selten gelacht. Du hast mir erklärt, dass es mit deiner Kindheit zu tun hat, mit dem Teil, an den du dich nicht erinnerst. Ich war manchmal sehr hilflos, weil ich nicht wusste, wie ich dich aufheitern konnte. Deshalb habe ich dir deinen Weggang auch nie wirklich krummgenommen. Ich sage das ungern, weil wir uns erst wiedergetroffen haben, doch vielleicht hat Sebastian recht damit, dass du nicht bleiben solltest. Kaum bist du hier angekommen, hast du solche Probleme. Vielleicht wühlt dich die Vergangenheit zu sehr auf. Fahr nach Hause, wenn es dir im Spreewald gut geht.«

Dass auch Florian ihr riet heimzukehren, brachte Miriam ins Straucheln. »Ich habe gerade das Gefühl, dass mich alle loswerden möchten. Bin ich so ein schlimmer Mensch gewesen? Habe ich euch etwas getan?«

»Ich weiß nicht, warum Sebastian dich loswerden will. Mein Rat hat nichts damit zu tun, dass ich dich nicht sehen will. Ich habe nur große Sorge, dass es dir nach dem Besuch bei deinen Eltern noch schlechter geht.«

»Ich werde hierbleiben!«, sagte Miriam entschlossen. »Und ich werde nach Antworten suchen. Ich muss erfahren, warum ich diese Halluzinationen hatte, vielleicht kann ich dann damit abschließen.«

»Das verstehe ich. Egal, wie du dich entscheidest, ich werde für dich da sein.«

»Danke, Flo. Das zu wissen, hilft mir schon.« Sie lockerte ihre Schultern, die sie in ihrem Frust angespannt hatte. »Ich habe noch eine andere Frage. Weißt du, warum sich Carina mir gegenüber so komisch verhält?«

»Was meinst du damit?«

Miriam erzählte ihm von der Begegnung in der Stadt. »Sie sieht echt fertig aus, fast schon in sich zusammengefallen.«

Florian erwiderte nichts darauf.

»Hast du eine Idee, wieso sie mich komplett ignoriert hat?«

»Nein«, antwortete er knapp.

»Habt ihr beide noch Kontakt?«

»Sie ist sauer, weil du von einem Tag auf dem anderen weggezogen bist. Das hat sie verletzt, es ging ihr richtig schlecht danach.«

»Beantworte bitte meine Frage. Habt ihr Kontakt?«

»Nein, haben wir nicht.« Sein Zittern in der Stimme hatte gezeigt, dass es eine Lüge gewesen war.

Sie wollte ihn jedoch nicht zu einer Antwort zwingen und entschied, Carina selbst danach zu fragen. »Arbeitet sie noch in der Klinik als Krankenschwester?«

»Ja«, erwiderte er.

»Gut, dann werde ich mich dort nach ihr erkundigen. Sie soll mir ins Gesicht sagen, warum sie mich vorhin so stehen lassen hat.«

»Das ist keine gute Idee. Es hat sie mit Sicherheit geschockt, dich zu sehen. Ich war damals für sie da, sie war richtig fertig und hat sich die Schuld gegeben, dass sie als Freundin nichts getaugt hat. Irgendwann ist es in Wut umgeschlagen, wahrscheinlich damit sie mit deinem Fortgang abschließen konnte. Lass ihr lieber noch ein bisschen Zeit, vielleicht ist sie irgendwann bereit, mit dir zu sprechen.«

»Es ist das Mindeste, wenn ich mich bei ihr entschuldige und es ihr erkläre.«

Am anderen Ende folgte ein leises Seufzen, in dem Resignation, doch auch Verzweiflung mitschwangen. »Es ist kein sinnvolles Vorhaben, aber ich werde dich wohl nicht davon abhalten können.«

»Nein. Das ist mir wichtig. Ehe ich hier wieder fortfahre, möchte ich das mit Carina und Elli klären. Wir hören uns später.« Miriam legte auf. Sie war froh, dass sie mit Florian gesprochen hatte. Ihr schlechtes Gefühl war fort und sie fühlte sich wieder motiviert, die Probleme in Koblenz zu klären, damit sie anschließend zufrieden im Spreewald leben konnte. Sie würde später in die Klinik fahren und sich dort nach Carina erkundigen.

Bei dem Gedanken an das Krankenhaus, in das ihr Vater sie als Kind ab und zu mitgenommen hatte, schwoll ihr ein Knoten in der Brust. Wie eine Flut brach ein ekliges Gefühl von Unruhe über sie herein, überwältigte sie und drohte, sie zu ersticken. Ihr Herz schlug wild, ihr Atem ging flach und hastig. Sie zitterte und ein eisiger Schauer lief ihr über den Rücken.

Vor ihrem inneren Auge tauchten Bilder eines langen, grauen Korridors auf. Sie hörte quietschende Geräusche, die von dem Boden des Flures herrührten.

Miriam hielt sich die Brust, klopfte dagegen, um sich zum Atmen zu zwingen. Obwohl sie nach Luft schnappte, kam nichts in ihrer Lunge an.

»Was ist los, Miri?« Es war die vertraute Stimme ihres Vaters gewesen. Er stürzte zu ihr, nahm sie in die Arme. »Tief durchatmen. Zähl ganz ruhig bis zehn. Ich bin da, ich halte dich.«

Sie schmiegte sich in seine Arme, kniff die Augen zusammen und zählte. Nach einigen Sekunden, die sich wie Stunden anfühlten, beruhigte sich ihre Atmung und Luft füllte ihre Lunge.

»Ist es besser?«, fragte ihr Vater.

Sie löste sich aus seinen Armen und sah in sein besorgtes Gesicht. »Ja. Keine Ahnung, warum mein Körper gerade so reagiert hat. Ich habe nur darüber nachgedacht, dass ich Carina in der Klinik besuche und plötzlich habe ich Panik bekommen.« Sie schaute ihn flehend an. »Papa, was ist los mit mir?«

Er atmete tief ein und aus. »Mama hat mir gesagt, dass du Albträume hast.«

Sie nickte.

»Es ist meine Schuld.«

»Wovon redest du? Du bist doch nicht an meinen Träumen schuld.«

Ihr Vater sah geknickt aus. »Doch. Es fing an, als du mich in die Klinik begleitet und etwas Schreckliches erlebt hast. Hätte ich dich nicht mitgenommen, wäre das nie passiert.«

»Bitte erzähle mir von diesem Vorfall.«

»In Ordnung, wenn du glaubst, es hilft dir, reden wir darüber. Als du fünf Jahre alt warst, bist du gelegentlich mit in die Klinik gekommen. Heute bereue ich das sehr. Du hast dich ab und zu heimlich davongeschlichen. Sebastian hat dich einmal gefunden, da hast du wohl ein sehr krankes Mädchen beobachtet, das dir Angst gemacht hat. Danach hast du dich plötzlich verändert. Du hast halluniziert, es wurde immer schlimmer und wir mussten dich einweisen lassen. Als du nach ein paar Wochen in der Psychiatrie nach Hause gekommen bist, warst du sehr verschlossen. Ich musste dich noch sehr lange behandeln. Nach der Grundschule ging es dir immer besser. Du hast in der weiterführenden Schule Freunde gefunden, hast am Leben teilgenommen. Wir hatten den Eindruck, dass du alles überstanden hattest. Doch Elli, Carina und Florian waren nicht die Richtigen für dich. Du hast angefangen, zu trinken und zu kiffen. Da war die Gefahr sehr groß, dass du wieder Halluzinationen bekommst. Ich weiß nicht, warum du dich damals entschlossen hast, in den Spreewald zu ziehen. Es kam überraschend. Ich dachte, dass etwas mit Florian vorgefallen war. Doch ehrlich gesagt bin ich heute froh, dass du diesen Schritt gegangen bist. Das war eine gute Entscheidung. Sieh, was du aus dir gemacht hast. Du bist Chefin einer Agentur, du hast ordentliche Freunde, du lebst ein gutes Leben.«

Miriam senkte traurig den Blick. »Es fühlt sich nur nicht gut an. Vielleicht hat Sebastian recht und die Halluzinationen sind zurück. Erst habe ich gedacht, es seien nur Träume. Ich sehe immer dieses kleine Mädchen, das sehr krank ist, und bin davon ausgegangen, das bin ich.«

»Es könnten in der Tat wieder Wahnvorstellungen sein. Vermutlich handelt es sich um diese Patientin, der du in der Klinik begegnet bist.«

»War dieses Mädchen blond?«, fragte Miriam.

»Ja, es bestand tatsächlich eine Ähnlichkeit zwischen euch beiden.«

»Was genau habe ich damals beobachtet, dass es mich so beeinflusst hat?«

»Ein Mädchen, das neurologisch sehr krank war und wirklich schlimm aussah. Ich habe sie nicht behandelt und nur einmal nach ihr geschaut, weil ich wissen wollte, was dich so erschreckt hat. Die Patientin lag aufgrund einer ansteckenden Erkrankung isoliert von anderen Kindern. Du hast dich sogar mit ihr unterhalten. Aber dann hast du brutale Dinge halluziniert, zum Beispiel, dass Ärzte sie umgebracht haben. Dein Psychiater meinte, dass dir die Krankheit dieses Mädchens und deine Hilflosigkeit so sehr zugesetzt haben, dass du davon krank geworden bist.«

Es klang logisch und erklärte die schrecklichen Bilder, die Miriam von der Kleinen hatte. »Warum kommt es jetzt zurück?«

»Dein Krankenhausaufenthalt vor Kurzem könnte der Grund sein. Vielleicht wurden dadurch Erinnerungen geweckt, die dich in alte Muster zurückwerfen. Du hast damals gesehen, wie sich mehrere Personen um dieses Mädchen geschart haben, und du hast bei deiner OP etwas Ähnliches erlebt. Vielleicht solltest du damit zu einem Therapeuten gehen, damit es nicht noch schlimmer wird.«

»Ich denke, dass das nicht nötig ist. Vermutlich hat mich das alles nur so sehr getriggert, weil ich nie gewusst habe, weshalb ich in der Psychiatrie war. Jetzt, da ich den Hintergrund verstehe, kann ich mir diese Träume oder gar die Wahnvorstellungen erklären und damit zurechtkommen. Hättet ihr mir doch nur von den Halluzinationen erzählt. Dann hätte ich schon viel früher handeln können, als es vor ein paar Wochen angefangen hat.«

Ihr Vater senkte den Blick. »Ich denke inzwischen auch, dass unser Schweigen falsch war, doch damals gab es nicht den richtigen Zeitpunkt. Deine Mutter und ich hatten große Angst, dass die Halluzinationen wiederkommen, wenn wir mit dir darüber sprechen. Also wollten wir warten. Du hast nie gefragt, warum du krank geworden bist, und wir dachten, es wäre das Beste, es nicht noch einmal aufzuwühlen. Es tut mir leid, das war nicht die beste Entscheidung.«

Miriam seufzte und ließ sich noch einmal in die Arme ihres Vaters fallen. Miriam spürte Erleichterung, dass sie das Gespräch hinter sich gebracht hatte.

Ihr Vater hatte sich nicht verhalten, als hätte es ihn gestört, fast schon wirkte auch er befreit, weil sie darüber gesprochen hatten.

Sebastians warnende Worte kamen ihr wieder in den Sinn. Sie löste sich aus den Armen und schaute ihren Vater an. »Ich habe noch eine Frage. Sind du und Mama froh, dass ich hier bin, oder wäre es euch lieber, wenn ich wieder fahre?«

»Du bist immer willkommen, wir lieben dich und sind froh, wenn du uns besuchst. Wir sind uns aber auch einig, dass du im Spreewald deutlich glücklicher bist.«

»Ja, das bin ich. Ich fühle mich hier in Koblenz nicht wohl. Doch ein paar Tage halte ich aus.«

Sebastian stand mit einem Mal in der Tür. Er starrte sie mit einem Blick an, der so eisig war, dass es ihr kalt den Rücken herunterlief.

8

1994

Miriam hüpfte aufgeregt neben ihrem Papa her zu der abgelegenen Klinik, in der er arbeitete. Ihre Wangen fühlten sich heiß an. Endlich konnte sie wieder einmal mit ihm ins Krankenhaus gehen. Sie wollte unbedingt zu dieser Glasscheibe.

Ihr Papa beugte sich zu ihr herunter, als sie in dem großen Flur des Eingangs stehen blieben. »Bist du bereit, mein kleiner Schatz?«

Hastig nickte Miriam. »Ich bin so gespannt, was ich heute alles sehen werde.«

Ihr Papa grinste und nahm ihre Hand. »Du musst brav auf mich hören. Wie beim letzten Mal gilt, dass du nichts anfassen oder alleine irgendwo hingehen darfst. Bleib schön bei mir oder Sebastian. Wenn wir keine Zeit haben, setzt du dich in den Aufenthaltsraum zu den anderen Kindern.«

»Ich verspreche dir, ganz lieb zu sein.« Sie würde aber nicht hören, sie wollte unbedingt wieder zu diesem Zimmer.

Ein großer Mann in einem weißen Kittel kam auf sie zugelaufen. Er war dünn und hatte eine lange Nase. Sein Gesichtsausdruck war irgendwie böse.

Miriam stellte sich etwas hinter ihren Vater.

»Guten Tag, Dr. Goebel«, sagte der Mann. »Sie haben wohl heute eine fleißige Helferin mitgebracht.« Er beugte sich leicht zur Seite und lächelte Miriam an.

»Du musst dich vor dem Mann nicht verkriechen«, sagte ihr Vater. »Das ist mein Kollege, der arbeitet mit mir zusammen.«

Miriam kam zögerlich aus ihrem Versteck hervor, weil sie ihrem Papa immer glaubte, was er sagte.

»Das ist Dr. Lobre.« Ihr Vater sah seinen Kollegen an. »Das ist meine fünfjährige Tochter. Sie möchte später einmal Ärztin werden und ist deshalb gelegentlich mit in der Klinik.«

Dr. Lobre reichte Miriam die Hand. »Schön, dich kennenzulernen. Wir können so nette Ärztinnen wie dich gut gebrauchen.«

Miriam kicherte voller Stolz. Nun hatte sie keine Angst mehr vor dem Doktor. »Ich möchte Kinder gesund machen.«

»Sehr gut. Ich wünsche dir einen schönen Tag, kleines Fräulein.« Dr. Lobre lief über den weiten Flur. Dabei quietschten seine Schuhe, was sich anhörte, als würde er pupsen.

Miriam hielt sich die Hand vor den Mund und lachte los.

»Na, na, du wirst doch wohl in einem Krankenhaus nicht albern werden.« Ihr Papa zwinkerte ihr zu. Er führte sie durch den hellen Flur, an dessen Wänden bunte Bilder hingen.

Die hatten Miriam schon beim ersten Besuch gefallen. Manchmal waren es nur Kritzeleien und sie dachte sich, dass sie das besser malen könnte. Vielleicht würde sie für das Krankenhaus zu Hause auch welche zeichnen.

Sie schaute sich weiter um.

Auf dem Boden lag etwas Spielzeug verstreut.

»Die Kinder müssen das noch aufräumen, stimmt's, Papa?«

»Manchmal erledigen das die Kinder, aber meistens tun das die Krankenschwestern.«

Miriam holte tief Luft. »Gemein. Ich muss das zu Hause immer allein machen.«

»Nun übertreibst du, Mama hilft dir beim Aufräumen. Und hier sind die Kinder krank. Du bist gesund. Das ist etwas anderes.«

Das verstand Miriam. Wenn es ihr nicht gut ging, musste sie ihr Zimmer auch nicht aufräumen. Mama erledigte dann alles für sie und brachte ihr sogar das Essen ans Bett.

Nachdem sie nach rechts abgebogen waren, kamen sie in den Bereich, dessen Wände noch viel bunter strahlten als der Flur, durch den sie gerade gegangen waren.

Ihr Vater drückte auf einen Knopf an der Wand, dann öffnete sich eine Tür. Er führte sie auf die Station.

In einem Zimmer saßen zwei Kinder an einem Tisch und malten. Jedes von ihnen hatte einen Verband um den Kopf.

»Haben sie sich verletzt?«, fragte Miriam erschrocken.

»Nein, sie wurden operiert«, antwortete ihr Vater.

»Das tut bestimmt ganz doll weh.«

Das Mädchen und der Junge lachten gar nicht, sondern sahen ganz traurig aus.

»Hallo«, begrüßte sie die beiden.

Aber sie schauten nicht einmal zu ihr auf. Wie eine Maschine starrten sie nur auf ihre Blätter und kritzelten mit Stiften darüber.

»Sie wurden operiert und müssen erst richtig wach werden, deshalb reden sie nicht. Aber bald geht es ihnen viel besser.«

Miriam nahm ihren Papa in die Arme. »Du machst sie ganz heile, damit sie wieder lachen können, oder?«

»Das werde ich.« Er reichte ihr die Hand. »Komm, wir gehen weiter, dort vorn ist Sebastian.«

Auf ihren Bruder hatte Miriam keine Lust. Er war schon erwachsen und immer böse, sie konnte ihn nicht leiden.

Aber sie hatte erwartet, dass sie ihn treffen würden, denn er arbeitete als Pfleger in der Klinik. Bald wollte er ein Studium beginnen. Mama sagte, dass er dann weniger Zeit mit Miriam verbringen konnte. Darüber war sie erleichtert.

Ihr Papa lief mit ihr in einen Raum, in dem neben Sebastian noch vier weitere Erwachsene saßen. Ein Mann und drei Frauen.

»Hallo Sebastian, ist alles okay auf Station?«

»Alles in bester Ordnung«, antwortete Sebastian und zeigte auf Miriam. »Sie hättest du nicht schon wieder mitbringen sollen. Was soll sie denn in der Klinik?«

»Ich will aber hier sein«, motzte Miriam und schaute ihren Halbbruder wütend an. »Du hast das nicht zu bestimmen. Ich werde später auch hier arbeiten.«

»Hört auf zu streiten, das ist in einer Klinik unangebracht«, ermahnte ihr Papa sie. Dann hockte er sich vor Miriam. »Gehst du zu den beiden Kindern ins Spielzimmer? Ich möchte mir kurz von meinen Kollegen erzählen lassen, was alles passiert ist. Danach zeige ich dir mehr von der Klinik. Einverstanden?«

Miriam zog eine Schnute. »Aber ich möchte auch wissen, was passiert ist.«

»Das geht nicht, mein Engel. In einem Krankenhaus gibt es die Schweigepflicht. Das heißt, dass du nicht viel über die Patienten erfahren darfst. Daran muss ich mich halten, sonst kann ich dich nie wieder mitnehmen.«

»Okay, das habe ich verstanden. Darf ich auch ein Bild malen?«

»Natürlich. In dem Zimmer findest du Papier und jede Menge Stifte. Ich komme dich gleich holen.«

Miriam nickte und lief zu dem Räumchen.

Die Kinder beachteten sie nicht.

Das war ihr egal, denn sie wollte lieber zu diesem Zimmer gehen, in dem sie das Mädchen gesehen hatte.

Nach kurzem Zögern schlich sie den langen Flur entlang. Sie konnte sich noch genau erinnern, wohin sie das letzte Mal gegangen war. Auch erinnerte sie sich daran, dass sie durch einen dunklen Raum laufen musste, in dem alte Möbel standen. Das war gruselig. Aber sie wusste, dass danach die große Glasscheibe kam. Sie huschte durch den gespenstischen Abschnitt vorbei an ein paar Betten, die an der Seite standen, bis sie vor der Scheibe stand.

Das Mädchen saß auf dem Bett. Sie trug dieses Mal einen Verband um den Kopf und war immer noch blass. Plötzlich schaute es auf.

Miriam winkte ihr zu.

Das Mädchen kam an die Scheibe. Es zeigte nach rechts auf eine Tür.

Diese hatte ein großes Viereck in der Mitte.

Das Mädchen stellte sich davor. »Komm hierher.«

Miriam zögerte, weil sie sich komisch fühlte. Durfte sie einfach so mit einem fremden Mädchen sprechen? Sie entschied, dass nichts dabei war.

Mama sagte immer nur, dass sie nicht mit fremden Erwachsenen reden sollte.

»Du musst von außen an dem Griff ziehen«, rief das Mädchen.

Miriam gehorchte und es öffnete sich eine Luke.

Das Mädchen lächelte. »So ist es einfacher, uns zu hören. Wer bist du?«

»Ich bin Miriam. Und wie heißt du?«

»Franziska.«

»Warum bist du dadrin eingesperrt?«

»Ich bin sehr krank und darf erst raus, wenn ich wieder gesund bin. Was suchst du denn hier? Bist du auch krank?«

Miriam schüttelte den Kopf. »Mein Papa arbeitet in dem Krankenhaus. Der nimmt mich manchmal mit, wenn Mama nicht auf mich aufpassen kann. Ich war schon einmal hier, da hast du mich nicht gesehen. Es waren ganz viele Männer bei dir im Zimmer.«

»Das waren bestimmt meine Ärzte. Sie sind manchmal streng. Aber ich bin froh, wenn sie kommen, denn mir ist oft langweilig.«

Miriam machte das traurig. »Ich kann Papa fragen, ob er noch ein anderes Kind zu dir bringen kann, damit du nicht allein bist.«

»Sie sagen, niemand darf zu mir ins Zimmer.«

Miriam seufzte. »Das ist echt öde.«

»Du darfst auch nicht hier sein. Wenn die dich hier sehen, werden die sauer. Du musst aufpassen.«

»Ja, das werde ich. Sollen wir zusammen spielen?«

»Ich würde gerne. Aber wir kriegen Ärger, wenn jemand kommt und uns erwischt.«

»Ich kann mich ganz schnell unter den Betten da hinten verstecken.«

Das Mädchen kicherte in ihre Hand. »Du bist klug. Besuchst du mich jetzt öfter?«

»Ja, ich werde es versuchen. Wir können Freundinnen sein.«

Die Augen des Mädchens strahlten. »Ich will gern eine Freundin haben, weil ich mich so einsam fühl. Wie alt bist du?«

»Fünf, ich werde bald sechs und komme in die Schule.«

Franziska zog ihre Mundwinkel nach unten und malte mit dem Finger Kreise an die Scheibe. »Schule ist auch langweilig.«

»Gehst du schon zur Schule?«

»Na klar, ich bin sechs. Aber kurz nach der Einschulung bin ich hierhergekommen und seitdem langweile ich mich.«

Das Mädchen tat Miriam immer mehr leid. »Kommen deine Eltern nicht zu Besuch?«

»Manchmal meine Mama. Sie kann nicht so oft und sie darf auch nicht zu mir rein. Und Papa ist abgehauen.«

»Jetzt hast du ja mich. Wir werden immer Spaß haben.«

Franziska lachte. »Eine Geheimfreundin.« Sie legte ihre Hand an die Glasscheibe. »Schwörst du, dass du immer hier vorbeischaust, wenn du in der Klinik bist?«

Miriam legte ihre Hand über Franziskas. »Ja, ich schwöre. Wir sind für ewig Freundinnen.«

Franziska zog eine schmerzerfüllte Grimasse und hielt sich den Kopf.

»Warum hast du da einen Verband?«

»Ich habe einen Schlauch drin, weil ich im Kopf geblutet hab. Der wird aber bald weggemacht.«

»Und warum bist du überall so blau?«

Franziska zuckte mit den Schultern. »Lass uns nicht die ganze Zeit über meine Krankheit sprechen. Wollen wir *Ich sehe was, was du nicht siehst* spielen?«

Miriam nickte und lachte. »Ja, das mag ich.«

Plötzlich drehte sich Franziska zu der Tür, die auf der anderen Seite des Zimmers war. »Da kommt jemand. Schnell, versteck dich.«

Miriam rannte zu den alten Möbeln in dem dunklen Raum und kauerte sich hinter ein großes Gitterbett. Sie konnte nicht sehen, was in dem Zimmer geschah und wer hereingekommen war, traute sich auch nicht zu linsen.

Nach einer Weile ertönte ein unfassbar lauter Schrei von Franziska. Dieser erschreckte Miriam so sehr, dass sie auf den Boden krabbelte, bis sie die Tür erreichte, durch die sie zuvorgekommen war. Dann stand sie auf und rannte in den Flur. Tränen liefen ihre Wangen hinunter. Sie sah nur verschwommen.

Plötzlich krachte sie gegen etwas. Sie prallte zurück und fiel auf den Boden.

Eine Frau hockte sich zu ihr. »Alles okay, Kleine? Wo kommst du denn her?«

Miriam schluchzte. »Ich habe mich verlaufen und will zu meinem Papa.«

Die Krankenschwester streichelte ihr über den Rücken. »Ganz ruhig. Wer ist denn dein Papa?«

»Dr. Goebel.«

Die Frau lächelte. »Komm, ich bringe dich zu ihm. Es ist nicht weit.« Sie führte Miriam über den langen Flur.

»Miri, da bist du ja«, rief ihr Vater und eilte auf sie zu. »Du hast mir einen Schrecken eingejagt.« Er bedankte sich bei der Frau und nahm Miriam auf den Arm. »Ich habe dir doch gesagt, dass du nicht weglaufen sollst.«

»Die beiden Kinder im Spielzimmer haben nicht mit mir gespielt, da war mir langweilig und ich wollte andere suchen. Aber ich habe mich verirrt.« Von Franziska erzählte sie nichts. Auch wenn sie sich erschrocken hatte, würde sie wieder dort hingehen, denn sie wollte nicht, dass ihre neue Freundin so oft alleine war. Und sie würde ihr ein Bild malen, damit sie es sich immer anschauen konnte, wenn sie sich einsam fühlte.

»Schon okay, es ist ja alles gut gegangen. Komm, ich zeige dir etwas ganz Tolles und dann essen wir zu Mittag.«

Miriam lächelte. Sie war stolz auf sich. Zwar fühlte sie sich schlecht, weil sie Papa belogen hatte, aber sie freute sich, dass sie nun eine geheime Freundin hatte. Nur der Schreck steckte ihr noch in den Knochen. »Papa, schreien die Kinder im Krankenhaus manchmal laut?«

Ihr Vater setzte sie ab. »Ja, natürlich. Im Krankenhaus lässt es sich leider nicht immer vermeiden, dass eine Untersuchung schmerzt. Du weißt doch, wie es bei dir ist, wenn du eine Spritze bekommst. Dann weinst du. Und manche Kinder schreien sogar.«

Hatte jemand Franziska wehgetan?

Miriam verspürte eine Unruhe und wäre am liebsten noch einmal zu ihrer Freundin gerannt, nur um zu sehen, dass es ihr gut ging. Aber dann würde ihr Vater das Geheimnis aufdecken.

»Alles in Ordnung? Du wirkst nachdenklich.«

»Ich habe nur gedacht, dass mir die Kinder leidtun. Hoffentlich werde ich nie, nie, nie so krank, dass ich in eine Klinik muss.«

»Das hoffe ich auch sehr«, sagte ihr Papa.

9

6. März 2024

Er schaute auf das Display seines Handys. Ihm war klar, warum ihn eines der Mitglieder anrief. Am liebsten würde er nicht abnehmen, aber das würde für noch mehr Unruhe sorgen. Also ging er ran.

»Wie sieht es aus?« Keine Begrüßung. Keine netten Worte.

Er holte tief Luft, damit er sich erdete und sein Gegenüber ihm die Beunruhigung nicht anmerkte. »Es ist alles im grünen Bereich, wir brauchen uns keine Sorgen machen.«

»Bist du dir ganz sicher?«

Das war er natürlich nicht, eher im Gegenteil. Die Nervosität fraß ihn fast auf, doch das würde er niemals zugeben. »Bin ich. Sie ist nur auf einen Besuch in Koblenz und scheint sich nicht an ihre Kindheit zu erinnern, zumindest nicht an das, was uns betrifft.«

»Ich möchte dir gern glauben, aber wir sind sehr beunruhigt. Du weißt, dass sich Probleme schnell herumsprechen. Miriam könnte die falschen Leute aufhetzen, wenn sie sich erinnert. Du weißt, welche zwei Mitglieder eh schon auf der Kippe stehen. Sie sind Miriam nahe und ich bin besorgt darüber, dass die sich von ihr einlullen lassen könnten und unseren Erfolg gefährden. Außerdem gibt es ja auch noch Mitwissende durch unglückliche Umstände, die wir mit einer eindrücklichen Warnung ruhiggestellt haben. Wenn die mitbekommen, dass es eine Zeugin gibt, könnten sie wieder gegen uns vorgehen wollen. Es besteht die Gefahr, dass genau diese Leute in das Wespennest stechen.«

»Das ist mir klar. Mit der Gefahr leben wir sowieso, es könnte immer jemand auspacken. Dafür haben wir unseren Eskalationsplan. Unsere zwei Damen sind bereits ermahnt und wissen genau, welche Stufe der Bestrafung als Nächstes kommt. Sie werden nichts tun, wodurch unsere Arbeit an die Öffentlichkeit gelangt.«

»Ich hoffe für dich, dass du recht hast. Die Organisation ist seit über dreißig Jahren aktiv, ich möchte, dass das so bleibt. Miriam ist unsere größte Gefahr. In ihr schlummern Erinnerungen, die jederzeit hervorbrechen könnten.«

»Bisher ist nichts davon an die Oberfläche gekommen, sonst hätte sie schon längst etwas verraten. Sie war damals ein kleines Kind, sie hat die Ereignisse vergessen. Ich habe sie unter Beobachtung und alles im Griff. Sie wird sicher bald nach Hause fahren.«

»Du weißt, dass auch du als Leiter nicht mehr aus der Nummer rauskommst, wenn jemand nach einer Abstimmung verlangt. Sollte diese mehrstimmig für eine Warnung ausfallen, müssen wir ebenso bei Miriam nach dem Plan vorgehen.«

»Ja, das ist mir bewusst. Ich gebe dir mein Wort, dass ich sie im Auge behalte.« Er hoffte inständig, dass eine Warnung nicht nötig sein würde, denn dann würde Miriam sofort wissen, dass etwas nicht stimmte.

In diesem Fall wäre Ärger vorprogrammiert.

Er wollte am liebsten nicht mehr darüber nachdenken, welche Konsequenzen das hätte. »Erzähl mir jetzt bitte von unserem neuen Patienten.«

»Acht Jahre alt. Er hat sehr stark ausgeprägtes ADHS und scheint seit der Kindergartenzeit Probleme zu machen. Seine Mutter war ziemlich leicht zu überreden, an der Studie teilzunehmen. Sie ist es leid, von allen Seiten gesagt zu bekommen, wie unerzogen ihr Sohn sei. Die Medikation, auf die der Junge extern eingestellt war, hat keine große Besserung gebracht.«

»Seit wann ist die abgesetzt?«, fragte er.

»Zwei Wochen. Wir haben bereits die aktuellen Befunde erfasst. Das NEBA wies eindeutige Veränderungen der Theta- und Beta-Wellen auf, auch mit dem Medikament, das er genommen hatte. Nach Absetzen dieses zeigen sich die Veränderungen noch deutlicher. Auch diverse Tests haben für ADHS typische Ergebnisse geliefert. Die Diagnose ist also gesichert.«

»Wie siehst du die Chancen, dass wir eine bessere Filterung der Reize erreichen können?«

»Gut. Er ist seit Langem mal wieder ein Patient, bei dem wir Großes bewirken dürften. Es könnte endlich unser Durchbruch werden. Ich würde mit elektrischen Impulsen beginnen, um zu schauen, ob es anschlägt.

Doch ich möchte auch gern das NeuroSynaptin einsetzen.«

Das zu hören, verschlug ihm den Atem. »Sicher? Das Medikament hat uns ziemlich viel Schererei eingebrockt, es gab bereits zwei Tote.«

»Komm schon. Der erste Todesfall war vor dreißig Jahren noch bei Herbert. Da standen wir mit dem Medikament ganz am Anfang. Diesen Fehler müssen wir uns irgendwann verzeihen. Die Organisation braucht Fortschritte. Wir haben nach den Fällen jahrelang daran geforscht, die Rezeptur optimiert.«

»Ja, aber beim letzten Mal war sie trotzdem nicht erfolgreicher, weshalb wir vor zehn Jahren einen weiteren Patienten durch NeuroSynaptin verloren haben. Bist du dir sicher, dass der Wirkstoff jetzt ausgereift ist?«

»Bin ich. Dieses Mal funktioniert es. Das Medikament wird uns so viel bieten. Wir können damit die Art, Dauer und Intensität der Sensibilität des Jungen beeinflussen, werden die Reizverarbeitung ins Gleichgewicht bringen. Das alles ohne diese Medikamente, die aufs Herz gehen. Und ohne, dass jahrelange Verhaltenstherapien notwendig sind. Wir werden Erfolg haben und endlich Herberts Fehlverhalten hinter uns lassen können. Wenn wir diese Leistung dann an die Presse geben, wird der Druck so groß sein, dass sie NeuroSynaptin zulassen, denn Eltern werden es für ihre Kinder haben wollen. Man kann uns danach gar nicht mehr ablehnen. Ich rieche jetzt schon das ganze Geld.«

Er ließ sich die Worte durch den Kopf gehen.

Sie hatten das Medikament erst zweimal getestet, leider waren beide Kinder gestorben. Die Forschungen mit elektrischen Impulsen waren zwar ungefährlich, aber hatten nicht den Erfolg gebracht, den sie dringend brauchten, um sich von all den anderen Therapien auf dem Markt abzuheben. Es war an der Zeit, dass die Organisation Erfolge erzielte, sie experimentierten schon so lange daran. Er selbst wollte diesen Durchbruch, um Menschen mit ADHS endlich heilen zu können.

Also nickte er. »Wir werden beim nächsten Treffen darüber abstimmen, aber wahrscheinlich wird sich die Mehrheit einverstanden erklären. Ich möchte bei der Verabreichung des Medikamentes dabei sein. Kümmere dich darum, dass wir alle Unterschriften der Mutter haben, damit wir abgesichert sind.«

»Ist alles bereits erledigt. Die Mutter ist mit der Einnahme von NeuroSynaptin einverstanden. Wir können starten.«

»In Ordnung. Ich kümmere mich heute ausschließlich um Miriam, morgen früh legen wir los.« Er beendete das Telefonat und holte tief Luft. Erst da bemerkte er, wie seine Hand zitterte.

10

Miriam stocherte in dem gebackenen Gemüse herum. Sie hatte keinen Appetit, weil sie unentwegt an diese Wahnvorstellungen denken musste, von denen ihr Vater gesprochen hatte. Zwar war sie froh, nun die Wahrheit zu kennen, doch sie war auch etwas besorgt, dass die Erkrankung nun zurück war. Sie aß nur um ihrer Eltern willen mit.

»Schmeckt es dir nicht?«, fragte ihre Mutter.

»Doch, ich habe nur noch keinen großen Hunger, weil ich viel gefrühstückt habe«, log sie.

Ihre Mutter lächelte gequält, auf ihrer Stirn zeichneten sich Sorgenfalten.

»Es ist alles okay, Mama. Papa hat mir vorhin erklärt, dass ich früher Halluzinationen von diesem Mädchen hatte. Wahrscheinlich kamen mir durch das Erlebnis meiner Notoperation diese Bilder wieder in den Sinn. Ich werde mich noch ein paar Tage hier bei euch ausruhen und dann geht es mir ganz sicher besser. Sobald ich zurück zu Hause bin, werde ich das mit einer Therapeutin besprechen, damit es nicht schlimmer wird.« Die Tage Pause würden ihr sicher guttun, vor allem hoffte sie, dass sie noch ihre ehemaligen Freunde sprechen konnte.

Auf ihrem Handy ging eine Nachricht ein.

Sie schaute schnell nach.

Florian hatte ihr geschrieben. *Wenn du magst, begleite ich dich zur Klinik. Vielleicht kann ich zwischen euch vermitteln. Treffen wir uns in einer dreiviertel Stunde vor dem Krankenhaus?*

Ein leichtes Lächeln huschte über ihre Lippen. Zwar wäre sie auch allein gegangen, doch da Carina so merkwürdig auf sie reagiert hatte, war ihr wohler, wenn Flo mitkäme. Deshalb sagte sie zu.

Miriams Vater räusperte sich. »Junge Dame, es gelten hier am Tisch noch die gleichen Regeln wie früher. Keine Handys beim Essen.« Er schaute sie streng an, musste jedoch dann grinsen.

Trotzdem steckte sie es weg. Sie bemerkte, dass Sebastian sie von der Seite mit einem scharfen Blick durchbohrte. Demonstrativ lächelnd lehnte sie sich zurück. »Hach, ich freue mich auf ein paar schöne Tage in Koblenz. Vielleicht können wir ja an einem was zusammen unternehmen.« Sie schaute Sebastian an.

Er hatte ein rotes Gesicht und sein Blick war vernichtend, doch das kümmerte sie nicht.

Sie hatte sich viele Jahre von ihm unterbuttern lassen, damit sollte Schluss sein. Ihr Vater hatte bestätigt, dass sie willkommen war, das hatte sie gestärkt.

Sebastian konnte nichts dagegen tun, denn es war das Haus ihrer Eltern. In dem hatte er nicht zu entscheiden, wie lange sie zu Besuch sein durfte.

»Natürlich unternehmen wir was«, sagte ihr Vater. »Wir könnten wie in alten Zeiten wandern gehen. Das hast du als Kind so gern gemacht.« Ein kleiner Anflug Melancholie huschte über sein Gesicht.

Vor ihrer Erkrankung waren sie oft gemeinsam in der Umgebung unterwegs gewesen.

Wieder einmal wurde Miriam bewusst, wie sehr sie ihre Eltern gefordert hatte.

»Schatz? Alles okay?« Ihr Vater sah sie an. »Wir müssen nicht wandern. Mach gern einen anderen Vorschlag.«

»Eine Wanderung ist eine hervorragende Idee. Ich war ewig nicht mehr im Stadtwald. Wann habt ihr Zeit?«

»Ich immer«, antwortete ihre Mutter und lächelte. Dieses Mal nicht gequält. Miriam meinte sogar, aufrichtige Freude zu erkennen.

»Morgen muss ich arbeiten, aber übermorgen habe ich frei«, sagte ihr Vater. Er guckte Sebastian an. »Was ist mit dir?«

Der hob abwehrend die Hände. »Ich habe Wandern früher schon gehasst und nehme deshalb nicht extra frei.« Er schob den Stuhl nach hinten, sodass dieser laut über den Holzboden kratzte. »Ich muss jetzt auch los.« Er räumte sein Geschirr vom Tisch und stellte es in die Spülmaschine. »Wir sehen uns morgen auf Station, Papa.« Dann verließ er die Küche. Miriam hatte das Gefühl, dass er eine Spur Gift hinter sich herzog, als er an ihr vorbeilief. Wie viel Hass gegen Miriam trug er nur in sich? Und warum?

»Was hast du denn heute noch geplant?«, fragte ihre Mutter, während sie die restlichen Teller vom Tisch räumte. »Wir könnten uns in den Garten setzen und Skat spielen.«

»Ich wollte gleich zur Klinik fahren und schauen, ob Carina zufällig Dienst hat. Heute Morgen habe ich sie in der Stadt gesehen, doch sie ist weggelaufen.«

»Vielleicht hat sie dich nicht erkannt.« Ihre Mutter zuckte mit den Schultern. »Ihr habt euch fünfzehn Jahre lang nicht gesehen.«

Miriam empfand das anders, wollte aber ihre Mutter nicht damit behelligen. »Könnte sein. Ich würde mich gern bei ihr dafür entschuldigen, dass ich einfach so verschwunden bin.«

»Soll ich in der Klinik anrufen und fragen, ob Carina heute Dienst hat?«, bot ihr Vater an. »Dann musst du nicht umsonst hinfahren.«

»Nicht nötig. Auch wenn sie nicht da ist, habe ich Lust vorbeizugehen. Früher waren deine Kollegen wie eine zweite Familie für mich, vielleicht kann ich dem einen oder anderen Hallo sagen.«

Ihr Vater sah sie mit zusammengepressten Lippen an.

»Mach dir keine Sorgen. Ich bin sicher, es wird mir nichts ausmachen, an den Ort zurückzukehren, der mich traumatisiert hat. Du hast mir ja erklärt, was mich so erschreckt hat. Seitdem fühle ich mich viel leichter. Das Schlimme war einfach, dass ich nicht wusste, was passiert ist. Nun habe ich eine Erklärung und kann es besser einordnen, wenn ich diese Flashbacks bekomme.« Ein wenig nervös war sie aber trotzdem. Sie hoffte, dass ihre Eltern es ihr nicht anmerkten.

Mit einem Lächeln erhob sich ihr Vater und küsste sie auf den Kopf. »Manchmal vergesse ich, dass meine kleine Miri eine erwachsene Frau ist. Grüß mir die Kollegen. Ich lege mich jetzt mit meiner Zeitung in den Sessel und genieße die Mittagsruhe.«

»Tu das«, erwiderte Miriam. Auch sie stand auf, half ihrer Mutter beim Saubermachen und schrieb Florian, dass sie aufbrechen wollte.

Keine Minute später antwortete er, dass er auch losfuhr.

Miriam zog sich die Schuhe an, verabschiedete sich von ihren Eltern und verließ das Haus.

Die warme Märzsonne zauberte ihr ein Lächeln aufs Gesicht. Als sie durch die ruhigen Straßen in Koblenz-Rübenach lief, genoss sie die mittägliche Stille und friedliche Atmosphäre. Die Frühlingsluft umhüllte sie sanft, die Sonnenstrahlen berührten ihr Gesicht. Ein leichter Wind strich durch ihre Haare und trug den Duft von frischen Blumen mit sich.

Sie fühlte sich lebendig und voller Energie, so wie seit Langem nicht mehr. Josephin hatte recht gehabt, es war eine gute Idee gewesen, in die Heimat zu fahren und nach Antworten zu suchen.

Miriam atmete tief ein. Ihre Stimmung hob sich weiter. Sie freute sich auf Florian, aber auch auf Carina und wünschte sich, die letzten fünfzehn Jahre wiedergutmachen zu können. Von nun an würde sie nur noch an die Zukunft denken. Im besten Falle mit Flo und Carina zusammen, sie wollte sie in ihrem Leben haben.

Plötzlich knackte hinter ihr etwas und sie spürte einen seltsamen Druck in ihrem Nacken. Sie drehte sich um, aber es war niemand da. Trotzdem hatte sie das Gefühl, jemand würde sie beobachten. Beklemmung breitete sich in ihr aus und sie beschleunigte ihren Schritt, während sie nervös die Umgebung im Blick behielt.

Sie bog in die Anderbachstraße ein, um von dort den Feldweg entlangzugehen. Als sie sich noch einmal nach hinten wandte, setzte ihr Herz fast aus.

An einem der Einfamilienhäuser stand dieser Mann in den abgewetzten Sachen. Er starrte ihr hinterher. War er ihr etwa die ganze Zeit gefolgt?

Ihr Herz schlug wild. Sie beschleunigte ihre Schritte. Als sie am Feldweg ankam, fragte sie sich, ob das clever gewesen war, diese Strecke zu wählen.

Die neurologische Kinderklinik, in der ihr Vater arbeitete, lag umgeben von Äckern und unberührter Natur zwischen Rübenach und Metternich.

Niemand würde sehen, wenn der Typ ihr folgte und sie angriff. Trotz der freien Sicht wirkte der Feldweg plötzlich düster.

Miriam kamen die Tränen. Sie drehte sich erneut um.

Er stand noch immer an derselben Stelle, schaute ihr hinterher.

Miriam eilte weiter, fast rannte sie.

Das Rauschen des Windes und das Zwitschern der Vögel wurden lauter und bedrohlicher.

Gänsehaut legte sich über ihre Haut. Wieder schaute sie zu dem Mann.

Der war weg.

Sie drehte sich im Kreis, hatte Angst, dass er ihr gefolgt war. Aber dann hätte sie ihn gesehen.

Er könnte sich nirgendwo verstecken, da es keine Bäume, Sträucher oder Gebäude weit und breit gab.

Miriam starrte auf die Häuser ihres Heimatortes zurück.

Die Fenster glitzerten in der Sonne und Schatten von Bäumen tanzten auf den Fassaden. Fast wirkten die Gebäude wie stille Wächter, die sie misstrauisch beobachteten.

Ein kalter Schauer lief Miriam über den Rücken. Ihr Herz schlug immer schneller. Sie wandte sich schnell ab. Sie eilte den Weg entlang, um endlich zur Klinik zu kommen.

Nach wenigen Schritten tauchte das blonde Mädchen vor ihrem inneren Auge auf. Durch ihren Vater wusste sie, dass es das Kind tatsächlich gegeben hatte. Nur die Dinge, die mit ihr passiert sein sollten, entsprangen Miriams Fantasie.

Ganz ruhig bleiben. Es ist nur eine Halluzination, weil du gerade große Angst bekommen hast.

An der Stirn des Mädchens lief Blut hinunter. Es schrie sie stumm an, hielt wie ein Stoppschild die Hände hoch, von denen Schlamm tropfte.

Miriam zitterte, ihr wurde schwindlig.

Das Mädchen rauschte mit ausgestreckten Armen auf sie zu.

Als es fast bei ihr war, schrie Miriam auf und fiel zu Boden. Sie hielt sich die Hände schützend über den Kopf und verharrte in der Position. »Verschwinde!«

»Miri, was ist los?«, fragte Florian.

Erschrocken sah sie auf. Sie hatte nicht bemerkt, dass ein Auto neben ihr gehalten hatte. Schnell schaute sie sich um.

Von dem gruseligen Mädchen war nichts mehr zu sehen.

Florian zog sie hoch. »Was ist denn passiert?«

Miriam benötigte einen Augenblick, bis sie wieder ausreichend Luft in ihre Lunge bekam. Ein merkwürdiges Gefühl hatte sich an ihr festgekrallt, das sie bisher noch nicht erlebt hatte, wenn sie diese Halluzinationen gehabt hatte. Es fühlte sich an, als wollte das Mädchen ihr etwas sagen.

»Du machst mir Sorgen, bitte antworte mir. Soll ich einen Arzt holen?«

Florians Worte waren in ihre Gedanken gedrungen. »Nein, schon in Ordnung. Ich hatte nur einen kleinen Schwächeanfall, weil ich mich erschrocken habe«, log sie. Sie wollte Florian nicht sagen, dass sie schon wieder so eine Halluzination gehabt hatte.

»Du bist käseweiß. Soll ich dich nach Hause bringen?«

Miriam schüttelte den Kopf. »Mir geht es gut.«

»Das sah gerade anders aus. Du hast geschrien, als wäre eine Bestie über dich hergefallen. Gott sei Dank bin ich verbotenerweise über die Felder gefahren, sonst hätte dich keiner gefunden.« Florian musterte sie mit gerunzelter Stirn.

»Übertreib nicht. Ich habe mich lediglich erschrocken.« Miriam erzählte von dem Mann.

»Bist du sicher, dass es derselbe wie in der Stadt ist?«, fragte Florian.

»Er muss mir folgen. Anders kann ich mir nicht erklären, wie er sonst weiß, wo ich gerade bin.«

»Möglicherweise kennt er dich.«

»Ich habe ihn noch nie gesehen.« Miriam zitterte am ganzen Leib, doch auf dem Feld konnte sie eh nichts ausrichten. »Ich möchte jetzt in die Klinik und nach Carina schauen. Später überlege ich, wer der Mann sein könnte. Vielleicht kennt meine Familie ihn.«

»Setz dich ins Auto, das Stück nehme ich dich mit.« Florian hielt ihr die Beifahrertür auf.

Widerwillig stieg Miriam ein, war aber froh, dass sie für einen kurzen Moment verschnaufen konnte.

Die paar Meter zum Parkplatz der Klinik verliefen schweigend.

Sie schämte sich dafür, dass Florian sie so gesehen hatte.

Nachdem Florian eingeparkt hatte, stieg sie aus und betrachtete die neurologische Kinderklinik, in der ihr Vater und ihr Halbbruder seit Jahren arbeiteten. Eigentlich hatte auch sie eines Tages dort eine Anstellung bekommen wollen und genau wie Sebastian Medizin studiert. Doch dann war alles anders gekommen.

Die einstmals weiße Farbe der Fassade war mittlerweile gräulich. Ansonsten hatte sich nichts verändert.

Während sie so auf das Gemäuer starrte, überfiel eine Gänsehaut sie. Wieder sah sie das Mädchen vor sich, dieses Mal steuerte sie ihre Gedanken aber selbst. Was nur hatte es zu bedeuteten, dass dieses Kind im Feld so auf sie zugestürzt gekommen war? Diese Halluzination hatte gewirkt, als wollte das Mädchen verhindern, dass Miriam die Klinik betrat. Und dass sie hierhergekommen war, fühlte sich auch nicht richtig an.

Wahrscheinlich würde jeder normale Mensch auf sein Bauchgefühl hören und umdrehen, doch sie wollte unbedingt mit Carina sprechen.

Sie fuhr zusammen, als sie Florians Hand auf ihrer Schulter spürte.

»Du bist total nervös und dir stehen Schweißperlen auf der Stirn. Sicher, dass alles gut ist?«

»Die Klinik löst etwas in mir aus. Ich fühle mich an diesem Ort unwohl. Das hängt wahrscheinlich mit den Beobachtungen zusammen, die ich als Kind hier gemacht habe.«

»Warum willst du dann unbedingt da rein? Wir könnten Carina bestimmt auch anders abfangen.«

Miriam seufzte und sah Florian tief in die Augen. Sie entschied, ihm doch von dem Vorfall auf dem Feld zu erzählen, weil er sie so besser verstehen konnte.

»Also hattest du gerade eine Halluzination?«, fragte er, nachdem sie geendet hatte.

Sie zuckte mit den Schultern. »Offenbar schon.« Sie zeigte auf die Klinik. »Ich denke, dass ich dort herausfinde, was genau ich beobachtet habe, dass ich mich heute noch damit quäle. Vielleicht kann sich ein älterer Kollege von Papa an dieses Kind und die Krankheit erinnern.«

»Das klingt nach keiner guten Idee. Sicher wissen sie, wie dich deine Beobachtungen damals mitgenommen haben, dein Vater arbeitet schließlich hier. Alle haben dich ewig nicht gesehen. Sie werden dir nach so vielen Jahren nicht einfach alles erzählen.«

Miriam zuckte die Schultern. »Mal sehen, wie ich es anstelle, etwas zu erfahren.«

»Ich würde dir gern noch etwas erklären.«

Miriam hatte zwar Florians Worte gehört, doch sie war mit den Gedanken schon auf den Fluren des Krankenhauses.

»Miriam, bitte hör mich erst an.«

»Erzähl es mir später. Ich will jetzt da rein, bevor ich meinen Mut verliere.« Als sie durch die großen Türen trat, die sie als kleines Mädchen fasziniert hatten, wuchs ihr Unbehagen. Sie schaute sich um.

Auch innen hatte sich nicht viel verändert. Die langen weißen Flurwände waren mit bunten Bildern behangen, die ehemalige Patienten gemalt hatte. Auf jedem standen ein Name und ein Datum.

»Was machst du hier, Florian?«, schallte plötzlich eine Frauenstimme über den Flur. »Carina wird nicht begeistert sein, wenn sie dich heute hier sieht.«

Miriam runzelte die Stirn.

Was sollte das denn bedeuten? Hatte Florian etwa Streit mit Carina gehabt und deshalb keinen Kontakt mehr zu ihr?

»Beruhig dich«, sagte Florian zu der Frau und hob die Hand. Seine Augen waren weit aufgerissen, so als wollte er mit allen Mitteln verhindern, dass die Person weitersprach. »Ich begleite nur Miriam. Kennst du sie noch?«

Erst da erkannte Miriam, dass es Florians zwei Jahre jüngere Schwester, ihre ehemalige Freundin Elli, war.

Ihr damalig blondes langes Haar war mittlerweile dunkelbraun und ganz kurz geschnitten. Außerdem hatte sie extrem abgenommen, Elli war damals etwas stämmiger gewesen.

»Hallo«, begrüßte Miriam sie zögerlich.

Ellis Blick bohrte sich durch ihr Innerstes und hatte etwas von Abscheu. »Ja, hallo«, antwortete sie knapp und starrte Florian wütend an.

»Bitte entschuldige uns kurz, Miri«, sagte Florian und zog seine Schwester an die Seite des Flures.

»Warum bringst du sie hierher?«, zischte Elli so laut, dass Miriam es gehört hatte. »Du weißt, dass das gefährlich ist.«

Florian drehte sich zu Miriam und sah ihr in die Augen.

Sie war sich sicher, dass er schauen wollte, ob sie mitbekommen hatte, was Elli gesagt hatte. Florian wusste etwas, das wurde ihr in diesem Moment klar. Jeder wusste anscheinend etwas, nur sie nicht. Sie fragte sich, ob ihr Vater die ganze Wahrheit gesagt hatte oder ob er etwas verheimlichte, in das ihre damaligen Freunde eingeweiht waren.

In diesem Moment kam Carina die Treppen hinunter. Sie erstarrte, als sie in Miriams Richtung blickte.

Florian und Elli schauten zu Carina. Keiner sagte etwas.

Ein kalter Schauer überzog Miriam.

Was geschah an diesem Ort? Warum schockierte es ihre Freunde so, dass Miriam in die Klinik gekommen war?

11

1994

Als Miriam den dunklen Flur entlanglief, fühlte sie sich noch immer komisch, weil alles so alt und staubig war wie aus einer anderen Zeit. Sie malte sich aus, dass zwischen den alten Betten und Nachtschränken Geister wohnten. Aber sie freute sich, dass sie endlich Franziska besuchen konnte.

Schon seit Tagen hatte sie ihren Papa angebettelt, dass er sie wieder mit in das Krankenhaus nahm. Er hatte immer gesagt, dass es nicht so oft ging, weil er arbeiten musste. Doch an diesem Tag war der Kindergarten zu und Mama hatte einen Termin beim Arzt. Deshalb durfte sie wieder mit ihm in die Klinik gehen. Sie hatte Franziska schon sehr vermisst.

Als sie an der großen Scheibe ankam, sah sie ihre Freundin nicht. Das machte ihr Angst. Sie hoffte, dass ihr nichts Schlimmes zugestoßen war, denn Franziska hatte oft gesagt, dass es ihr immer schlechter ging. Schnell rannte sie zu der Luke und öffnete sie. »Franziska, bist du da?«

Ein Kopf kam über dem Bettrand zum Vorschein. Er war immer noch verbunden.

»Hallo, ich bin wieder hier«, sagte Miriam.

Franziska stand auf, aber sie lachte nicht. Ihre Augen glänzten rot und sie war weiß im Gesicht.

Miriam erschrak und trat ein Stück zurück. »Bist du okay?«

Franziska kam zu der Luke in der Tür. Sie lief ganz langsam und leicht nach vorn gebeugt. Außerdem wankte sie etwas. Sie blieb immer wieder stehen, balancierte mit den Armen, ehe sie die nächsten Schritte ging. Das letzte Stück ließ sie sich gegen die Tür fallen und hielt sich an der Luke fest. »Ich bin so froh, dass du mich endlich besuchst. Darauf habe ich schon so lange gewartet.«

»Tut mir leid. Papa hat mich erst heute wieder mit ins Krankenhaus genommen. Ich habe die ganze Zeit an dich gedacht und gehofft, dass du bald entlassen wirst. Aber das sieht nicht so aus. Geht es dir nicht besser?«

»Nein, ich muss noch lange hierbleiben. Ich kriege jetzt ein neues Medikament, das hilft mir bestimmt. Und wenn ich wieder ganz gesund bin, treffen wir uns auf dem Spielplatz, okay?«

Miriam lachte. »Ja, das finde ich toll.«

»Und danach gehen wir Eis essen.«

Franziska kicherte. »Ich nehme eine Schokokugel und einmal Erdbeere.«

»Ich Banane und Vanille.«

Franziska hielt sich den Bauch und zog eine schmerzerfüllte Grimasse. »Hoffentlich kann ich bald richtig essen, sonst macht das gar keinen Spaß mit dem Eis.«

Miriam reichte ihre Hand durch die Luke und Franziska griff nach ihr.

»Wir warten so lange, bis du wieder ganz gesund bist. Ich verspreche dir, dass ich dich besuchen komme, so oft es geht. Wir sind jetzt beste Freundinnen.«

Dem kranken Mädchen liefen Tränen über die Wangen. »Ich hatte noch nie eine beste Freundin.«

»Jetzt schon.« Miriam zog ein zusammengefaltetes Papier aus ihrer Jackentasche. Sie hatte ein Pferd gemalt, das auf einer grünen Wiese stand und Gras fraß. Außerdem war eine große gelbe strahlende Sonne drauf. »Das habe ich für dich mitgenommen, damit du auch was Buntes siehst. Das nächste Mal bringe ich dir einen Teddy mit.«

Franziska öffnete das Papier und schaute die Zeichnung lächelnd an. »Das ist schön.«

»Wir können reiten gehen, sobald du gesund bist«, sagte sie. »Ich besuche ab und zu mit Papa den Reitstall, du kannst mitkommen.«

Franziskas Augen strahlten. »Ich wollte schon immer mal auf einem Pferd sitzen.« Plötzlich drehte sie sich zu der Tür, die auf der anderen Seite des Zimmers lag. »Es kommt jemand, versteck dich.«

Miriam klappte schnell die Luke zu, eilte hinter ein Bett und hockte sich hin. Sie hatte nicht so viel Angst, erwischt zu werden, wie beim ersten Mal. Doch ihr graute es davor, dass Franziska wieder schreien könnte. Sie wollte nicht, dass ihre neue Freundin Schmerzen hatte.

»Warum bist du nicht in deinem Bett?«, fragte eine männliche Stimme. »Du darfst dich nicht so anstrengen.«

»Mir ist langweilig. Kann ich rausgehen?«

»Du weißt, dass das nicht möglich ist. Du bist sehr krank und solltest dich ausruhen. Leg dich ins Bett, ich bringe dir gleich dein Essen und dann bekommst du noch eine Untersuchung.«

»Okay«, antwortete Franziska knapp.

Miriam durfte sich auf keinen Fall erwischen lassen, ihr Papa wäre sonst stinksauer. Aber sie wollte unbedingt etwas sehen. Deshalb lugte sie mit dem Kopf etwas über das Bett.

Im Zimmer half ein Mann, der groß wie ein Riese war und ganz breite Schultern hatte, Franziska ins Bett zu bringen. Er trug eine weiße Hose und ein enges weißes T-Shirt. »Bleib jetzt liegen. Ich möchte nicht, dass dir etwas passiert. Wenn du stürzt und auf den Kopf fällst, ist das sehr gefährlich. Du willst doch gesund werden, oder?«

»Ja«, sagte Franziska etwas motzig. Sie zog die Decke über sich, sodass sie bis zum Hals darunter verschwand.

Der Mann verließ das Zimmer.

Einen Moment lang wartete Miriam noch, dann kroch sie aus dem Versteck und ging zu der Glasscheibe. Sie öffnete die Luke.

»Du bist ja noch da«, sagte Franziska.

»Ja, ich wollte noch ein bisschen mit dir spielen.«

Franziska schaute sie traurig an. »Ich muss jetzt im Bett bleiben. Gleich kommt er wieder.«

Miriam betrachtete die Tür, aus der der Mann gekommen war. »Er sah ganz schön gefährlich aus. Wie ein Riese mit starken Muskeln.«

»Er tut mir immer weh. Alle tun mir immer weh. Ich möchte nicht mehr hier sein.«

In Miriams Hals brannte ein Kloß und sie kämpfte gegen den Drang an, selbst in Tränen auszubrechen.

Die Bedrohung, die von dem komischen Mann ausging, war greifbar.

Sie wünschte sich, dass sie Franziska aus diesem Zimmer befreien könnte. Doch wie sollte sie das anstellen? Sie schaute sich alles genau an. »Ich kann versuchen, die Tür aufzubrechen, dann nehme ich dich mit zu mir.«

»Das geht nicht, ich habe es schon versucht. Außerdem bin ich zu schwach, ich kann nicht schnell laufen.«

Miriam seufzte. Eine bessere Idee fiel ihr nicht ein, um ihrer Freundin zu helfen.

»Bleibst du noch ein kleines bisschen bei mir, bis er wiederkommt? Ich fühle mich besser, wenn du hier bist.«

»Na klar. Wollen wir *Ich sehe was, das du nicht siehst* spielen?«

»Ja, das ist eine gute Idee.« Franziska fing an.

Miriam lächelte. Sie freute sich schon so sehr auf den Tag, wenn Franziska wieder gesund war und sie sich draußen treffen konnten.

12

»Was willst du denn hier?«, schrie Carina Florian an. »Wo ist die Kleine?«

Welche Kleine? Wovon redete Carina?

»Sie ist bei einer Freundin. Ich begleite nur Miriam, sie wollte gern zu dir«, erwiderte Florian.

Miriam fühlte sich unwohl, weil sie sich fragte, ob es Sinn ergab, mit Carina zu sprechen, wenn diese so wütend war.

Elli starrte Miriam an, als wäre sie eine Schwerkriminelle.

Das vergrößerte ihr Unbehagen. Sie konzentrierte sich auf Florian, weil der ihr bisher neutral gegenübergetreten war.

Der stritt sich mit Carina, was persönlich zu sein schien, obwohl er zuvor erklärt hatte, dass er mit ihr nichts zu tun hatte.

Carina zeigte auf Miriam. »Die sollte erst recht nicht in der Klinik sein.«

Miriam reichte es. »Ich stehe hier und kann euch hören. Warum behandelt ihr mich, als wäre ich verpestet? Wieso sollte ich nicht hier sein?«

Carina betrachtete Miriam schweigend. Ihr Gesicht war bleich, fast gräulich.

Auch Florian antwortete ihr nicht auf ihre Fragen.

»Was habe ich euch getan, dass ihr so gegen mich seid? Vielleicht hat meine Familie recht und ihr wart kein guter Umgang für mich.«

»Carinas Wut hat nichts mit dir zu tun, Miri«, sagte Florian. »Wir sollten jetzt lieber gehen.«

»Nein, ich bleibe. Du lügst, sie sagte, ich solle nicht in der Klinik sein. Also hat es mit mir zu tun. Hier ist etwas im Argen und ich möchte wissen, was. Du hast heute Vormittag behauptet, dass du mit ihr nichts mehr zu tun hast.« Sie zeigte auf Carina. »Es scheint mir aber so, als hättet ihr ein persönliches Problem.«

Carina schnaubte auf. »Das hat er dir erzählt?« Sie schaute Florian an. »Möchtest du deiner früheren großen Liebe nicht verraten, wie eng verbunden wir sind?«

»Gib einfach Ruhe«, schimpfte Florian.

Carina grinste. »Ich bin seine geschiedene Ehefrau, wir haben zusammen eine zwölfjährige Tochter und ihretwegen jeden Tag Kontakt. Es war ihm offenbar peinlich, dir zu erzählen, dass er sich kurz nach deinem Verschwinden deine beste Freundin geangelt hat.«

Miriam schluckte. Nicht, weil sie die Tatsache störte, dass ihre einstige große Liebe Carina geheiratet hatte, auch wenn es ihr einen Stich ins Herz verursachte. Die Lüge, die er ihr aufgetischt hatte, machte sie wütend.

Florian senkte den Kopf, seine Wangen glühten.

»Hast du mich heute in der Stadt ignoriert, weil ihr verheiratet wart und es dir auch peinlich ist? Du hast mich doch erkannt, ich habe es gesehen.«

Carina verschränkte die Arme. »Du solltest jetzt gehen.«

»Ich möchte gern mit dir reden. Bitte lass uns das klären.«

»Du bist damals abgehauen, hast uns zurückgelassen, nicht auf Nachrichten reagiert. Also kannst du nicht erwarten, dass wir uns freuen, wenn du hier plötzlich aufkreuzt.«

»Es tut mir leid, dass ich euch verletzt habe. Ich möchte dir wenigstens richtig erklären, warum ich einfach fortgegangen bin.«

Carina funkelte sie an. »Ich möchte deine Entschuldigung nicht hören. Es war besser, als du nicht in der Stadt warst. Lass mich in Ruhe.« Sie drehte sich um und stieß gegen einen Mann in einem weißen Kittel.

»Was ist denn hier los?«, fragte der Arzt.

Miriam erkannte ihn erst auf den zweiten Blick.

Es war Florians Vater.

»Alles okay, Papa«, sagte Florian. Er hatte mit einem Mal dicke Schweißperlen auf der Stirn. »Miriam wollte nur kurz vorbeischauen, weil sie früher oft mit Dr. Goebel hier war.«

Dr. Seber lächelte. »Die kleine Goebel. Wie lange ist das her? Du bist erwachsen geworden.« Er reichte ihr die Hand. »Besuchst du deine Eltern?«

»Genau, ich wollte bei Mama und Papa ein paar Tage Urlaub machen. Ich war ja schon eine Weile nicht in Koblenz.«

Der Mann musterte sie eindringlich.

Miriam fühlte sich unwohl, weil es die gleichen durchbohrenden Blicke waren, die ihr auch ihre Freundinnen zugeworfen haben. Sie schien bei allen Menschen, die sie von früher kannte, etwas Schlechtes auszulösen.

Dr. Seber lachte, doch das änderte nichts an Miriams Gefühl. »Und da kommst du in die Klinik? Dein Vater ist heute gar nicht im Dienst. Deine Eltern und du habt doch bestimmt Besseres zu tun, als dass du allein unterwegs bist. Ihr solltet die Zeit nutzen.«

»Das machen wir auch. Wir gehen übermorgen wandern. Aber ich wollte heute gern Carina besuchen.«

Dr. Seber drehte sich zu dieser.

Carina schluckte und senkte den Blick.

»Ihr solltet euch lieber außerhalb ihrer Dienstzeiten treffen. Carina muss jetzt langsam auf Station zurück, nicht wahr?« Seine Worte hatten fast wie ein Befehl geklungen. Dr. Seber drehte sich zu Miriam. »Es war schön, dich mal wieder gesehen zu haben.« Er warf Florian noch einen scharfen Blick zu, dann ging er.

Carina lief wortlos zur Treppe.

»Können wir uns später treffen?«, rief Miriam ihr hinterher.

»Lass mich einfach in Ruhe«, antwortete sie lautstark.

In diesem Moment eilte Sebastian die Treppe hinunter und lief schnellen Schrittes auf Miriam zu. Er packte ihren Arm und zog sie ein Stück mit sich. Sein Atem ging hektisch, seine Augen waren weit aufgerissen. »Was soll dieses Theater?«, zischte er.

Ihr Herzschlag beschleunigte sich. »Lass mich sofort los, du tust mir weh«, keuchte sie und befreite ihren Arm mit einem Ruck aus seinem festen Griff.

»Siehst du nicht, was du hier anrichtest?«, fuhr Sebastian fort. »Ich habe dir doch geraten, dass du dich von deinen damaligen Freunden fernhalten sollst. Du bringst nur Ärger und Unruhe rein. Das ist eine Klinik für kranke Kinder. Verschwinde jetzt!«

Wut schoss durch Miriams Körper, sie war es leid, sich von Sebastian herumkommandieren zu lassen. Sie selbst entschied, wann sie wo sein wollte. Deshalb rannte sie den Flur entlang, ignorierte die Blicke und die Rufe, die ihr hinterhergeschleudert wurden. Ohne zu wissen, warum, stürmte sie zu der Station, auf der sie als Kind oft mit ihrem Vater gewesen war, ging aber nicht hinein, weil sie innerlich so aufgebracht war und in dieser Verfassung niemandem begegnen wollte.

Auf dem Flur herrschte reges Treiben. Pfleger und Pflegerinnen liefen umher, Kinder spielten und Eltern eilten ihnen hinterher.

Obwohl es dreißig Jahre zurücklag, dass sie zum letzten Mal in diesem Abschnitt der Klinik gewesen war, erkannte sie sofort den Geruch und die Zeichnungen der Kinder an der Wand der Station wieder.

Ihr Gefühl trieb sie weiter in den rechten Korridor hinein, der von der Station abging. Es war, als würde eine Erinnerung an der Oberfläche kratzen, aber unerreichbar bleiben.

Miriams Neugierde siegte über ihre Moral, nicht

herumzuschnüffeln, und sie lief den Gang entlang. Nach einigen Metern fand sie sich vor einer Tür wieder, die mit einem roten Warnschild versehen war.

Betreten verboten!

Doch sie musste wissen, was sich hinter der Tür verbarg. Also ging sie hinein.

Der Raum war dunkel. Licht drang nur spärlich durch die alten Fenster. Betten und Schränke, die teils kaputt waren, standen unordentlich in Reihen. Die Luft war staubig, was bei Miriam einen Hustenreiz auslöste.

Ihr Herz hämmerte immer lauter, je tiefer sie in den Raum drang. Eine unheimliche Stille legte sich um sie. Es fühlte sich an, als wäre sie schon einmal hier gewesen.

»Spinnst du?«

Miriams Herz setzte aus. Sie wirbelte herum und sah in die zornigen Augen ihres Bruders.

»Du kannst doch lesen, oder? *Betreten verboten* gilt für alle Personen, die nicht in der Klinik arbeiten. Du kannst nicht einfach hier herumschnüffeln.« Er packte sie und zerrte sie grob zurück.

Miriam ließ sich mitziehen, ohne etwas zu erwidern. Dieses Gefühl, einer Erinnerung auf der Spur zu sein, war so stark, dass ihr Sebastians Einschreiten egal war.

Er schubste sie an die Wand. »Was hattest du dadrin zu suchen?«

»Krieg dich wieder ein. Ich habe mich nur verlaufen.« Sie schaute noch einmal zu der Tür. Fast hoffte sie, sich zu erinnern, um eine Antwort zu bekommen, warum es sie in diesen Raum gezogen hatte.

»Und du gehst einfach weiter, obwohl dort ein Verbotsschild hängt?«

Miriam wusste darauf keine Ausrede. »Es tut mir leid. Ich kann mir auch nicht erklären, warum ich reingegangen bin. Was ist das für ein Raum?«

»Ein Lager. Das Schild hängt nicht umsonst da, die Verletzungsgefahr ist sehr hoch.« Sebastian zeigte über den Flur in die Richtung, aus der sie gekommen war. »Geh nach Hause. Du hast hier nichts verloren.« Er führte sie bis zu der Station zurück. Sein Blick war voller Hass. »Du nervst mich. Auch deine ach so tollen Freunde wollen dich nicht sehen. Fahr zurück in den Spreewald und lass uns unser Leben in Ruhe weiterführen.«

»Du hast mir nichts zu befehlen. Benimm dich doch mal wie ein fünfzigjähriger Mann, nicht wie ein bockiges Kleinkind, das sich die Aufmerksamkeit der Eltern mit der Schwester teilen muss.« Zornig lief sie Richtung Eingangshalle, ohne seine Reaktion abzuwarten.

Carina stand schon wieder an der Treppe, drehte sich jedoch schnell weg, als Miriam sie ansah.

»Ihr könnt mir alle den Buckel runterrutschen«, schrie Miriam ihr wütend entgegen und verließ die Klinik.

Draußen kam ihr Florian entgegen. »Es tut mir leid, dass ich dich angelogen habe. Ich wollte dir vorhin erzählen, dass ich mit Carina verheiratet war, ehe wir reingegangen sind. Aber du hast mir nicht zugehört.«

»Ich verstehe nicht, warum du es bisher verheimlicht hast. Hast du geglaubt, dass ich nach fünfzehn Jahren noch eifersüchtig bin? Ich habe mein Recht auf dich verwirkt, als ich mich entschieden habe zu gehen. Du hättest mich nicht anlügen müssen.«

»Es war mir unangenehm.« Er schob einen Stein mit der Schuhspitze vom Weg. »Ich möchte dich nicht in meine Probleme hineinziehen. Vielleicht ist es besser, wenn du jetzt gehst.«

Miriam holte tief Luft. »Tja, mein toller Bruder hat wohl recht, dass niemand mich hier haben will. Es war ein Fehler herzukommen. Ich sollte mich auf den Weg nach Hause machen.«

»Nimm Carinas Verhalten nicht so ernst. Sie war eher sauer auf mich. Wir hatten die Abmachung, dass ich unsere Tochter betreue, wenn sie Dienst hat. Sie ist nicht gut auf mich zu sprechen, deshalb versuchen wir uns möglichst aus dem Weg zu gehen und ich arbeite meist, wenn sie freihat.«

»Dass sie sauer auf dich ist, mag ja sein. Aber ihr Verhalten dadrin galt mir. Du hast doch selbst gesehen, wie sie mich angegangen ist und wie gern sie mich wegschicken wollte. Sogar Elli hat mich angestarrt, als wäre ich gefährlich. Warum sind deine Schwester und Carina so dagegen, dass du mich in diese Klinik gebracht hast?«

Florian sah sie mit weiten Augen an. Sein Adamsapfel sprang auf und ab. »Ich denke … also … ich bin sicher, dass sie dich nur loswerden wollten, weil die Situation um uns alle so schwierig war. Die beiden waren echt traurig damals.« Er strich mit dem Fuß über den Boden und sah ihr nicht in die Augen.

Aufgrund seiner Stammelei war sich Miriam sicher, dass er ihr noch etwas verheimlichte. Sie würde nicht aufgeben, sondern irgendwann erneut nachbohren. Genauso wie sie auch noch einmal versuchen würde, mit Carina Kontakt aufzunehmen. Ihr Bauchgefühl sagte, dass diese nicht nur sauer auf sie war, dafür reagierte sie zu heftig. Ähnliches galt für Elli.

Sie starrte die Klinik an und das Gefühl kehrte zurück, das sie gerade in dem Raum gespürt hatte. Irgendetwas war da noch und sie befürchtete, dass ihre Halluzinationen etwas damit zu tun hatten.

»Wollen wir was trinken gehen?«, fragte Florian und riss Miriam aus ihren Gedanken.

Sie zögerte, weil sie echt sauer war. Auf zu Hause hatte sie aber auch keine Lust. Vielleicht konnte sie so noch etwas über ihre Freundinnen herausfinden. Da Florian ebenfalls in der Klinik arbeitete, konnte er ihr vielleicht auch mehr über den Raum erzählen. Deshalb stimmte sie zu.

»Wo magst du hingehen?«, fragte Florian.

»Ich könnte jetzt einen leckeren Cocktail vertragen.«

Florian grinste. »Es gibt Dinge, die sich nie ändern.«

Zwanzig Minuten später saßen sie in einer Tapas-Bar am Münzplatz.

Miriam hatte sich einen Spain bestellt und musste sich zwingen, ihn nicht in einem Schluck zu trinken. Er war so lecker und süffig, dass sie den Alkohol nicht schmeckte. Aber den würde sie kurze Zeit darauf bemerken, weil sie selten welchen trank. »Der ist einfach himmlisch.«

Florian lächelte. »Mir ist das zu süß. Ich bevorzuge den alkoholfreien Caipirinha.« Er schaute sie einen Augenblick lang an.

Miriam fühlte sich dadurch unbehaglich. »Was ist?«

»Du siehst fertig aus. Es muss dich wirklich quälen, dass du so komische Träume hast.«

»Ich dachte, sie würden aufhören, jetzt, da mein Vater mir endlich die Wahrheit gesagt hat. Dann habe ich dieses Mädchen gesehen, als ich auf dem Feld war.« Sie stockte kurz. »Und vorhin in der Klinik hatte ich das Gefühl, mich an etwas zu erinnern, ich verstehe nur noch nicht, woran.«

»Was genau hat dieses Empfinden ausgelöst?« Florian schaute sie eindringlich an, was Miriam fast schon beängstigte.

Doch sie legte die Angst schnell wieder ab, denn sie wusste, dass sich Florian um sie sorgte. »Ich stand bei Papa vor der Station, wo ich als kleines Mädchen oft mit ihm war. Da kam dieser Drang, den Korridor langzulaufen. Ich bin zu einem Lagerraum gelangt, den ich nicht betreten durfte. Doch innerlich hat mir eine Stimme gesagt, dass ich hineingehen soll.«

Florian hob die Augenbrauen und zog eine fragende Grimasse.

»Ich weiß, es klingt seltsam. Es fühlte sich an, als wäre ich schon einmal dort gewesen.«

»Als kleines Mädchen?«

Miriam zuckte mit den Schultern. »Möglich. Vielleicht ist es auch nur ein Gefühl, das nicht mit der Vergangenheit zusammenhängt.«

Florian nickte. »Das ist denkbar. Es könnte auch sein, dass dich dein Unterbewusstsein davor schützt, dich zu erinnern. Möglicherweise war das Mädchen wirklich so krank, dass es dich traurig gemacht oder verwirrt hat.«

»Papa hat erzählt, dass das Mädchen gar nichts Schlimmes hatte und ich mir die Dinge nur eingebildet habe. Er war selbst irritiert, dass ich dadurch Halluzinationen entwickelt habe, und gibt sich die Schuld dafür. Danach hat er mich nie wieder mitgenommen.«

Florian schwieg und presste die Lippen zusammen. Überhaupt wirkten seine Gesichtsmuskeln angespannt. Warum? Fühlte er sich so unwohl mit dem Thema? Hatte es etwas mit dem Verhalten der anderen in der Klinik zu tun?

Miriam war sich sicher, dass Florian wusste, wieso Carina, Elli und auch sein Vater so auf sie reagiert hatten, es ihr jedoch nicht sagen wollte. Sie musste noch einmal versuchen, das Gespräch auf Carina zu lenken, in der Hoffnung, dass sie so die Situation in der Klinik aufgreifen konnte. Doch sie musste behutsam sein. »Du und Carina also, hm?« Sie rang sich ein Lächeln ab, damit es wie Smalltalk wirkte.

Er holte tief Luft. »Wir beide waren traurig, als du weggegangen bist, und haben uns gegenseitig getröstet. Dadurch haben wir viel Zeit miteinander verbracht. Nach einem Jahr sind wir im Bett gelandet und das immer wieder. Carina hat sich in mich verliebt, ich wollte mich von dir ablenken.« Sein Gesicht wurde rot. »Ist nicht gerade die feine Art, ich weiß. Doch irgendwann habe ich sie auch sehr gemocht. Nach drei Jahren wurde sie schwanger. Eigentlich war ich gegen ein Kind, aber sie wollte es behalten. Natürlich habe ich zu ihr gestanden. Es war allerdings ein Fehler, sie zu heiraten.«

»Du hast es nur wegen des Kindes getan?«

»Und weil mein Vater das so wollte. Er meinte, ich dürfte sie nicht hängen lassen. Hätte ich auch nie getan. Doch war deshalb wirklich eine Ehe vonnöten?«

»Warum hast du auf ihn gehört?«

Florian nestelte mit seinen Händen. »Ist egal. Es hat nicht funktioniert«, sagte er etwas schnippisch.

Miriam war über Florians Reaktion verwundert, offenbar war ihm das Thema unangenehm. Trotzdem wagte sie sich, weiterzubohren. »Wie kam es zur Trennung?«

Florian wurde ganz blass. »Ich habe mich unmöglich verhalten, nachdem meine Mutter verschwunden war. Irgendwann hatte Carina wohl genug von mir.«

Miriam riss die Augen auf. »Deine Mutter hat euch verlassen?«

»Sie ist vor acht Jahren von heut auf morgen verschwunden und hat nichts mitgenommen. Es wurde ewig nach ihr gesucht, doch es gibt keine Spur von ihr. Die Polizei geht von einem Verbrechen aus.«

»Ach du scheiße. Das tut mir so leid.« Miriam packte sich an die Brust. Florians trauriges Gesicht brach ihr das Herz.

»Schon okay, ich habe es akzeptiert. Aber damals habe ich mich wie ein Arschloch benommen, obwohl Carina viel für mich getan hat. Dann ist sie gegangen. Und jetzt ist sie wahrscheinlich noch wütender auf mich, weil ich dir gegenüber gelogen hab. Sie hat mir die ganze Beziehung lang vorgeworfen, dass ich nie aufgehört habe, dich zu lieben. Dass ich dir vorhin nicht die Wahrheit gesagt habe, wird sie in diesem Glauben bestätigen.«

»Entschuldige, dass ich das vor ihr rausgehauen habe. Hätte ich gewusst, dass sie das sauer macht, hätte ich es mir verkniffen. Doch ihre Reaktion auf mich hat mit dir nichts zu tun. Carina und Elli haben dich beide angefahren, dass du mich in die Klinik gebracht hast. Auch dein Vater hat den Anschein gemacht, als wäre er nicht gerade glücklich, dass ich dort stand. Bitte sag mir, was los ist. Hat es etwas mit meiner Kindheit zu tun, mit dem, was ich damals in der Klinik gesehen habe?«

Florian schüttelte den Kopf. »Dass die unfreundlich auf dich reagiert haben, hat nichts mit deiner Kindheit zu tun. Glaube mir. Elli und Carina wollen dich einfach nicht sehen, weil sie noch immer sauer sind, und mein Vater war einfach nur überrascht, dich nach so vielen Jahren wiederzutreffen. Mach dir nicht so viele Gedanken, genieße ein paar Tage in deiner Heimat und entspann dich. Wahrscheinlich werden sich deine Träume und Flashbacks ganz von allein geben. Innere Anspannung kann schädlich sein. Da ist die Idee, mit deinen Eltern wandern zu gehen, eine gute Gegenmaßnahme. An der frischen Luft zu spazieren, reduziert Stress.« Sein Handy piepte und er schaute drauf. Er stand abrupt auf. »Sorry, ich muss los. Soll ich dich schnell nach Hause fahren?«

»Nein, schon in Ordnung. Ich trinke erst noch aus und nehme anschließend den Bus oder ein Taxi.«

»Okay. Ich hoffe, wir sehen uns noch einmal, ehe du wieder abreist.« Florian umarmte sie und hastete aus der Bar.

Miriam sah ihm hinterher. Der Tag neigte sich langsam dem Ende zu und anstatt sich besser zu fühlen, hatte sie nun noch mehr Fragen.

13

Mit Bauchgrummeln lief er vom Parkplatz zum Eingang der Klinik. Nach dem vorherigen Tag wusste er, dass es erneut viel Diskussionsbedarf geben würde. Er hoffte, dass das Augenmerk auf dem kleinen Patienten liegen würde anstatt auf Miriam, wobei er befürchtete, dass dies nicht passieren würde.

Die Situation mit ihr machte ihn immer unruhiger. Zwar schien sie nichts zu ahnen, aber sie ließ auch nicht locker. Irgendetwas musste er tun, schon allein, um die Mitglieder zu besänftigen. Vielleicht würde er vorschlagen, dass sie bei ihr die erste Stufe des Eskalationsplans durchführten, sollten die Teilnehmer gleich ihretwegen unruhig sein.

Er atmete tief ein, ehe er durch die großen Glastüren trat.

Die Flure waren noch ruhig, nur das gedämpfte Murmeln einiger Kollegen und das dumpfe Dröhnen der Putzmaschinen durchbrachen die Stille.

Er lief zu seinem Kollegen, der für diesen Tag angekündigt hatte, die neue Rezeptur des NeuroSynaptin an dem Patienten zu probieren.

Es war für die Organisation eine gute Ablenkung von der Sorge, dass Miriam zur Gefahr werden könnte, weil sie dann alle zu tun hatten und auf den Durchbruch hofften.

»Guten Morgen. Ist der Patient bereit?«, fragte er.

»Ja, alles im grünen Bereich. Ich habe die Aufgaben auf Station verteilt, wir können uns ganz dem Jungen widmen.«

Er nickte. »Sind die anderen, die für heute eingeteilt sind, bereits da?«

»Ja, aber das Team wartet im Besprechungszimmer, da wir erst noch einmal mit dir über Miriam reden wollen.«

Dass das kommen würde, hatte er geahnt. Er musste wieder absolute Ruhe und Zuversicht ausstrahlen. »Gut, gehen wir.«

Die beiden liefen zum Besprechungsraum der Organisation.

Als er dir Tür öffnete, verstummte das Team. Die Blicke hafteten an ihm.

Er stellte sich an das Ende des Tisches und grub seine Fingernägel in seine Handinnenflächen. *Ganz ruhig, Zuversicht zeigen.* »Ich weiß, dass ihr alle aufgebracht seid, weil Miriam gestern in der Klinik war. Aber niemand muss sich sorgen. Sie weiß nichts über uns und war nur hier, weil sie mit Carina sprechen wollte. Also bauschen wir das Thema nicht weiter auf und konzentrieren uns auf den heutigen Tag.«

»Das sagst du so leicht. Wenn sie hier herumschnüffelt, könnte sie sich erinnern. Wir müssen etwas unternehmen«, sagte eines der ranghöheren Mitglieder. »Ich will, dass wir mit NeuroSynaptin Erfolg haben, ich brauche das Geld für meine kranke Tochter. Das werde ich mir nicht versauen lassen und ich werde auch nicht wegen Miriam ins Gefängnis gehen.«

»Meinetwegen können wir die erste Eskalationsstufe auf den Plan rufen. Ich denke, mehr braucht es nicht. Miriam fühlt sich unwohl hier, spürt, dass sie nicht willkommen ist. Sie wird bald fahren.«

Leises Gemurmel erfüllte das Zimmer.

Dann nickte das Mitglied, das gerade seine Bedenken geäußert hatte. »Einverstanden.«

»Und nun gehen wir zu dem Jungen.« Er schaute seinen Kollegen an. »Die Mutter ist weg?«

Dieser nickte. »Sie bleibt die nächsten Tage fern und erkundigt sich nur telefonisch nach dem Zustand ihres Sohnes.«

»Fangen wir an.«

Stuhlbeine schabten über den Boden. Dann ging die Gruppe Richtung Zimmer des kleinen Patienten, dessen Zukunft ab diesem Tag zu einer besseren werden sollte.

Er öffnete etwas aufgeregt die Tür und hoffte inständig, dass es dieses Mal funktionierte.

NeuroSynaptin hatte bereits zwei Todesopfer gefordert. Es durfte nicht noch ein drittes geben. Nur die elektrischen Impulse als Behandlungsoption für Reizfilterstörungen zu erforschen, hatte bei über fünfzig Versuchen nicht viel gebracht. Das Medikament sollte nun die Möglichkeit einer vollständigen und schnellen Heilung von ADHS bringen, um jedem der Mitglieder die Anerkennung für jahrelanges

Durchhalten zu geben, viel Geld zu verdienen und Menschen zu helfen.

Der Junge lag still im Bett. Er hatte die Augen geschlossen, sein Atem ging ruhig und gleichmäßig.

Die Monitore piepsten leise im Hintergrund, die EEG-Linien verliefen ohne Auffälligkeiten.

Er näherte sich dem Bett und richtete den Blick auf den Jungen. Sein Herz raste, denn er wollte den Erfolg auf der einen Seite so sehr. Doch er hatte auf der anderen Seite Sorge, ob die Medikamentengabe schon an der Zeit war. Er holte tief Luft und wandte sich an die Schwester. »Bereite den Jungen für die Behandlung vor«, ordnete er an.

Die Krankenschwester holte die Spritzen, Kanülen sowie das Medikament, legte es auf einen Arbeitstisch und schob diesen zu dem Arzt, der es später verabreichen würde.

Er selbst behielt das EEG-Gerät im Auge. Erneut analysierte er die Kurve.

Die verlief wie erwartet.

Er hob den Daumen.

Dann schaltete das älteste Mitglied das Gerät für die Stimulation an.

Die Krankenschwester kontrollierte die Elektroden am Kopf. Sie nickte, als sie damit fertig war.

Die Augen des Jungen öffneten sich langsam und er schaute sich verwirrt im Raum um.

»Es ist alles in Ordnung«, sagte die Krankenschwester. »Wir wollen dich nur untersuchen.«

Ein anderes Mitglied setzte sich mit dem Protokoll an den Tisch.

»Sind die Positionen und Intensität der Stimulation vorschriftsmäßig festgelegt?«

Sein Kollege nickte. »Steht alles im Protokoll.«

»Wie ist dein Plan?«, fragte er.

»Wir beginnen mit elektrischen Impulsen im präfrontalen Cortex. Es wird protokolliert, wie sich die Areale verhalten. Anschließend wiederholen wir es unter der Einnahme von NeuroSynaptin und kontrollieren dabei auf Veränderungen.«

Die Krankenschwester tränkte den Schwamm, in dem die Elektroden des Stimulationsgerätes lagen, mit Kochsalzlösung. Sie positionierte diese unter der EEG-Kappe am Oberkopf, der Stirn und den Schläfen. Danach fixierte sie die oberen und unteren Extremitäten des Jungen und band ihm einen Bauchgurt um, damit er liegen blieb und nicht an den Elektroden zog.

»Was passiert hier?«, murmelte der Junge. »Wo ist meine Mama?«

»Deine Mama wartet draußen«, log er, damit sich das Kind beruhigte. »Wir machen nur ein paar Tests, damit wir dir helfen können und du ganz gesund wirst.«

»Ich will das nicht.« Er bewegte den Kopf. »Es ist unangenehm und fühlt sich ganz warm an.«

Er nickte seinem Kollegen zu, um zu signalisieren, dass der loslegen sollte, und wandte sich dann wieder dem Jungen zu. »Ich weiß, doch es muss sein, sonst können wir dich nicht heilen. Und deine Mama wünscht sich so sehr, dass es mit dir zu Hause besser funktioniert. Sie ist traurig, dass es manchmal anstrengend ist. Du möchtest doch auch, dass es deiner Mutter gut geht, oder?«

Das Kinn des Jungen zitterte, er nickte.

Er gab seinem Kollegen die Aufforderung, fortzufahren.

Dieser suchte am Arm nach einer Vene und desinfizierte die Stelle, an der er einen Zugang legen wollte.

Der Patient zuckte zusammen, als die Nadel in seine Haut stach. Er riss den Kopf nach oben und wand sich. Dabei schrie er so laut, dass es in den Ohren klingelte.

Der Kollege, der den Zugang legte, hatte Mühe, eine Vene zu treffen, weil der Patient sich zu viel bewegte. »Bleib still, sonst tut es dir nur noch mehr weh.«

»Ich will das nicht«, schrie der Junge hysterisch.

Die Krankenschwester beugte sich über das Kind und drückte dessen Oberkörper nach unten.

Er selbst half, den Arm so zu fixieren, dass das Kind ihn nicht mehr bewegen konnte.

Als der Zugang sicher war, gab der Kollege durch ein Nicken Bescheid, dass sie fortfahren konnten.

Das Mitglied am Stimulationsgerät aktivierte es und sendete die ersten Impulse.

Der Junge atmete schneller und zuckte leicht zusammen. Wieder wand er sich, sein Gesicht war vor lauter Anstrengung hochrot.

Er beobachtete die Reaktion des Patienten und kontrollierte genau die Gehirnaktivität auf dem EEG.

Der gewünschte Effekt trat noch nicht ein.

Das Kind wehrte sich vehement gegen die Behandlung.

»Nächste Stufe«, forderte er seinen Kollegen am Stimulationsgerät auf.

Wieder zuckte der Junge, doch dieses Mal wehrte er sich nicht. Mit einem Mal legte er den Kopf entspannt auf das Kissen und schaute den Ärzten zu.

»Was spürst du gerade?«, fragte er den Jungen, in der Hoffnung, dass es bei diesem Versuch eine Veränderung gab, die bei vorherigen Versuchen bisher ausgeblieben war.

»Das prickelt ein bisschen.«

Er gab mit einem Kopfnicken seinem Kollegen das Zeichen, dass er die Intensität ein weiteres Mal erhöhen sollte.

Dieses Mal reagierte der Junge nicht mehr mit Abwehr. Gespenstisch ruhig lag er im Bett, schaute an die Decke und atmete ganz ruhig.

»Es funktioniert«, sagte der Kollege, der das Stimulationsgerät bediente.

Er sah lächelnd zu seinem Kollegen, der bereits mit dem in einer Spritze aufgezogenen NeuroSynaptin wartete. »Ich gehe davon aus, dass die Impulse gerade auf den präfrontalen Cortex und die Amygdala wirken. Er nimmt die Gefahr, die eben noch von uns ausgegangen ist, nicht mehr als diese wahr. Das ist ein Teilerfolg, denn bisher hat dies in Studien nur wenig funktioniert.«

»Sollen wir eine Stufe höher gehen?«, hakte der Kollege am Stimulationsgerät nach.

»Nein, wir führen in diesem Stadium einen Konzentrationstest durch und diesen zum Vergleich dann noch einmal nach der Medikationsgabe. So sehen wir einen unmittelbaren Unterschied.«

Alle stimmten zu.

Er legte dem Jungen ein Arbeitsblatt vor und löste die Riemen an den Handgelenken. Dann gab er ihm einen Stift. »Bitte streiche in den Zeilen alle Hunde durch, die zu der Wurst am Zeilenanfang schauen.«

Das Kind sah sich für einen Moment die Abbildungen an und legte schließlich los.

Nachdem er am Ende angekommen war, verglich der Protokollführer das Ergebnis des Tests mit dem des Durchlaufs, den der Patient vor der elektrischen Stimulation absolviert hatte. »Er hat sich um sechzig Prozent verbessert.«

»Perfekt. Ich spritze jetzt das Medikament, damit wir sehen, inwiefern wir damit eine weitere Änderung herbeirufen. Wir könnten den Test danach direkt noch einmal anwenden.« Der Kollege verabreichte die Flüssigkeit in die Vene und alle starrten gebannt auf den Jungen.

Zunächst blieb der Patient genauso ruhig wie nach der letzten Stimulation. Doch dann verzog er plötzlich das Gesicht.

»Das sieht nicht gut aus«, sagte er. Ein Gefühl des Unbehagens machte sich in ihm breit. Er schaute auf das EEG. Ehe er laut aussprechen konnte, dass es Ausschläge gab, die auf einen Krampfanfall hinwiesen, zuckte der Junge heftig im Bett. »Spritz sofort Phenobarbital«, forderte er die Krankenschwester auf.

»Wir sollten warten«, sagte der Kollege. »Phenobarbital setzt die Wirkung von NeuroSynaptin herunter, das würde das ganze Ergebnis zunichtemachen. Vielleicht kriegt er sich wieder ein.«

Der Junge zuckte heftiger, wand sich im Bett. Der Monitor piepste laut, weil die Sauerstoffsättigung unter achtzig Prozent gefallen war. Seine Lippen wurden blau.

»Wir brechen ab«, bestimmte er.

Die Krankenschwester spritzte das Antikrampfmittel.

Einen Augenblick später schlief der Junge ruhig. Seine Atmung ging regelmäßig und die Sättigung in seinem Blut stieg wieder an. Er war am ganzen Körper bleich.

»So ein Mist«, fluchte sein Kollege.

Das Mitglied, das am Protokoll saß, notierte etwas. »Wenigstens lebt er noch.«

Er atmete aus. Seine Hände zitterten, seine Kiefer schmerzten, weil er vor Aufregung die Zähne zusammengebissen hatte.

Im Raum sprach die Frustration aus allen, das konnte er an den Mienen seiner Kollegen erkennen.

Wortlos verließ er das Zimmer, um seine Beobachtungen bei dem Jungen, wie und wann er auf das Medikament reagiert hatte, zu protokollieren.

14

7. März 2024

Miriam erwachte gerädert. Sie hatte noch lange wach gelegen, weil ihr der Vorfall in der Klinik vom Vortag zu schaffen gemacht hatte. Die merkwürdigen Reaktionen ihrer Freunde und die bedrohliche Atmosphäre beunruhigten sie.

Selbst bei Florian war sie sich unsicher geworden, ob sie ihm vertrauen konnte. Er war viel zu nervös und hatte das Gespräch abgewürgt. So verhielt sich doch nur jemand, der etwas zu verbergen hatte, oder?

Sebastian hatte zwar seit ihrer Ankunft keinen Hehl daraus gemacht, dass sie nicht willkommen war, doch in der Klinik war er regelrecht außer Rand und Band gewesen. Sie würde herausfinden, was der wahre Grund dafür gewesen war. Am besten fing sie sofort damit an.

Sie schaute auf die Uhr und erschrak, weil es bereits elf war.

Warum hatte ihre Mutter nicht schon nach ihr gesehen?

Sie setzte sich an den Bettrand. Alles drehte sich und sie fühlte sich, als hätte sie die Nacht durchgetrunken.

Mühsam hievte sie sich aus dem Bett, zog sich ihren Jogginganzug über, riss das Fenster zum Lüften auf und lief in
die Küche.

Sie war leer. Es lag ein Zettel auf dem Tisch.

Guten Morgen mein Liebling,
Frühstück steht im Kühlschrank. Ich bin bald zurück.
Mama

Miriam schaute nach, was ihre Mutter gezaubert hatte, rümpfte aber die Nase, weil es Miniwürstchen, kleine
Frikadellen und Ei waren. Das mochte sie so gar nicht
am Morgen. Statt das Zeug zu essen, nahm sie sich nur
einen Orangensaft und setzte sich an den Küchentisch.
Fast automatisch strich sie unter dem Tisch entlang und
grinste, als sie die Initialen von Flo und sich selbst spürte,
die Miriam als Jugendliche heimlich in das Holz geritzt
hatte. Sie war vierzehn und total verknallt gewesen. Bis zu
ihrem Weggang mit zwanzig war ihre gemeinsame Zeit
wunderschön gewesen und sie fragte sich, wie ihr Leben
aussehen würde, wenn sie bei ihm geblieben wäre.

Vor zwanzig Jahren hatte er sie heiraten und zehn
Kinder haben wollen. Später hatte er die Anzahl auf zwei
reduziert, doch eine Hochzeit hatte er noch immer gewollt.

Miriam fuhr zusammen, weil ihr Handy plötzlich klingelte. Sie schaute auf das Display.

Es war Josephin.

Miriam nahm ab. »Hey, wie schön, dass du dich
meldest.«

»Du hast nicht angerufen, nachdem du angekommen
bist. Deshalb habe ich mir Sorgen gemacht. Ist alles okay?«

»Sorry, ich habe nicht daran gedacht, weil hier vieles passiert, das komisch ist. Josi, etwas stimmt nicht.« Miriam erzählte ihrer Freundin alles. Von ihrer Ankunft, Sebastians Ablehnung, ihren Freunden und ihrem unguten Gefühl in der Klinik. »Ich weiß nicht, ob mein Vater etwas verheimlicht. Vielleicht habe ich in diesem Krankenhaus doch mehr beobachtet und er will es nur nicht sagen, damit ich keinen Rückfall bekomme.«

»Gut möglich, dass dein Vater nur einen Teil der Geschichte erzählt. Hast du dir schon deine Krankenunterlagen aus der Psychiatrie angeschaut?«

»Nein, ich habe ihn gar nicht danach gefragt, weil seine Erklärungen im ersten Moment plausibel schienen.«

»Ja, die klingen schlüssig. Aber warum reagieren deine Freunde so merkwürdig? Sie waren damals so alt wie du und ihre Arbeit dort haben sie erst lange nach deiner Zeit in der Psychiatrie angetreten. Vielleicht haben sie in der Klinik etwas über dich herausgefunden. Warst du damals dort in Behandlung?«

»Gute Frage. Darüber habe ich mit meinem Vater nicht gesprochen.« Miriam schluckte. »Glaubst du, Elli, Carina und Flo haben sich meine Akten durchgelesen? Aber falls sie es getan haben, begründet das doch nicht diese heftige Reaktion. Was soll denn so Schreckliches in den Dokumenten stehen?«

»Es ist schon sehr merkwürdig. Vielleicht bekommst du raus, wo du behandelt wurdest, dann weißt du ja, ob sie an die Akten hätten kommen können.«

»Ich werde Flo fragen. Entweder er weiß die Antwort schon oder er kann im Archiv nachschauen, ob ich dort gelistet bin. Er ist der Einzige, der zumindest nicht abweisend zu mir ist.«

»Halt mich auf dem Laufenden. Wenn du mich brauchst, kann ich auch kommen.«

Miriam war froh um ihre Freundin.

Josephin verstand sie und bestärkte sie sogar darin, dass sie nach Antworten suchte.

Und genau das würde Miriam auch gleich tun. »Danke. Ich komme zurecht. Zu wissen, dass du da bist, ist mir sehr wichtig.«

»Selbstverständlich bin ich für dich da. Pass gut auf dich auf.« Josephin legte auf.

Entschlossen wählte Miriam Florians Nummer.

Nach ein paar langen Signalen nahm er endlich ab. »Hey Miriam, tut mir leid, ich bin gerade auf der Arbeit. Kann ich später zurückrufen?«

Miriam spürte ein Kribbeln in ihrem Magen, weil das ihre Chance sein könnte, mit ihm im Krankenhausarchiv zu schauen. »Das heißt, du bist gerade in der Klinik? Ich könnte deine Hilfe gebrauchen.«

Kurze Stille.

»Ich habe gerade wirklich viel zu tun, ich melde mich später bei dir.«

Dann ertönte das Besetztzeichen.

Sie überlegte, wie sie auf anderem Weg an ihre Krankenakte kommen konnte.

Vielleicht hatte ihr Vater ja eine Kopie zu Hause.

Miriam lief zu der Anbauwand im Wohnzimmer und öffnete die Schranktür mit den diversen Ordnern, in denen ihre Mutter alles Mögliche abheftete. Sie zog alle heraus und suchte nach Unterlagen, die aus ihrer Psychiatriezeit stammen konnten.

Es dauerte eine Weile, bis sie einen Ordner fand, auf dem *Miriam* geschrieben war. Er hatte unter all den anderen gelegen. Schon auf der ersten Seite las sie, dass sie in der Klinik behandelt worden war, in der ihr Vater und Sebastian arbeiteten. Es standen dort auch die Dinge, die ihr Vater ihr erzählt hatte. Auf der nächsten Seite fand sie die Diagnosen und einen Therapieplan. Als sie weiterblätterte, bemerkte sie, dass mehrere Seiten fehlten, denn nach Seite zwei ging es erst mit Seite acht weiter und dann kam nichts mehr. Das letzte Dokument war der Entlassungsbericht mit der Liste der Medikamente, die sie weiter einnehmen sollte.

Ein mulmiges Gefühl überfiel Miriam.

Was hatten die fehlenden Seiten zu bedeuten?

Immer mehr drängte sich ihr die Erkenntnis auf, dass mit ihr als Kind etwas Schlimmes passiert war, das jeder versuchte, vor ihr zu verheimlichen.

Sie ging auf die Terrasse, weil sie dringend frische Luft benötigte.

Da sah sie Carina am Haus vorbeilaufen. Schnell rannte sie zur Eingangstür, riss sie auf und rief nach ihr. »Bitte lauf nicht weg, ich flehe dich an.«

Carina blieb stehen, sah zu Miriam und verdrehte die Augen. »Kannst du es nicht gut sein lassen?«

»Würde ich ja, wenn du mir die Chance gibst, mit dir zu reden. Solltest du mich danach immer noch loswerden wollen, verspreche ich, dass ich dich nicht mehr anspreche.«

Ihre ehemals beste Freundin blickte sich um. »Ist jemand zu Hause?«

»Nein, ich bin allein.«

»Meinetwegen, dann höre ich dich an. Aber können wir bitte hineingehen?« Sie sah sich wieder hektisch um.

»Ja, natürlich«, antwortete Miriam und fragte sich, was der Grund für Carinas auffälliges Verhalten war.

Sie liefen in die Küche.

»Du wohnst also immer noch in Rübenach?«, fragte Miriam.

»Wieder, ja. Meine Eltern sind vor ein paar Jahren nach Schweden ausgewandert. Nach der Scheidung mit Flo bin ich mit meiner Tochter in ihr Haus gezogen.«

»Wo ist deine Tochter jetzt? Ich würde sie gern kennenlernen.«

»Zu Hause bei der Babysitterin, da Florian heute mal wieder keine Zeit hat.« Es hatte harsch geklungen.

Miriam wollte sich nicht einmischen. »Magst du etwas trinken?«, fragte sie, um vom Thema wegzulenken.

»Nein, danke. Ich habe es eilig. Also sprich.«

»Ich möchte dir erklären, warum ich damals abgehauen bin. Das war eine fiese Nummer und ich habe dir sehr wehgetan, das wollte ich nicht. Ich habe dich, Elli und Flo sehr geliebt. Aber in mir brodelte jahrelang dieses Gefühl, dass etwas nicht mit mir stimmt. Ich habe mich hier nie wohlgefühlt. Du weißt, wie die Leute im Ort über mich getratscht haben, dass ich durchgeknallt und sogar gruselig sei. Selbst mein Bruder hat mich peinlich gefunden. Als ich dann bei meiner Tante war, ging es mir schlagartig besser und ich hatte dieses entsetzliche Gefühl nicht mehr. Dass ich dortgeblieben bin, hatte nichts mit euch zu tun.«

»Trotzdem hättest du dich von uns verabschieden können. Du hast uns eine einzige Nachricht geschickt, in der du uns gesagt hast, dass du nie wiederkommst, und danach war Funkstille.«

»Ich wollte damit erreichen, dass ihr sauer auf mich seid und mich schnell vergesst. Ein wenig hatte ich gehofft, euch nicht mehr so zu vermissen, wenn ich keinen Kontakt halte. Das war nicht meine beste Idee. Es tut mir sehr leid.«

Carina presste die Lippen zusammen, eine Träne löste sich aus ihrem Augenwinkel. »Ich kann dich etwas verstehen. So richtig glücklich und frei hast du dich nie gefühlt, das hat man gemerkt.«

»Dass ich so unglücklich war, muss mit meiner Kindheit zusammenhängen.« Miriam senkte den Blick. »Erst ging es mir im Spreewald wirklich gut. Ich habe mich viel besser gefühlt. Bis vor ein paar Monaten.«

»Was war da?«

Miriam erzählte Carina von den Erscheinungen und Träumen, weshalb sie nach Antworten suchte, was ihr Vater dazu sagte, wie böse Sebastian über ihren Besuch war.

Carina wurde mit einem Mal ganz blass und erhob sich. »Ich muss jetzt wirklich los. Ehe ich zur Spätschicht muss, habe ich noch einiges zu tun.«

Miriam irritierte der plötzliche Wunsch aufzubrechen. »Carina, bitte bleib. Du verheimlichst mir doch was. Elli und du wart richtig böse auf Flo, als er gestern mit mir in der Klinik aufgetaucht ist. Und dein Schwiegervater war auch nicht sonderlich erfreut, mich zu sehen. Ich habe mich gefragt, ob es mit meiner Krankheit in der Kindheit zu tun hat. Deshalb habe ich gerade meine Akten durchsucht. Zwar fehlen Seiten meines Berichtes, aber ich weiß nun, dass ich in eurer Klinik behandelt wurde. Weißt du davon? Seid ihr deshalb so komisch mir gegenüber?«

»Er ist mein Ex-Schwiegervater, nur um das gesagt zu haben. Und ich habe keine Ahnung von deinem Aufenthalt in der Klinik, das war doch vor meiner Zeit. Wir haben nur so reagiert, weil wir irritiert waren, dass du mit Florian dort aufgetaucht bist. Ich mag es nicht, wenn er unsere Tochter abgibt, obwohl sie bei ihm sein sollte. Und ich will ihm auch nicht gern in der Klinik über den Weg laufen. Elli ist meine Freundin, deshalb hat sie ähnlich reagiert.«

Miriam spürte genau, dass Carina nach Ausflüchten suchte, doch sie blieb ruhig, weil sie sie nicht verjagen wollte. »Dass ihr nicht gut auf mich zu sprechen seid, ist doch nicht der Grund für diese heftige Reaktion. Und eben hast du dich draußen umgeschaut, als wäre es eine Todsünde, mit mir zu reden. Sag mir endlich, was los ist.«

Carina schwieg für einen Moment. Sie ließ den Blick zur Küchentür schweifen und beugte sich dann über den Tisch. »Hör auf, nach Antworten zu suchen. Glaub mir, du willst sie nicht wissen. Wir beide können keine Freunde mehr sein. Ich bekomme Ärger, wenn man mich mit dir sieht. Also erzähle niemals jemandem, dass ich heute hier war. Ich flehe dich an, geh zurück in den Spreewald. Das Ganze ist eine Nummer zu groß und gefährlich für dich.«

In Miriam stieg Panik auf. »Warum sollte es gefährlich sein?«

»Es tut mir leid, Miriam, mehr sage ich nicht. Ich habe schon viel zu viel preisgegeben. Vertrau mir, du solltest gehen. Es ist für alle das Beste.« Carina eilte zur Tür.

»Warte. Wer ist mit alle gemeint?«

Doch Carina drehte sich nicht noch einmal um.

Eine eiskalte Welle der Angst rollte über Miriam, denn nach Carinas Worten hing eine bedrohliche Wolke über ihr. Sie konnte sich überhaupt nicht vorstellen, welche Gefahr Carina gemeint haben könnte.

Plötzlich hörte sie in ihrem Zimmer etwas krachen. Sie war zusammengefahren und ihr Herz hämmerte wild gegen ihre Brust. Der Schweiß brach ihr aus. Sie zog das große Tranchiermesser ihrer Mutter aus dem Messerblock und schlich die Treppen nach oben. Weil Carina gerade erst diese Warnung ausgesprochen hatte, fand sie ihre Aktion, nachzuschauen, ziemlich unvorsichtig, doch sie wollte wissen, was da war. Vor ihrem Zimmer lauschte sie.

Nichts war zu hören.

Mit der Fußspitze stieß sie die Tür auf und richtete das Messer vor sich, um bei Bedarf sofort zustechen zu können.

Es war niemand da. Doch es lag etwas auf dem Boden.

Sie ging näher heran und erkannte, dass ein blutiges Papier um etwas gewickelt und mit einem dicken Seil festgebunden war, das wie das eines Galgens aussah. Offenbar hatte es jemand durch das offene Fenster geworfen.

War das etwa eine Drohung, dass jemand sie töten wollte?

Sie schluckte ihre Übelkeit herunter und wickelte es ab. Voller Ekel vor dem Blut löste sie das Blatt Papier von dem Stein, zog es gerade.

In blutiger Handschrift stand geschrieben: *Du wirst das nicht überleben. Du wurdest gewarnt.*

Miriam schluckte schwer und las die Nachricht immer wieder.

Hatte etwa jemand beobachtet, dass Carina in ihrem Haus gewesen war? Hing diese Drohung überhaupt mit Carina zusammen?

Miriam wurde schwummrig. Sie dachte an das Verhalten ihrer damaligen Freundin und ein eiskalter Schauer lief ihr den Rücken hinunter.

Carina hatte gefragt, ob Miriam allein zu Hause sei, und war dabei sichtlich verängstigt gewesen. Hatte sie etwa explizit Sebastian gemeint, weil sie vor ihm Angst hatte?

Er war extrem sauer gewesen, als Miriam versucht hatte, in der Klinik mit Carina und Elli zu reden. Außerdem wollte er unbedingt, dass Miriam abreiste. Hatte er zu solchen Mitteln gegriffen, um Miriam zu verjagen?

»Miri? Bist du da?«, rief ihre Mutter.

Vor Schreck ließ sie alles fallen. Schnell schob sie den Stein und die Drohung unter das Bett. Sie würde ihrer Mutter nichts davon erzählen, damit sich diese nicht noch mehr Sorgen machen musste.

Miriam zitterte am ganzen Leib und konnte die innerliche Anspannung kaum noch ertragen. Wem sollte sie sich anvertrauen? Carina, Elli, Florian und Sebastian misstraute sie immer mehr. Deren Schweigen war so laut, dass es sie verriet.

»Schatz, ist alles in Ordnung? Warum reagierst du nicht?«, rief ihre Mutter noch einmal zu ihr hoch.

Dann brachen alle Dämme in Miriam. Sie wollte einfach nur Geborgenheit. Weinend lief sie nach unten und grub sich in die Arme ihrer Mutter.

»Was ist denn los?«, fragte diese. »Du bist ja ganz aufgelöst.«

Miriam setzte sich. »Meine ehemaligen Freunde verhalten sich komisch. Ich glaube, ich bin hier nicht willkommen. Was ist hier damals wirklich vorgefallen, Mama? Es muss etwas mit der Klinik zu tun haben.«

»Du bist einfach krank geworden, weil du gesehen hast, wie ein kleines Mädchen gelitten hat. Das hast du nicht verkraftet. Davon wissen Carina, Florian und seine Schwester aber nichts, damit hat ihr Verhalten ganz sicher nichts zu tun. Sie sind keine Freunde, wenn sie nicht verstehen, warum du diese Entscheidung, Koblenz zu verlassen, damals getroffen hast. Bleib einfach daheim bei uns und entspanne dich etwas. Wenn du zurückmusst, bist du gut erholt und dir wird es wieder besser gehen.«

Miriam nickte. Doch sie würde nicht untätig herumsitzen und ohne Antworten in den Spreewald zurückkehren. Sie würde später noch einmal in die Klinik gehen, wenn Carina ihren Spätdienst angefangen hatte. Miriam wollte eine Erklärung von ihrer Freundin, was genau für eine Gefahr lauerte. Mit dieser Drohung in ihrem Zimmer war die Gefahr real geworden. Wie sollte sie sich schützen, wenn sie nicht einmal wusste, warum jemand sie warnte?

15

1994

Miriam stand seit ein paar Minuten an der großen Glasscheibe. Sie hatte schon geklopft und durch die Luke nach Franziska gerufen, doch diese lag nur im Bett und sah an die Decke.

Miriam war schon oft zu ihrer Freundin gegangen, wenn Papa sie mit in die Klinik genommen hatte. Ihm hatte sie erzählt, dass sie immer auf der Nachbarstation mit den Kindern spielte. Das Lügen war nicht in Ordnung und sie hatte ein schlechtes Gewissen gegenüber ihrem Vater, doch Franziska war ihr wichtiger.

Diese war eine tolle Freundin. Sie hatten oft zusammen gelacht und gespielt. Dass sie nicht gesund wurde und raus konnte, machte Miriam traurig.

An diesem Tag jedoch benahm sich Franziska anders. Sie war still und freute sich nicht, dass Miriam gekommen war. Zudem war sie noch weißer als sonst im Gesicht.

Miriam konnte nicht verstehen, dass ihre Freundin nicht wie gewöhnlich zur Luke lief. »Bist du okay?«, flüsterte Miriam ängstlich durch die Öffnung. »Warum sagst du heute nichts?«

Franziska drehte den Kopf in die Richtung der Tür. Sie schaute scheinbar durch Miriam hindurch. Ihre Augen sahen komisch aus, so als wären sie ganz dunkel. Vorher hatten sie immer so geglänzt, wenn sie gelacht hatte.

Miriam schniefte und wischte sich die Tränen aus den Augen. »Steh bitte auf und spiel mit mir.«

»Ich kann nicht. Mir tut alles weh«, flüsterte Franziska schwach. »Ich glaube, ich sterbe bald.«

»Das denke ich nicht. Vielleicht musst du dich nur mal ausruhen.« Miriam fühlte sich verloren. Sie wollte Franziska helfen, sie trösten und aus dem Zimmer herausholen, aber sie wusste nicht, wie.

Plötzlich schrie ihre Freundin so laut, dass Miriam der Schrecken in die Knochen fuhr.

Franziska bewegte sich wild, warf die Arme nach oben, brüllte und setzte sich auf. An ihrem Kopf hingen viele Schläuche.

Miriam hatte Angst vor Franziska, aber sie wollte sie nicht allein lassen. Deshalb versuchte sie, zu ihr durchzudringen. »Was ist mit dir? Komm her zu mir, ich helfe dir.«

Franziska stürmte tatsächlich auf sie zu.

Von einer der Maschinen ertönte ein lautes Klingeln.

Miriam griff nach ihrer Freundin, packte ihren Kopf.

»Es tut so weh«, schrie Franziska laut. Blut lief unter dem Verband hervor.

Es war so viel, dass Miriam schlecht wurde. »Du musst leise sein, sonst können sie dich hören. Wenn sie mich hier finden, darf ich nie wieder herkommen.«

Franziska brüllte jedoch weiter.

Plötzlich stürmten mehrere Männer in den Raum. Einer von ihnen hielt eine Spritze in der Hand.

Miriam duckte sich und hielt den Atem an. Sie krabbelte schnell zu dem Schrank, hinter dem sie sich immer versteckte, wenn jemand in das Zimmer kam. Dann lugte sie hervor, um alles zu beobachten.

Die fünf Männer umzingelten ihre Freundin und hielten sie fest.

Miriam sah, wie einer die Spritze in Franziskas Arm stach. Vielleicht half ihr das ja.

»Wie konnte sie aufstehen? Sie hat ein Schlafmittel bekommen, oder nicht?«, fragte einer der Männer streng.

Miriam kannte die Stimme, doch sie konnte nicht alle Männer sehen und vor Aufregung wusste sie nicht, wer gesprochen hatte.

Zwei der Männer hielten Franziska fest, sie zuckte heftig.

»Das sieht nicht gut aus«, sagte jemand. »Gib ihr Phenobarbital.«

Wieder spritzte ihr ein Arzt etwas in den Arm.

Nach einer Weile hörte das Zucken auf und es war für einen Augenblick ganz still in dem Zimmer.

»Scheiße, nein«, brüllte einen Augenblick später einer der Männer. »Das darf nicht wahr sein. Der Versuch ist gescheitert.«

Die Männer um Franziskas Bett wurden hektisch, sie bewegten sich schnell. Einer drückte auf Franziskas Körper herum, aber sie regte sich nicht mehr.

Miriam weinte. Sie kam aus ihrem Versteck und stellte sich vor die Glasscheibe. Ihr war egal, ob man sie erwischen würde. Sie flüsterte Franziska zu, dass sie endlich aufwachen sollte.

Doch diese schlief einfach weiter.

So langsam wurde Miriam sauer darüber und hämmerte gegen die Scheibe. »Wach endlich wieder auf!«

Plötzlich hörte sie Schritte hinter sich. Bevor sie sich umdrehen konnte, spürte sie, wie eine kalte Hand sie grob am Arm packte und von der Scheibe wegzerrte. »Was machst du hier?«, flüsterte Sebastian in ihr Ohr.

Miriam zappelte und sträubte sich gegen den Griff ihres Bruders. »Lass mich. Das ist meine Freundin. Ich will zu ihr. Mit ihr stimmt etwas nicht.«

»Die Ärzte helfen ihr. Jetzt komm.«

»Nein, sie helfen nicht. Sie haben ihr etwas gespritzt und dann wurde alles viel schlimmer. Wir müssen sie retten. Bitte. Ich mag sie so gern.«

»Schau nicht hin!«, zischte ihr Bruder. »Lass uns gehen. Ich sage dir später, was mit ihr ist.«

Miriam sah, wie ein Tuch über Franziska gezogen wurde. »Warum tun sie das? Sie bekommt darunter keine Luft. Sebastian, nun sag denen doch endlich mal was.« Tränen stiegen ihr in die Augen, als ihr Bruder sie wegzog und aus dem Raum führte. »Was ist mit Franziska?«, schrie sie und spürte eine Enge in ihrer Brust.

Sebastian schliff sie über den Flur zurück zur Station.

Papa würde sauer sein, dass sie bei dem abgelegenen Zimmer gewesen war, aber das interessierte Miriam nicht.

16

Miriam zog sich nach dem kurzen Gespräch mit ihrer Mutter eine Weile in ihr Zimmer zurück. Die Drohung ging ihr nicht mehr aus dem Kopf. Je länger sie darüber nachdachte, desto klarer wurde ihr, dass sie dringend mit Carina sprechen musste.

Es war nach vierzehn Uhr, das hieß, dass der Spätdienst nun angefangen hatte.

Miriam würde zu ihr in die Klinik fahren und ein weiteres Mal versuchen, mit ihr zu sprechen. Da ihr Vater an diesem Tag auch Dienst hatte, würde sie den als Alibi nehmen. Den würde sie ja wohl noch besuchen dürfen.

Schnell schälte sie sich aus ihrem gammeligen Jogginganzug und zog sich eine Jeans sowie einen leichten Pullover über. Sie kämmte sich das Haar und wusch sich das Gesicht, das von der Heulerei aufgedunsen und gerötet war. Dann lief sie hinunter.

»Magst du etwas essen?«, fragte ihre Mutter.

»Nein, danke, ich habe noch keinen Hunger, weil ich so spät gefrühstückt habe. Ich gehe eine Runde spazieren, ich brauche dringend frische Luft.«

»Solltest du nicht zu Hause bleiben? Du hast dich vorhin so unwohl gefühlt.«

»Mir geht es besser. Ich benötige jetzt wenigstens ein bisschen Bewegung. Daheim gehe ich regelmäßig joggen, das hilft mir, den Kopf freizubekommen.« Miriam fühlte sich nicht wohl dabei, ihre Mutter darüber zu belügen, was sie vorhatte, aber die Wahrheit konnte sie ihr auch nicht erzählen.

Wenn ihre Mutter von der Drohung wüsste, würde sie Miriams Vater anrufen, der sich dann ebenfalls Sorgen machen müsste, und sie würden nicht erlauben, dass Miriam das Haus verließ.

»Na gut, wenn du meinst. Aber bleib nicht so lange fort. Wir wollten später unsere Route für Morgen planen.«

»Versprochen.« Miriam gab ihrer Mutter einen Kuss auf die Wange und ging nach draußen. Sie wählte erneut die Abkürzung über die Felder zur Klinik und hoffte, dass sie nicht wieder solch einen Tagtraum oder eine Halluzination bekam.

Der Himmel zog sich zu und mitten auf dem Weg begann es zu regnen. Das Wetter entsprach ihrer Stimmung. Dicke Tropfen prasselten auf sie herab.

Von hinten näherte sich ein Auto, das auf ihrer Höhe langsamer wurde und schließlich neben ihr fuhr.

Sie ärgerte sich erneut, dass sie den einsamen Weg über die Felder gewählt hatte, vor allem nachdem sie eine klare Drohung bekommen hatte. Dabei hatte dieser Mann ihr gestern schon solche Angst eingejagt. Niemand würde merken, wenn man sie hier tötete.

Mit klopfendem Herz sah sie zu dem PKW. Die Fensterscheiben der schwarzen Limousine waren dunkel gefärbt, sodass sie nicht richtig erkennen konnte, wer am Steuer saß. Sie ging zwei große Schritte ins Feld hinein, damit derjenige sie nicht ins Auto ziehen konnte. Wasser und Matsch drangen in ihre Schuhe, aber nicht nur diese Kälte bereitete ihr Gänsehaut.

Die Scheibe des Fahrers ging nach unten. Es war Flos Vater, Dr. Seber. »Miriam, was suchst du denn bei dem Wetter allein auf den Feldern? Du bist doch nicht schon wieder auf dem Weg zur Klinik, um das Personal zu stören, oder?« Dr. Seber hatte es zwar mit einem leicht witzigen Unterton ausgesprochen, aber es hatte auch eine Warnung mitgeschwungen. War er eventuell in diese Drohung, die sie erhalten hatte, involviert?

»Nein, ich möchte nur zu Papa, so wie in alten Zeiten.«

Einen Augenblick lang musterte Dr. Seber sie. »Soll ich dich mitnehmen?«

Alles in ihr schrie nein. Nach der Drohung und seinem merkwürdigen Verhalten am Tag zuvor neigte sie zur Vorsicht und entschied, lieber bis auf die Knochen nass zu werden. »Nein, danke. Ich laufe zu Fuß. Ein bisschen frische Luft tut mir gut.«

»Wie du willst. Einen schönen Tag noch.« Er schloss die Scheibe und fuhr davon.

Miriam zwang sich, tief durchzuatmen. Sie zitterte, weil sie die ganze Zeit so angespannt gewesen war. Nachdem sie ein paar Mal tief ein- und ausgeatmet hatte, um sich zu beruhigen, lief sie weiter.

An der Klinik angekommen, seufzte sie leise und eilte durch den Eingang. Sie schaute sich um, weil sie fast erwartet hatte, dass man sie wieder mit missbilligenden Blicken begrüßen würde.

Doch von Elli, Carina oder Sebastian war nichts zu sehen. Auch Dr. Seber fing sie nicht am Eingang ab.

Sie ging nach rechts in Richtung der Station ihres Vaters. An der Tür schaute sie erst hinein, um zu prüfen, ob Sebastian zu sehen war. Das war nicht der Fall, also betrat sie den Flur.

Ihr Vater sprach gerade mit einer Frau mitten auf dem Korridor.

Miriam blieb weit genug weg stehen und wartete, bis er fertig war, um nicht unhöflich zu wirken und Diskretion zu bewahren. Dann ging sie zu ihm.

»Ach herrje, du bist ja ganz nass, Miri.«

»Es hat angefangen zu regnen, als ich schon auf dem halben Weg war, und ich hatte natürlich keinen Regenschirm dabei.«

»Wolltest du zu mir?«, fragte ihr Vater.

»Ich brauchte frische Luft und dachte, ich besuche dich mal.«

Am Ende des Flures lief Elli entlang und schaute sie eindringlich an. Ihre Augen waren gerötet.

»Alles okay?« Ihr Vater drehte sich um, wahrscheinlich um zu schauen, wo Miriam hinstarrte.

»Das war doch Elli, oder?«, fragte sie schnell. Ihr Vater

wusste ja nicht, dass sie sie schon einen Tag zuvor in der Klinik getroffen hatte.

»Richtig. Ihr Aussehen hat sich ganz schön verändert, was?«, antwortete er lächelnd. »Komm, wir gehen ins Stationszimmer. Die Schwestern sollen dir einen Kasack holen, damit du etwas Trocknes anziehen kannst.« Ihr Vater führte sie in das Räumchen.

Am Tisch saßen zwei Krankenschwestern und ein weiterer Arzt.

»Das ist meine Tochter Miri. Sie war früher häufiger hier. Vielleicht erkennt ihr sie.«

Der Arzt erhob sich. »Du meine Güte, du bist so erwachsen geworden.« Er reichte ihr die Hand. »Dr. Lobre. Wahrscheinlich erinnerst du dich nicht mehr an mich. Ich bin der Oberarzt drüben auf der psychiatrischen Station.« Sein Lächeln war gekünstelt und seine Blicke wirkten durchdringend.

Miriam kamen sofort die Seiten ihres Krankenberichtes in den Sinn, auf denen Dr. Lobre als behandelnder Arzt stand. Sie zwang sich zu einem Lächeln und nestelte mit ihren Fingern. »Es ist dreißig Jahre her, seit ich das letzte Mal hier gewesen bin. Manchmal erinnere ich mich nicht einmal, was vorgestern passiert ist.«

Der Arzt lächelte breiter. »Dein Vater erzählt immer voller Stolz, was du aus dir gemacht hast. Es ist bemerkenswert.« Er reichte ihr noch einmal die Hand. »So, ich muss an die Arbeit zurück. Ich wünsche dir einen schönen Tag.«

»Ihnen ebenso, danke.« Miriam atmete erleichtert aus, als das Gespräch beendet war.

Miriams Vater grinste. »Er hatte damals schon einen Narren an dir gefressen. Bestimmt ist er neidisch, dass er nicht so eine hübsche und intelligente Tochter hat.« Er drehte sich zu einer der Krankenschwestern. »Würde eine von euch meiner Tochter bitte einen Kasack geben? Sie ist ganz nass.« Er führte sie in ein Hinterzimmer. »Hier kannst du dich umziehen.«

Die Krankenschwester, die ihnen gefolgt war, holte ihr ein typisches Krankenhausoberteil aus dem Schrank.

Ihr Vater und die Pflegerin verließen den Raum.

Miriam dachte an Dr. Lobre und hätte ihren Vater am liebsten sofort gefragt, warum die beiden so taten, als wäre sie nie Dr. Lobres Patientin gewesen. Aber sie entschied sich, das lieber in Ruhe zu Hause zu machen, wo nicht so viele Leute waren. Sie zog sich den nassen Pullover aus und den bordeauxroten Kasack über. Dann lief sie wieder zu ihrem Vater.

»Was verschafft mir denn die Ehre für diesen Besuch? Geht es dir gut?« Er sah sie mit besorgter Miene an.

»Ja, alles okay.«

Ihr Vater legte den Kopf leicht schief und hob die Augenbrauen. Das tat er immer, wenn er sie beim Lügen ertappte. »Kann es sein, dass dich etwas belastet?«

Miriam seufzte. »Hat Mama dich angerufen?«

Er nickte. »Sie meinte, du wärst aufgelöst gewesen.«

Sie wusste, dass sie ihm einen Teil der Wahrheit erzählen musste, weil er sonst noch besorgter werden würde. »Mir ist alles zu viel geworden«, sagte sie also. »Ich verstehe nicht, warum mich meine damaligen

Freunde meiden. Carina und Elli haben merkwürdig reagiert, als wäre es ein Verbrechen, dass ich gestern hier vorbeigeschaut habe. Das hat mich aufgewühlt, immerhin waren sie mir damals sehr wichtig.«

»Mach dir nicht so einen Kopf. Sie haben vielleicht nicht verkraftet, dass du weggegangen bist, und waren mit deinem Auftauchen überfordert.«

Miriam nickte. Sie wollte das Gespräch nicht weiter vertiefen, denn ihr Vater sollte nicht erfahren, dass hinter deren Verhalten wahrscheinlich viel mehr steckte. Vor allem durfte er erst einmal nichts von der gruseligen Drohung wissen. Sie würde sich ihm anvertrauen. Doch vorher wollte sie mit Carina sprechen, um herauszufinden, was sie mit ihrer Warnung gemeint hatte. Sie wollte ihr auch unbedingt von der Drohung berichten, denn wenn es einen Zusammenhang zwischen der Drohung und ihren warnenden Worten gab, musste Carina das wissen.

»Ist das wirklich alles, was dich beschäftigt?«, fragte ihr Vater.

Miriam fühlte sich ertappt. »Ja. Und du hast recht, wahrscheinlich müssen sie mein plötzliches Wiederkommen erst verdauen. Vielleicht versuche ich, in ein oder zwei Tagen noch mal auf Carina zuzugehen.«

Ihr Vater nickte und rang sich ein Lächeln ab. »Na gut, ich muss langsam weitermachen. Du kannst den Kasack mitnehmen, ich bringe ihn zu meinem nächsten Dienst wieder mit her. Deine Mutter wollte vorhin alles für die Wanderung einkaufen. Sie plant, Fingerfood zu machen. Geh ihr doch dabei zur Hand.«

»Oh, sie hat gar nichts gesagt. Klar, ich helfe ihr.« Sie drückte ihrem Vater einen Kuss auf die Wange und verabschiedete sich von den anderen. Dann lief sie an den Empfang und fragte, auf welcher Station Carina arbeitete.

Zu ihrem Erstaunen antwortete die Person dort schnell, ohne zu fragen, wer sie überhaupt war.

Auf den Weg zu der Station begegnete sie Klinikpersonal, das sie freundlich grüßte.

Erst wunderte es sie, doch dann fiel ihr der Kasack ein.

Vielleicht dachten sie, Miriam gehöre zum Krankenhaus.

Carinas Station lag in einem anderen Klinikflügel als die ihres Vaters und Bruders.

Miriam betrat den Flur und ging auf eine Krankenschwester zu. »Guten Tag, ich bin eine Freundin von Carina. Sie sagte, sie hätte heute Spätdienst. Kann ich sie bitte kurz sprechen?«

Die Frau musterte sie einen Augenblick lang. »Carina hat sich heute krankgemeldet. Vielleicht versuchen Sie es bei ihr zu Hause.«

Miriam runzelte die Stirn.

Carina hatte vorhin nicht krank gewirkt und war auf dem Weg zur Arbeit gewesen.

Ihr lief ein kalter Schauer den Rücken hinunter.

Etwas stimmte nicht.

Ihr kamen die Worte ihrer Freundin wieder in den Sinn. »Hör auf, nach Antworten zu suchen. Glaub mir, du willst sie nicht wissen. Wir beide können keine Freunde mehr sein. Ich bekomme Ärger, wenn man mich mit dir sieht. Also erzähle niemals jemandem, dass ich heute hier war. Ich flehe dich an, geh zurück in den Spreewald. Das Ganze ist eine Nummer zu groß und gefährlich für dich.«, hatte Carina gesagt. Sie hatte vor etwas Angst. Hatte ihre plötzliche Krankmeldung etwas mit diesen Worten zu tun?

»Hey, Sie.« Die Krankenschwester stupste sie leicht am Arm an. »Kann ich Ihnen sonst noch helfen?«

»Nein, danke. Auf Wiedersehen.« Miriam verließ die Station mit einem brennenden Gefühl in ihrem Bauch. Schnell stürzte sie aus der Klinik. Gerade als sie ihr Handy herauszog, um Florian anzurufen und ihn zu fragen, was mit Carina war, sah sie, wie Elli um die Ecke des Gebäudes rannte. Sie wusste, dass es nicht richtig war, ihr zu folgen, doch Elli wirkte aufgebracht, da konnte sie nicht einfach wegsehen. Zögernd ging sie Elli hinterher. Sie schaute um die Ecke, denn sie wollte nicht in ein Gespräch hineinplatzen.

Elli hockte am Boden. Das Gesicht hatte sie auf die Knie abgelegt, ihr Körper bebte.

Miriam atmete tief ein und aus, dann ging sie zu Elli. »Hey, ist alles in Ordnung? Kann ich dir helfen?«

Elli schreckte auf, erhob sich hastig und schaute sich um. »Kannst du mich nicht einfach in Ruhe lassen?!«

Miriam war aufgrund der heftigen Reaktion verwirrt. »Nun sei nicht so, ich wollte nur nach dir sehen, weil du verängstigt wirkst.«

»Ich hatte lediglich einen stressigen Tag. Da kann man schon mal die Nerven verlieren. Ich muss jetzt wieder rein.« Elli eilte an ihr vorbei.

Miriam wurde immer verzweifelter. Sie verstand einfach nicht, warum ihre damaligen Freunde sie abwiesen. Was hatte sie getan, dass man in Rübenach dachte, von ihr gehe eine Gefahr aus? Noch ein Grund mehr, mit Carina zu sprechen, deshalb würde sie sie zu Hause besuchen.

Als Miriam hinter dem Haus hervorkam, sah sie auf der anderen Seite neben einem Gebäude wieder diesen Mann, der sie schon in der Stadt und an den Feldern in Rübenach angestarrt hatte. Sie rieb sich die Augen und schaute erneut hin.

Er war keine Einbildung.

Ihre Verzweiflung wandelte sich in Wut um, weil das Verhalten so vieler immer schräger wurde. Sie stürzte auf den Mann zu und wunderte sich, dass dieser nicht mal versuchte, wegzugehen.

Sie stellte sich vor ihn. »Was soll der Mist?«

Der Mann sah von Nahem noch viel blasser aus als von Weitem. Sein Augenweiß war mit roten Äderchen durchzogen. Schätzungsweise war er in ihrem Alter, anhand seines heruntergekommenen Zustandes ließ sich das nicht mit Gewissheit sagen.

»Sie verfolgen mich schon eine ganze Weile. Haben Sie mir diese Drohung in mein Zimmer geworfen? Reden Sie!«, brüllte sie ihn an.

Der Mann antwortete nicht, er starrte sie nur an.

»Ich rufe die Polizei, wenn Sie mir jetzt nicht sagen, was Sie von mir wollen.«

»Du bist Miriam, stimmt's?«

Miriam runzelte die Stirn, sie fühlte sich unwohl. »Woher kennen Sie meinen Namen? Wer sind Sie?«

Der Mann trat näher an sie heran.

Ihr Herz klopfte wild. Sein faulig riechender Atem schlug ihr ins Gesicht und sie musste würgen.

»Du solltest dich in Acht nehmen. Die erste Drohung ist harmlos, aber die zweite Stufe wird heftiger.« Dann wandte er sich ab und ging.

Miriam war entsetzt. »Warten Sie. Haben Sie mir diese Drohung mit dem Stein durchs Fenster geworfen? Was wollen Sie mir damit sagen?«

Der Mann drehte sich wieder zu ihr um. »Es geht um das Zimmer. Deine Vergangenheit ist gefährlich. Was du hier tust, ist ein Spiel mit dem Feuer.« Dann lief er Richtung Parkplatz.

Miriam schaute ihm noch lange nach, kramte in ihrem Gedächtnis, ob sie ihn schon einmal gesehen hatte. Aber sie kannte ihn nicht. Sie ließ seine Worte noch einmal in Gedanken abspielen. Von welchem Zimmer hatte er gesprochen?

Miriam drehte sich wieder zu der Klinik und schaute sich das Gebäude an. Abwechselnd blitzten Bilder in ihren Gedanken auf: das blutüberströmte Mädchen, ein weißes Zimmer mit Krankenbett, eine große Glasscheibe, eine Luke.

Hatte der Mann davon geredet? Gab es diesen Ort in dem Krankenhaus? Hatte sie damals dort dieses kleine Mädchen gesehen?

Miriam schluckte schwer. Ihr kam der Lagerraum in den Sinn, in dem Sebastian sie am Vortag erwischt hatte.

Möglicherweise hatte er nicht nur so reagiert, als wäre sie in einen Hochsicherheitstrakt eingebrochen, weil sie das Warnschild missachtet hatte. Vielleicht verbarg sich dort etwas, das Miriam nicht sehen durfte.

Hatte dieser Raum etwas mit dem Zimmer zu tun, das der Mann gerade erwähnt hatte?

Miriam würde nur eine Antwort finden, wenn sie noch einmal nachschaute, nur durfte sie sich nicht wieder erwischen lassen. Sie ging zurück in die Klinik. Vorsichtig spähte sie durch die Glastür der Station ihres Vaters. Als sie niemanden sah, rannte sie in den langen Korridor, der zu dem alten Lagerraum führte. Ehe sie eintrat, wandte sie sich noch einmal um und prüfte, ob niemand sie beobachtete, dann ging sie hinein.

Miriam schaute sich um und dachte darüber nach, was es mit dem Raum auf sich hatte. Die Aufregung jedoch ließ sie keinen klaren Gedanken fassen. Sie tastete sich vor und rempelte mit dem Oberschenkel gegen einen alten Nachttischschrank. Schnell biss sie sich auf die Hand, damit sie nicht vor Schmerz aufschrie. Sie verharrte so lange, bis er vorüber war, und lief dann weiter.

Am Ende des Raumes nahm ihr das Entsetzen die Luft zum Atmen. Sie stand vor einer großen Glasscheibe, wie sie sie ein paar Minuten zuvor in ihren Gedanken gesehen hatte.

Dahinter befand sich das Zimmer, das immer in ihren Träumen und Flashbacks auftauchte. Eine Tür mit einer Luke verhinderte den Zutritt zu dem Raum. Darin standen ein Bett und mehrere Geräte. Es war nicht ganz so alt und schäbig wie in ihren Träumen.

Miriam hielt sich die Brust, da der Schock verhinderte, dass sie genug Luft bekam. Sie japste, Sterne tanzten vor ihren Augen.

War das etwa das Zimmer, in dem sie damals das Mädchen beobachtet hatte? Hatten Erinnerungen daran sie am Tag zuvor dorthin gezogen?

Miriam schüttelte sich. Ihr lief es eiskalt den Rücken hinunter. »Nein, das kann nicht sein. Wie soll ich als kleines Kind hierhergekommen sein?«

»Miriam, was machst du hier?«

Miriam hatte sich nicht einmal erschrocken, als Elli plötzlich neben ihr gestanden hatte, weil sie viel zu geschockt über die Entdeckung des Zimmers war.

»Wenn dich jemand erwischt, bekommst du Ärger. Verschwinde ganz schnell von hier.«

Miriam ignorierte die Aufforderung. »Was ist das für ein Raum?«

Elli zog die Stirn kraus. »Ein Krankenzimmer. Wonach sieht es denn aus?«

»Dieser Ort taucht in meinen Träumen auf. Ich kenne ihn wahrscheinlich, weil ich schon mal hier war.«

Elli riss die Augen auf und legte den Zeigefinger auf die Lippen. »Du solltest das niemals laut aussprechen. Geh jetzt, und sag bloß niemandem, dass du hier warst.«

Miriam stierte Elli zornig an. »Ich will sofort wissen, was hier los ist!«, rief sie.

Elli drückte ihr die Hand auf den Mund. »Nicht so laut!« Sie sah sie mit schreckgeweiteten Augen an. »Bitte sprich leiser.« Sie nahm die Hand wieder herunter.

»Carina war heute bei mir, sie hat auch gesagt, dass ich niemandem etwas von ihrem Besuch erzählen soll. Warum darf ich nicht mit euch sprechen?«

Elli traten Tränen in die Augen. »Ich kann dir das nicht sagen. Carina hat sich in Gefahr gebracht, indem sie bei dir war. Sie ist nicht krank, da bin ich mir sicher. Ich kann sie nicht erreichen, sie ist nicht zu Hause. Sonst nimmt sie immer ab oder ruft wenige Minuten später zurück.«

»Sie wirkte auch nicht krank und wollte von mir aus zur Arbeit gehen.« Miriams Sorge um Carina wuchs, denn Elli hatte offensichtlich große Angst um ihre Freundin. Was war passiert, nachdem Carina ihr Haus verlassen hatte? »Bitte erkläre mir, was los ist. Sie sprach davon, dass ich in Gefahr bin und ich lieber in den Spreewald zurückfahren soll.«

»Hat sie dir gesagt, warum?«

»Nein, sie war nervös und ist förmlich aus meinem Haus geflüchtet, nachdem sie mir geraten hat, dass ich aufhören soll, in der Vergangenheit zu wühlen.«

»Tu, was sie sagt, und verschwinde schnell.« Elli wollte aus dem Raum gehen.

Miriam hielt sie fest, sie würde sich nicht wieder abwimmeln lassen. »Nein! Du bleibst hier. Warum bist du so aufgelöst? Was ist mit Carina?«

Elli riss sich los. »Es ist besser, wenn du das nicht weißt.« Sie rannte aus dem Raum.

Miriam verharrte einen Augenblick auf dem Boden, weil ihre Beine wackelig waren.

An der Tür knackte etwas.

Schnell hielt sie sich den Mund zu, weil sie so laut atmete. Sie kniff die Augen zusammen.

»Hallo, ist hier jemand?«, rief eine männliche Stimme, die tief und streng klang.

Miriam betete, dass diese Person nicht in dem Raum nachsehen würde. Sie hielt den Atem an. Vor Nervosität liefen ihr Tränen über die Wangen. Sie verharrte still in der Ecke, überlegte, was sie sagen sollte, wenn sie erwischt werden würde, konnte sich jedoch nicht konzentrieren.

Dann hörte sie, wie die Tür geschlossen wurde.

Einen Moment lang verharrte sie am Boden, dann wagte sie, den Raum zu verlassen. Sie eilte aus der Klinik und erst draußen holte sie wieder tief Luft. Weil ihr speiübel war, beugte sie sich nach vorn. Gott sei Dank blieb ihr Mageninhalt drin.

»Miri, alles okay?«

Sie fuhr zusammen und stellte sich aufrecht hin.

Florian schaute sie an. »Was suchst du in der Klinik?«

Auch wenn er sich auffallend verhalten hatte, wollte sie sich ihm anvertrauen, weil sie unbedingt mit jemanden reden musste. Sie verstand auch, warum er ihr nicht von seiner gescheiterten Ehe hatte erzählen wollen. Sie berichtete ihm von der Drohung zu Hause, davon, dass Carina bei ihr gewesen und nun angeblich krank war. Auch erzählte sie ihm von dem Zimmer, das sie gerade entdeckt hatte.

»Carina war bei dir?«, fragte Florian mit zittriger Stimme. Sein Gesicht war zwei Nuancen blasser geworden.

»Ja. Sie hat behauptet, dass ich in Gefahr bin. Der komische Mann ist hier vorhin herumgeschlichen und hat mich ebenfalls gewarnt.« Miriam rang nach Luft. »Flo, warum bin ich in Gefahr? Du weißt das doch auch, sonst würdest du nicht so entsetzt auf Carinas angebliche Erkrankung reagieren. Rede mit mir. Ich brauche deine Hilfe.«

»Sorry, ich muss weg.« Er eilte ins Krankenhaus.

Miriam sah ihm geschockt hinterher.

Langsam wurde es unheimlich. So komisch hatte er sich ihr gegenüber nie verhalten. Hatte er nur aus Sorge um Carina so gehandelt?

Als sie noch einmal an dem Gebäude hochschaute, sah sie im ersten Stock an der großen Außenglasscheibe Sebastian stehen, der sie musterte. Wieder überfiel eine Gänsehaut sie. Ihm traute sie zu, dass er etwas mit der Drohung zu tun hatte. Es war, als hätte er seine Augen und Ohren immer da, wo Miriam war.

Sie wollte nur noch weg von diesem Ort.

17

Er holte tief Luft, klopfte an und trat in das Zimmer des Jungen.

Weiterhin lag der Patient kreidebleich im Bett und schlief.

»Du siehst ziemlich blass aus, ist alles in Ordnung?«, fragte sein Kollege ihn und schaute ihn eindringlich an. »Außerdem stehen dir die Schweißperlen auf der Stirn.«

»Alles in Ordnung. Ich wurde nur unten aufgehalten und wollte nicht zu spät kommen, deshalb bin ich gerannt.« Er zeigte auf den Jungen, um schnell von sich und seiner inneren Unruhe abzulenken. »War er wach?«

»Nein, bisher nicht. Er hat sich schnell erholt. Sicher war es nur eine kurze Reaktion des Körpers auf einen unbekannten Stoff. Wir sollten uns von diesem kleinen Zwischenfall nicht einschüchtern lassen. Beim nächsten Mal wird das nicht mehr so heftig. Spritzen wir noch eine Dosis NeuroSynaptin.«

Er betrachtete den Jungen und sah dann zu der Krankenschwester, die fast ebenso blass wie der Junge war. »Lass uns für einen Moment allein.«

Sie atmete erleichtert aus, nickte und eilte sofort aus dem Zimmer.

Er blickte zu dem Mitglied, das mit Abstand das ehrgeizigste von allen war. Dieser Arzt hatte die Organisation vor Jahren mit aufgebaut, hatte seitdem geforscht, um das Medikament zu verbessern. Manchmal hatte er zu wenig Geduld, weil der Erfolg ihm wichtig war, die Aussicht auf Ruhm trieb ihn an.

Auch er selbst wollte erreichen, dass sie ein Medikament auf den Markt brachten, um unzähligen Patienten mit ADHS zu helfen. Das Geld stand für ihn nicht an erster Stelle, er wollte der Gott des ADHS sein, die Anerkennung bekommen, die er verdiente.

Das Krankheitsbild hatte sich in den letzten Jahren zunehmend verbreitet, wurde ernst genommen. Wie viel Erwachsene hatten sich durch ihre Kindheit gequält, weil die Erkrankung unentdeckt geblieben war. Auch die würden noch von einem Medikament profitieren.

»Nun starr mich nicht so an«, sagte sein Kollege in seine Gedanken hinein. »Lass es uns versuchen.«

»Gönn dem Jungen eine Pause«, sagte er. »Wir können sowieso nicht allein entscheiden, ob wir eine zweite Gabe durchführen. Es ist oberste Regel, dass immer alles im gesamten Team abgesprochen wird.«

Sein Kollege winkte ab. »Dann wird das nie etwas, sie haben alle Bedenken.« Er ging zum EEG-Bildschirm, wo die

Hirnaktivität des Jungen aufgezeichnet wurde. »Er hat nicht mehr gekrampft. Wären wieder Blutungen aufgetaucht wie bei den anderen Kindern, hätte er Symptome. Wir können auch vor der Verabreichung des Medikaments ein MRT machen, um eine Hirnblutung auszuschließen.«

»Das veranlassen wir sowieso. Aber nicht mehr heute. Wir besprechen das morgen. Der Mutter sagen wir nichts von den Komplikationen.«

»Nein, natürlich nicht«, antwortete der Kollege und presste die Lippen aufeinander. »Wir sollten aber nicht zu lange warten, bis wir weitermachen.«

»Wenn es morgen eine Mehrheit gibt, teile ich ein, wer von den Pflegenden bei der Injektion anwesend sein soll.«

Sein Kollege lachte auf. »Sie alle werden sich zurückhalten. Es ist dank Miriam gerade unruhig. Sie war heute schon wieder in der Klinik, die Drohung scheint sie nicht beeindruckt zu haben. Aber viel schlimmer ist, dass Carina zu ihr gegangen ist, obwohl wir sie davor gewarnt haben, Kontakt aufzunehmen. Der Großteil unserer Mitglieder denkt, dass es zu größeren Problemen führen kann, wenn sich die beiden annähern. Carina hat uns bereits Scherereien gemacht, sie hat zweimal durch Unachtsamkeit und unüberlegten Äußerungen an falscher Stelle die gesamte Organisation in Gefahr gebracht. Falls die Klinikleitung erfährt, was hier vor sich geht, sind wir geliefert. Was, wenn Carina eine Äußerung macht, die die verborgene Erinnerung in Miriam weckt?«

»Es wurde ja dafür gesorgt, dass es zu keinem Kontakt mehr zwischen den beiden kommt. Carina war genug gewarnt, die vorletzte Stufe, sie ein wenig wegzusperren, war also die richtige Entscheidung. Nicht nur sie wird daraus lernen, sondern auch andere labile Mitglieder.« Er hatte versucht mit fester Stimme zu sprechen, denn eigentlich gefiel ihm nicht, dass Carina hart bestraft werden musste. Es brachte noch mehr Unruhe herein.

»Ich hoffe nicht, dass wir die letzte Eskalationsstufe ein drittes Mal wählen müssen.«

»Das wäre in der Tat unschön. Es ist acht Jahre her, als wir zuletzt zum Äußersten greifen mussten. Je seltener wir die letzte Stufe durchführen müssen, desto besser. Aber Carina war schon immer eine Gefahr, sie wollte gar nicht recht an dieser Organisation teilhaben. Warum sie dennoch plötzlich gedrängelt hat, unbedingt einsteigen zu dürfen, weiß ich nicht. Wir dürfen aber kein Risiko eingehen. Sollte es also von Nöten sein, tun wir es. Vielleicht kommt sie aber jetzt zur Vernunft.«

Sein Kollege senkte den Kopf. »Es wäre hart, wenn wir sie beseitigen müssten. Sie hat versichert, dass sie Miriam nichts gesagt hat.«

»Wahrscheinlich ist das auch so. Vorsichtshalber werden wir bei Miriam die zweite Stufe anwenden und die Warnung etwas eindrucksvoller gestalten. Die Drohung hat sie noch nicht genug erschreckt, also müssen wir ihr zeigen, dass es keine leeren Worte waren. Vielleicht hält sie sich dann zurück oder fährt gar nach Hause.«

Sein Kollege nickte. Er zeigte auf den Jungen. »Ich will, dass es keine Störungen mehr gibt. Unsere Forschung hat oberste Priorität. Ich verlasse mich auf dich.«

»Das kannst du. Ich unterrichte die Mitglieder und berufe für morgen Vormittag die Versammlung ein. Bis dahin habe ich mich um Miriam gekümmert.« Er verließ das Zimmer.

An der Wand neben der Tür lehnte die Krankenschwester, sie wischte sich hektisch über die Augen.

Er stellte sich vor sie. »Gibt es ein Problem?«

Sie streckte den Rücken durch. »Nein, ich bin nur etwas erschöpft. Das schlägt mir manchmal auf das Gemüt.«

»Du bekommst sehr viel Geld für das hier und wusstest vorher, dass wir viel Zeit in diese Forschung investieren müssen. Hat NeuroSynaptin Erfolg, werden wir es an vielen weiteren Kindern testen. Da wir derzeit ein Mitglied weniger sind, brauchen wir mehr von deiner und von der Zeit deiner anderen Kollegin. Wir forschen für eine großartige Zukunft, da muss man bereit sein, Opfer zu bringen. Kann ich mich darauf verlassen, dass dieser Patient dadrin unter deiner Aufsicht gut betreut ist?«

Sie nickte hektisch. »Natürlich. Ich werde alles zu deiner Zufriedenheit tun.« Das Kinn der Schwester zitterte. Sie senkte den Kopf und eine dicke Träne tropfte zu Boden.

»Reiß dich zusammen. Wir mussten handeln, Carina war ein Störenfried. Sie wird definitiv nicht zurückkommen.«

»Ich weiß.« Sie atmete tief durch und lächelte gequält. »Wie gesagt, ich bin nur etwas überfordert gewesen, es geht gleich wieder.«

Er nickte ihr zu, dann lief er weiter. Wut über Miriams Auftauchen überfiel ihn abermals, denn sie brachte zu viel

Unruhe hinein. Er musste dafür sorgen, dass nicht noch mehr schiefging. Und er wusste auch schon, wie er das anstellen würde.

18

1994

Miriam saß auf dem Stuhl in dem Zimmer, wo die Ärzte immer Kaffee tranken. Sie reichte mit den Füßen nicht bis zum Boden hinunter, deshalb schaukelte sie mit den Beinen. Noch immer weinte sie, weil sie nicht wusste, ob mit Franziska alles in Ordnung war.

Warum hatten diese Männer das weiße Tuch über sie gelegt? Wann würde Papa ihr das endlich erklären?

Er unterhielt sich im Nebenzimmer mit Sebastian und schaute immer wieder durch die Glasscheibe an der Tür zu ihr herüber. Papa sah irgendwie traurig aus. Nach einer Weile kam er endlich zu ihr heraus und setzte sich neben sie.

Sebastian blieb hinter der Tür in dem anderen Zimmer stehen und beobachtete sie. Das war gruselig, weil sein Gesicht sehr streng wirkte.

»Hey, mein Liebling, geht es dir gut?«, fragte ihr Vater.

Sie schüttelte den Kopf. »Ich habe Angst um meine Freundin. Kann ich zu ihr?«

»Das geht leider nicht. Du hättest gar nicht dort unten sein dürfen. Ich bin sehr traurig, dass du mich belogen hast.«

»Franziska und ich mögen uns. Du hättest mich nicht zu ihr gelassen, weil sie was Ansteckendes hat.«

»Genau deshalb, Liebes. Ich kenne das kleine Mädchen nicht, aber Sebastian. Er sagt, dass nicht mal ihre Mutter zu Besuch kommen kann, weil die Erkrankung sehr ansteckend ist.«

Miriam kullerten dicke Tränen über die Wangen. Es kitzelte und sie fing sie mit der Zungenspitze auf. Dann rieb sie sich die Augen trocken. »Warum haben die Männer ihr wehgetan? Das habe ich genau gesehen.« Sie wischte sich Rotz von der Nase. »Sie bekommt bestimmt keine Luft mehr, weil die ein Tuch über sie gezogen haben.« Miriam wurde wütend. »Das war gemein. Sie ist meine Freundin und ich will, dass es ihr gut geht.«

Ihr Papa nahm sie in den Arm. »Beruhige dich, Kleines. Hier im Krankenhaus dürfen wir nicht so laut schreien, sonst bekommen die Kinder Angst.«

»Ich bin aber sauer.«

»Das weiß ich. Du hast etwas beobachtet, das dich schockiert hat. Wenn du möchtest, erkläre ich dir, was passiert ist. Du wirst verstehen, dass alles seine Richtigkeit hatte.«

Miriam nickte.

»Sebastian hat gesagt, dass du das Mädchen genau gesehen hast. Also ahnst du bestimmt, wie schlecht es ihr ging.«

»Ja, sie hatte Schläuche am Kopf. Es wurden immer mehr, wenn ich dorthin gekommen bin.«

»Die sind wichtig, damit Franziska keine Schmerzen hat. Vorhin war einer kaputt, deshalb hat sie so geschrien.«

Miriam starrte ihren Vater an. »Weil sie dadurch Schmerzen hatte?«

»Genau. Die Männer, die ihr geholfen haben, waren Ärzte.«

»Aber sie haben ihr wehgetan.« Miriam verschränkte die Arme.

»Die Ärzte haben sie festgehalten, weil sie so zappelig war. Sie wollten nur verhindern, dass sie noch einen weiteren Schlauch herauszieht. Sebastian hat mir genau erzählt, was passiert ist.«

Miriam dachte darüber nach. Wieder sah sie die Ereignisse vor ihrem inneren Auge ablaufen. »Dann hat sie mit dem ganzen Körper gewackelt und sie haben ihr was in den Arm gespritzt. Das war nicht schön.«

»Sie haben ihr ein Schmerzmittel verabreicht. Daraufhin ist sie eingeschlafen. Es wirkte für dich schlimm, weil du das nicht kennst. Aber in Wirklichkeit machen wir das täglich ganz oft. Verstehst du das?«

Mit zitterndem Kinn nickte Miriam.

»Wenn du möchtest, rufe ich noch einmal dort an und frage für dich, ob es Franziska mittlerweile gut geht. Einverstanden?«

»Darf ich dann wieder zu ihr?«

»Nein, Schatz, das geht nicht. Es ist gar nicht erlaubt, in diesen Abstellraum zu gehen. Das Zimmer ist für Besucher verboten, weil sie auch krank werden können, wenn sie sich dort aufhalten. Deshalb muss ich dich gleich gut untersuchen.«

»Ich habe nichts, ich möchte nur zu Franziska.«

Ihr Papa streichelte über ihren Kopf. »Ich verstehe, dass dich das traurig macht, aber du kannst sie erst wiedersehen, wenn sie gesund ist. Jetzt rufe ich an, damit du wenigstens beruhigt sein kannst.« Er ging zurück zu Sebastian. Dann hob er den Telefonhörer ans Ohr. Er sprach etwas, lächelte und legte auf.

Miriam sprang vom Stuhl, weil sie es nicht mehr aushalten konnte, nicht zu wissen, ob Franziska in Ordnung war. Sie rannte auf ihren Vater zu, als dieser aus der Tür kam. »Und? Geht es ihr gut?«

»Ja, alles okay. Sie schläft und später wird sie keine Schmerzen mehr haben. Das sind doch tolle Neuigkeiten, oder?«

Überglücklich lachte Miriam und umarmte ihren Vater. Am liebsten hätte sie auch Franziska an sich gedrückt. Dieser Gedanke machte sie wieder traurig. »Aber ich bin nicht froh, dass ich sie nicht mehr besuchen kann.«

»Ich habe dem Arzt gesagt, er soll ihr ausrichten, dass du an sie denkst und für sie betest. Wenn sie ganz gesund ist, besuchen wir sie, okay?«

Miriam war nicht so richtig damit einverstanden, doch sie wusste auch, dass Papa sie ab sofort nicht mehr weggehen lassen würde. Sie konnte froh sein, dass sie keine Schimpfe für ihre Lüge bekommen hatte.

Nur Sebastian sah sie die ganze Zeit wütend an.

Das machte Miriam sogar ein wenig Angst.

Er war eh meistens böse auf sie, obwohl er schon erwachsen und sie noch ein kleines Kind war. Sie hatte oft gefragt, warum er sie immer ärgerte, aber natürlich hatte er ihr keine eindeutige Antwort gegeben.

Die klackernden Absätze auf dem Flur rissen sie aus den Gedanken. Sie erkannte am Schritt sofort, dass es ihre Mutter war.

»Mein Liebling, ist alles in Ordnung?« Sie küsste Miriam mehrmals auf die Stirn und hockte sich vor sie. »Was machst du denn für Sachen?«

Sie schmiegte sich fest in die Arme ihrer Mutter. »Mir geht es gut. Ich habe eine neue Freundin und die war vorhin sehr komisch. Da habe ich mich erschrocken. Es tut mir leid, dass ich Papa angelogen habe. Ich mag Franziska sehr gern, deshalb bin ich immer dorthin gegangen. Hoffentlich wird sie bald wieder ganz gesund.«

»Das wünsche ich dem kleinen Mädchen auch.« Ihre Mutter reichte Miriam die Hand. »Jetzt gehen wir nach Hause. Du musst den Schock erst einmal verdauen.«

Ihr Vater gab ihrer Mutter einen Kuss auf die Wange. »Ich habe ihr erklärt, dass alles nur halb so tragisch ist, wie sie denkt. Für ein fünfjähriges Mädchen ist solch eine Beobachtung schlimm anzusehen, in dem Alter kann man es noch nicht verstehen.«

Miriam tippte ihren Vater an den Bauch und sah ihn an. »Doch, ich habe es verstanden. Du hast es mir gut erklärt. Ich werde zu Hause ganz viele Bilder für sie malen, die lege ich in mein Geheimfach und schenke ihr die, wenn ich sie wiedersehen darf. Dann kann sie sich alle in ihr Zimmer hängen.«

Ihr Vater streichelte ihr über das Haar. »Das ist eine sehr gute Idee, da wird sie sich freuen.«

Sebastian trat aus dem Zimmer und stellte sich neben ihren Vater. Er schaute Miriam zornig an. »Ich bin der Meinung, dass sie für die Lügen bestraft werden sollte. Schließlich muss sie lernen, dass man die Regeln der Eltern befolgt.«

Miriam biss sich auf die Zähne und hoffte, dass ihr Vater sich nicht davon überzeugen ließ.

»Ich denke, sie hat ihre Lektion gelernt. Wer herumschnüffelt, sieht Dinge, die kleine Mädchen nicht sehen sollten.« Ihre Mutter lächelte sie an. »Das stimmt doch, oder?«

»Ich verspreche, dass ich es nicht mehr tun werde.«

Ihr Vater nickte. »Das ist eine gute Entscheidung. Damit du beruhigt bist und sich deine Freundin nicht so einsam fühlt, wird Sebastian jeden Tag einen Gruß von dir an die kleine Patientin ausrichten, wenn er zur Arbeit kommt. Nicht wahr?« Er schaute Sebastian an.

Ihr Halbbruder presste die Lippen zusammen. »Natürlich, das werde ich.«

Miriam wusste zwar, dass Franziska sehr traurig sein würde, wenn sie sie nicht mehr besuchen konnte, aber wenn sie jeden Tag erfuhr, dass ihre beste Freundin an sie dachte, würde ihr das bestimmt helfen.

»Komm, mein Engel. Wir gehen nach Hause.« Ihre Mutter nahm ihre Hand.

»Tschüss, Papa«, sagte Miriam.

Ihr Vater umarmte sie.

Sebastian nahm sie anschließend ebenfalls in den Arm.

Miriam war überrascht, weil er sie noch nie gedrückt hatte.

»Ich beobachte dich«, flüsterte er ihr zu.

Miriam schaute ihre Eltern an, damit sie mit Sebastian schimpften, denn er machte ihr Angst. Aber ihre Mama zog sie von der Station und schien nicht gehört zu haben, was Sebastian ihr gesagt hatte.

Sie gruselte sich ein bisschen, als sie und ihre Mutter über den Flur liefen.

Die langen Lampen an der Decke flackerten komisch und warfen Schatten auf den Boden, die wie Wesen aus einem Albtraum aussahen.

Nachdem sie durch die Glastür getreten waren und sich diese geschlossen hatte, drehte sich Miriam noch einmal um, weil sie schauen wollte, ob diese Gestalten sie verfolgten.

Sebastian stand auf dem Flur und blickte ihnen hinterher. Er lächelte, aber es war nicht nett, sondern wirkte wie das Grinsen eines bösen Monsters.

Miriam drückte ihre Hand fester in die ihrer Mutter. Sie bekam Gänsehaut und wollte schnell nach Hause.

Seit einer Weile lag sie in ihrem Bett und dachte immer wieder an Franziskas Schrei. Aber auch an Sebastians gruseligen Blick. Ihre Augen brannten vom vielen Weinen, weil sie ihre Freundin schon vermisste.

Es klopfte an der Tür.

Ihre Mutter trat in ihr Kinderzimmer. »Ich wollte nach dir schauen. Möchtest du eine heiße Schokolade trinken?«

Miriam schüttelte den Kopf. »Ich bin so traurig, ich glaube, mein Bauch möchte nichts in sich haben.«

»Schoko hilft gegen Traurigkeit.«

»Nein, ich mag nicht.« Miriam drehte sich um. Dann schloss sie die Augen. »Ich bin ganz müde.«

»Schlaf ein wenig. Danach können wir immer noch Schokolade trinken.« Ihre Mutter gab ihr einen Kuss auf den Hinterkopf und verließ das Zimmer.

Miriam konzentrierte sich auf ihren Atem, der in ihrem Ohr rauschte, und wurde ruhiger.

Mit einem Mal schreckte sie hoch, weil sie ein lautes Wimmern hörte.

»Du hast gesagt, dass du wiederkommst, aber ich habe umsonst gewartet.«

Miriam drehte sich um.

In ihrem Zimmer stand Franziska. Sie war bleich im Gesicht. Ihr blondes langes Haar hing strähnig hinunter. Aus Augen, Mund, Nase und Ohren lief Blut. Sie sah aus wie ein Gespenst.

»Ich wollte ja. Aber Sebastian hat mich erwischt und Papa erlaubt es mir nicht mehr. Ich werde dir jeden Tag ein Bild malen und bringe sie dir mit, sobald ich dich wieder besuchen darf. Wenn du wieder gesund bist, komme ich jeden Tag zu dir. Ich werde immer an dich denken.«

»Es dauert noch, bis ich nicht mehr ansteckend bin. Bis dahin bin ich sehr einsam.«

»Ich weiß. Es tut mir leid. Wir sind leider aufgeflogen, ich kann das nicht mehr ändern. Sicher darf ich gar nicht mehr mit in die Klinik. Warum hast du denn nur so geschrien? Wenn du nicht so laut gewesen wärst, wären die Männer nicht hereingekommen und wir wären nicht erwischt worden.«

Plötzlich machte Franziska einen Satz auf sie zu.

Miriam kniff die Augen zusammen und schrie. Ihr Herz klopfte wild.

Was war bloß in Franziska gefahren?

Deren Hände packten sie und Miriam brüllte noch lauter.

»Schatz, beruhige dich«, drang die liebevolle Stimme ihrer Mutter zu ihr durch.

Miriam öffnete die Augen. Ihre Hände waren klitschnass.

Ihre Mutter hielt sie in den Armen. »Ganz ruhig, du hattest einen schlechten Traum.«

Sie schaute sich im Zimmer um, tatsächlich war Franziska nicht mehr da. Erleichtert atmete sie aus, weil sie froh war, dass ihre Freundin sie nicht wirklich angegriffen hatte. Sie ließ sich noch eine Weile in den Armen ihrer Mutter wiegen.

19

Miriam saß auf der Kante des Bettes in ihrem alten Kinderzimmer und betrachtete die alten Poster ihrer Lieblingsband, ihrer Lieblingsfilme oder irgendwelche Comicfiguren an der Wand. Sie hatte sie früher aufgehängt, um ihre Trostlosigkeit abzumildern. Getröstet hatten sie sie nicht wirklich.

Daran hatte sich immer noch nichts geändert. Sie war so unglücklich, an diesem Ort zu sein, dass sie sich fragte, ob es vielleicht keine gute Entscheidung gewesen war, nach Koblenz zurückzukehren. Zwar hatte sie nun Antworten, warum sie in der Psychiatrie gewesen war, doch sie hatte mehr Fragezeichen im Kopf als bei ihrer Ankunft. Hinzu kam die Angst, weil sie bedroht wurde.

War Sebastians Hass auf sie so dermaßen groß, dass er tatsächlich zu solchen Mitteln griff? Und hetzte er dafür wirklich ihre ehemaligen Freunde auf sie? Warum hatte er es dann auf so eine anonyme Art und Weise getan? Er hatte doch sonst keine Probleme damit, ihr zu drohen.

Oder steckte doch jemand anderes dahinter?

Als möglicher Kandidat kam ihr Florian in den Kopf. Er hatte offenbar kein Problem, sich mit ihr zu treffen, aber er benahm sich merkwürdig. Reichte das aus, um ihn für die Drohung zu verdächtigen? Was verheimlichte er ihr?

Es musste ein Geheimnis geben, dass Miriam nicht erfahren sollte, sonst würden sich ihre Freunde von damals nicht so verhalten.

Sie überschlug die Beine und schaukelte das obere unruhig auf und ab. Ihr Blick fixierte das Smartphone, das stumm auf der weißen Bettdecke lag. Schon sieben Mal hatte sie versucht, Flo zu erreichen, weil sie wissen wollte, warum er sie vor der Klinik einfach so hatte stehen lassen. Natürlich wollte sie auch wissen, ob er etwas von Carina gehört hatte. Noch einmal wählte sie nervös seine Nummer. Doch jedes Mal, wenn der Anruf durchging, ertönte nur die Nachricht der Mailbox: »Ich bin zurzeit nicht erreichbar, bitte sprich mir einfach eine Nachricht drauf.«

Sie legte sich hin, ließ das Handy auf ihren Schoß fallen und schloss für einen Moment die Augen.

Sofort sah sie Florians Blick, den er ihr zugeworfen hatte, als sie ihm von Carinas merkwürdiger Krankmeldung erzählt hatte. In ihm hatten Entsetzen und auch Angst gelegen. Florians Reaktion bestätigte Miriam, dass er ihr etwas verschwieg.

Ihre Sorge um Carina wuchs ins Unermessliche. War das Treffen am Vormittag wirklich zur Gefahr für sie geworden?

Miriam hielt die Ungewissheit nicht mehr aus und entschied, nicht nur abzuwarten. Sie würde einfach selbst bei Carina vorbeischauen, dank ihr wusste sie ja, wo sie derzeit lebte. Entschlossen rannte sie die Treppe hinunter, zog ihre Schuhe an und stürmte aus dem Haus.

»Miriam, wo willst du denn hin?«, rief ihre Mutter ihr hinterher.

»Ich bin gleich zurück«, antwortete sie lautstark und lief die Straße hinunter zur Nummer 32, in der Carina wohnte. Außer Atem klingelte sie.

Eine junge Frau öffnete, sah sie erst erwartungsvoll an, dann änderte sich ihre Miene jedoch in eine der Enttäuschung. »Guten Tag, kann ich Ihnen helfen?«

»Ich bin eine Freundin von Carina, ich habe gehört, dass sie krank ist, und wollte schauen, wie es ihr geht.«

Die Frau runzelte die Stirn. »Carina ist nicht krank, sie ist bei der Spätschicht. Ich warte auf ihren Ex-Mann. Der wollte seine Tochter abholen, aber ich kann ihn nicht erreichen.«

Miriam schluckte ihre Übelkeit hinunter. »Ich erreiche Florian auch seit Stunden nicht. Irgendwie gibt es da wohl ein Missverständnis zwischen ihm und Carina«, log Miriam. Sie wollte der Frau keine Angst einjagen, deshalb verschwieg sie ihr, dass Carina nicht in der Klinik war und auch, wie Florian vor dem Krankenhaus darauf reagiert hatte. »Ich versuche noch einmal, ihn zu erreichen. Können Sie so lange auf die Tochter der beiden aufpassen?«

»Ja, natürlich, ich bleibe bei der Kleinen. So langsam mache ich mir echt Sorgen.«

»Es klärt sich bestimmt auf. Ich melde mich, wenn ich mehr weiß.«

»Sagen Sie mir bitte noch Ihren Namen?«, fragte die Frau.

»Ach ja. Ich bin Miriam, eine Freundin aus der Jugendzeit der beiden und derzeit zu Besuch bei meinen Eltern, die wohnen auch hier in der Klause.«

»Wie witzig, Flo und Carina haben ihre Tochter auch Miriam genannt.«

Eine Hitzewelle schoss durch Miriams Körper.

Hatte es etwas zu bedeuten, dass die beiden ihre Tochter ausgerechnet so genannt haben, wie sie hieß, obwohl sie keine sehr schönen Erinnerungen an sie hatten?

Doch sie schüttelte den Gedanken schnell wieder ab, weil ein solcher Zusammenhang unrealistisch war. Es war wahrscheinlich nur Zufall. Sie verabschiedete sich und rannte zurück nach Hause.

Ihre Mutter stand am Küchenfenster. »Wo warst du denn?«

»Kurz bei Carina, aber sie scheint nicht zu Hause zu sein.« Mehr wollte sie ihrer Mutter nicht erzählen, denn dann müsste sie ihr auch von der Drohung und der Gefahr, von der Carina gesprochen hatte, berichten. Sie wollte ihr noch keine Sorgen bereiten. »Hast du irgendwo ein Telefonbuch?«, fragte sie, weil sie hoffte, dadurch Ellis Nummer herauszufinden.

Florian hatte ihr erzählt, dass diese ebenfalls in Rübenach lebte.

»Ja, es liegt unter dem Telefon im Flur.«

Miriam holte es und eilte damit in ihr Zimmer. Noch einmal versuchte sie es bei Florian.

Doch wieder meldete sich nur der Anrufbeantworter.

»Flo, bitte ruf mich an. Ich mache mir echt Sorgen. Carina ist nicht zu Hause und euer Kindermädchen wartet auf dich. Was ist los?« Sie legte auf und durchsuchte das Telefonbuch.

Elli stand nicht drin, zumindest nicht mit dem Nachnamen Seber. Mittlerweile könnte auch sie verheiratet sein.

Nervös lief Miriam durch ihr Zimmer. Mittlerweile war sie panisch, weil sie niemanden erreichen konnte. Vor allem weil sie nicht wusste, was das Ganze mit ihr zu tun hatte. Nicht nur Angst beherrschte sie, auch der Zorn auf das Schweigen ihrer ehemaligen Freundinnen. Wütend riss sie die Poster von der Wand. Sie konnte diesen Anblick, der sie an ihre Kinder- und Jugendzeit in diesem Zimmer erinnerte, nicht mehr ertragen. Als sie das Bild von Harry Potter grob von der Tapete löste, eckte sie mit der Hand an der schwarzen Vase an, die seit Jahren in der alten Regalecke verstaubte. Sie fiel zu Boden und zersprang in Einzelteile.

Ein kleiner, silberner Schlüssel, der an einer Kette hing, blitzte auf.

»Du meine Güte, den habe ich jahrelang gesucht«, sagte sie zu sich.

Als sie vier gewesen war, hatte ihr Großvater ihr eine uralte hölzerne Kommode vermacht, in der er ein geheimes Fach eingebaut hatte. Nur sie hatte damals einen Schlüssel gehabt.

Mit zitternden Fingern zog Miriam die Tür des Möbelstücks auf.

Ganz hinten an der Wand war der Kasten angebracht. Er war voller Kratzer.

Miriam erinnerte sich, dass sie nach ihrem Psychiatrieaufenthalt nicht mehr gewusst hatte, wo der Schlüssel war. Sie hatte mehrmals versucht, das Fach aufzubrechen. Doch es war ihr nicht gelungen, deshalb hatte sie es irgendwann aufgegeben. Nun wusste sie gar nicht mehr, was sich alles darin verbarg.

Sie steckte den Schlüssel ins Schloss und das Fach öffnete sich.

Es war vollgestopft mit alten Zeichnungen, deren Ecken bereits leicht vergilbt waren.

Miriam griff hinein und berührte das raue Papier der Bilder, die sie offenbar als Kind gemalt hatte. Sie zog sie heraus, breitete sie auf dem Bett aus und betrachtete sie.

Jedes Blatt war mit *Für Franziska* beschriftet. Die Bilder zeigten Sonnenscheine, lächelnde Tiere und bunte Blumen.

Für Franziska. Wer war das?

Der Name kratzte in ihren Gedanken, ihr Bauch sagte ihr, dass sie damals ein Mädchen gekannt hatte, das so geheißen hatte. Doch sie hatte kein Bild einer Franziska vor Augen. Offenbar musste sie sie sehr gemocht haben, so viele Zeichnungen wie sie gemalt hatte. Nur hatte dieses Mädchen sie wohl nie erhalten.

Plötzlich schien der Raum kälter zu werden und Miriam standen die Haare zu Berge. Lichtblitze flackerten vor ihren Augen auf.

Eine weitere Halluzination. Das blonde Mädchen sah sie mit ernsten, fast vorwurfsvollen Augen an. Auch dieses

Mal war es blutbeschmiert und weiß wie die Wand. »Denk nach«, flüsterte das Kind. Die Stimme hallte wie ein Echo. »Denk nach.«

Miriam stockte der Atem. Sie starrte das Mädchen an, unfähig, sich zu bewegen.

Warum tauchte es immer wieder auf?

Sie schloss die Augen und schüttelte den Kopf, um die Erscheinung aus ihren Gedanken loszuwerden.

Als sie die Augen öffnete, war das Mädchen verschwunden.

War das Franziska? Hatte Miriam sie damals in dem Zimmer beobachtet? Welche Verbindung gab es zu dem Mann, der sie verfolgte? Und was hatte es mit dem Verhalten ihrer Freunde auf sich? All diese Aspekte erschienen ihr wie gefährliche Puzzlestücke, die sie zusammenstecken musste. Sie konnte das Bild aber nicht fertigstellen, weil ihr noch Teile fehlten. Besonders die merkwürdigen Reaktionen ihrer Freunde passten derzeit nicht hinein. Diese konnten doch gar nichts von Miriams damaligen Beobachtungen wissen.

Sie konnte sich so lange im Kreis drehen, wie sie wollte, ohne eine Antwort ihrer Freunde würde sie die Wahrheit nicht herausfinden. Also versuchte Miriam erneut, bei Florian anzurufen. Als dieser nicht abnahm, entschied sie, noch einmal in die Klinik zu gehen, um Elli aufzusuchen. Dieses Mal würde sie sich nicht von ihr abwimmeln lassen.

Miriam lief zu ihrer Mutter in die Küche, die gerade ein paar kleine Schnitzel briet. Zwar plagte sie das schlechte Gewissen, weil sie diese wieder anlügen und ihr nicht bei den Vorbereitungen helfen würde, aber die Wahrheit herauszufinden war ihr wichtiger. »Mama …«

»Ah, Schatz, da bist du ja. Ich habe schon mal angefangen und könnte deine Hilfe gut gebrauchen. Setzt du bitte die Eier auf?«

»Es tut mir leid, ich muss noch einmal los. Du kannst mit den Vorbereitungen warten, ich helfe dir später, versprochen.«

»Wo willst du denn jetzt schon wieder hin?« Ihre Mutter schaute fast ein wenig verzweifelt. »Es ist heute das dritte Mal, dass du weggehst. Ich mache mir Sorgen. Du verhältst dich komisch.«

»Ich bin etwas aufgewühlt, weil meine beiden Freundinnen keinen Kontakt zu mir wollen. Mir hilft da am besten frische Luft.«

Ihre Mutter presste die Lippen zusammen und senkte traurig den Blick.

Miriam konnte sie aber nicht einweihen, weil diese in der Vergangenheit durch die Sorgen um sie krank geworden war. Sie umarmte ihre Mutter. »Bitte versuch mich zu verstehen und sei nicht so traurig. Ich bin nicht lange fort und den Rest des Abends verbringe ich mit dir in der Küche, um die Snacks vorzubereiten.«

»Dein Vater kommt bald nach Hause. Er würde sich sicher freuen, wenn wir zusammen essen.«

»Ich werde da sein, versprochen. Wenn es okay ist, nehme ich dein Fahrrad.«

»Es steht in der Garage.« Ihre Mutter löste sich aus der Umarmung, drehte sich um und wendete die Schnitzel in der Pfanne. So abweisend reagierte sie oft, wenn sie ihre Enttäuschung verbergen wollte.

Miriam stürzte aus dem Haus und holte das Fahrrad. Sie fuhr über die Felder am Anderbach vorbei.

An der Klinik schaute sie sich erst um, ob sie Sebastian irgendwo sah. Auch ihrem Vater wollte sie nicht über den Weg laufen, denn sie könnte ihm nicht erklären, warum sie schon wieder dort auftauchte.

Die Luft war rein.

Sie trat vorsichtig in die Eingangshalle. Als sie niemanden sah, ging sie zur Informationstheke. »Guten Tag, ich möchte gern Elli Seber überraschen. Sie arbeitet hier in der Klinik, doch ich weiß leider nicht, wo. Könnten Sie sie vielleicht herbestellen?«

Die Dame schaute Miriam pikiert an. »Ich kann gern für Sie nachfragen, aber einfach herrufen geht nicht. Wenn sie Dienst hat, kann sie nicht einfach so ohne Weiteres von ihrer Station weg.«

»Ja, verständlich«, sagte Miriam. »Es wäre lieb, wenn Sie einmal bei Elli fragen, ob sie zu Ihnen kommen könnte, ohne zu verraten, weshalb.« Miriam war der schlechtgelaunten Dame einen flehenden Blick zu und setzte ein höfliches Lächeln auf, auch wenn sie spürte, dass man die Frau mit Charme nicht um den Finger wickeln konnte.

Die blickte sie missbilligend an. »Warten Sie dort drüben im Wartebereich.« Sie zeigte auf eine schwarze Stuhlgruppe.

Miriam bedankte sich und setzte sich dorthin. Sie beobachtete die Dame, die ins Telefon sprach und sie dabei wiederholt fragend anstierte. Miriam fühlte sich mehr als unwohl und betete leise, dass Sebastian oder ihr Vater nicht gleich auftauchen würden.

Die Frau legte auf, widmete sich ihrer Arbeit, ohne etwas zu erwidern.

Einen Moment später stand Elli vor Miriam. »Bist du komplett begriffsstutzig? Was soll man dir noch sagen, damit du einen endlich in Ruhe lässt?« Ellis Augenränder waren dunkel, ihre Schultern hingen nach unten und sie zitterte leicht. Miriam meinte, auch Tränen in ihren Augen zu erkennen.

»Ich muss dringend etwas mit dir besprechen. Bitte hör mich an.«

Elli sah sich um. »Nicht hier. Gehen wir raus.« Sie führte Miriam wieder zu der Ecke, hinter der sie ein paar Stunden zuvor geweint hatte. »Was willst du von mir?«

»Ich weiß wirklich nicht, was ihr alle für ein Problem mit mir habt, dass euch mein Auftauchen jedes Mal so verängstigt. Da es dabei aber offenbar um mich und mein Leben geht, habe ich das Recht zu erfahren, was los ist. Sag mir jetzt, warum ihr euch mir gegenüber so verhaltet!«

»Du ahnst überhaupt nicht, was du losgetreten hast. Deinetwegen ist Carina in Gefahr.« Erneut traten Tränen in Ellis Augen. »Warum kannst du nicht aufhören, in der Vergangenheit zu stochern? Wegen dir komme ich auch noch in Teufelsküche. Ich habe vorhin fast ein Kind verloren, um das ich mich kümmern muss, weil ich so abgelenkt von deinem Auftauchen war. Was suchst du hier?«

»Ich muss die Wahrheit wissen. Warum seid ihr wegen mir in Gefahr?«

»Ich kann dir darauf nicht antworten. Glaube mir, damit tue ich dir einen Gefallen. Verschwinde jetzt.«

»Steckt Sebastian hinter dieser Gefahr?«

Elli antwortete nicht darauf, aber das musste sie auch nicht. Miriam konnte in ihrem Gesicht ablesen, dass ihr Halbbruder etwas mit Ellis Angst zu tun hatte.

»Deine Mimik sagt ja. Bitte rede mit mir.«

»Den Teufel werde ich tun. Geh nach Hause, ich muss rein.« Elli wandte sich ab, doch Miriam hielt sie am Arm fest.

»Ich brauche wirklich deine Hilfe. Wenn du mir nicht sagen willst, warum ihr mich meidet und warum ich euch in Gefahr bringe, sage mir wenigstens, ob beides mit diesem Mädchen zusammenhängt.«

Elli runzelte die Stirn. »Wovon sprichst du?«

In Kurzfassung erzählte Miriam ihrer damaligen Freundin von den Träumen, den Zeichnungen, den Dingen, die sie von ihrem Vater erfahren hat und diesem merkwürdigen Mann. »Wenn ich eins und eins zusammenzähle, habe ich dieses Zimmer hinter dem Lagerraum gesehen. Ich denke, das Mädchen hieß Franziska. Kann das sein?«

»Das weiß ich nicht. Als du fünf warst, war ich gerade mal drei. Woher sollte ich dieses Mädchen kennen?«

»Du arbeitest hier, vielleicht hast du die Akte mal gelesen. Selbst wenn du das Mädchen nicht kennst, weißt du bestimmt, was mit dem Zimmer ist. Gibt es dort wirklich Patienten in dem Trakt hinter dem Lagerraum?«

Elli schaute sich einmal um und holte tief Luft. »Ich weiß nicht so viel darüber. Flo hat mir erzählt, dass das Zimmer früher ausschließlich für Forschungszwecke genutzt wurde. Die Klinik ist dafür bekannt, dass sie auf vielen Gebieten an Forschungsprojekten teilnimmt, das war schon in den Siebzigerjahren so. Man kann den Raum von beiden Seiten begehen. Auf der einen gibt es eine Glasscheibe und eine Luke. Dort durften die Eltern nach ihren Kindern sehen und wenn sie Geschenke mitbrachten, konnten sie die durch diese Öffnung geben. Auf der anderen Seite durfte nur das Personal rein. Das Zimmer wird heute nicht mehr für die Projekte genutzt, sondern ist jetzt ein Isolierzimmer für Patienten, die schwere hochansteckende Erkrankungen haben. Diese Kinder dürfen leider keinen Besuch empfangen. Der Lagerraum wurde dort eingerichtet, weil es keinen Durchgang mehr von dieser Seite geben soll. Aber es liegen nicht oft welche drin.«

Miriam schloss kurz die Augen und stellte sich das Zimmer vor, das sie am Mittag gesehen hatte. Mit einem Mal sah sie sich wieder als kleines Kind vor dieser Glasscheibe. »Ich habe dort Franziska besucht. Das Mädchen, bei dem ich mich so erschrocken habe. Und eines Tages hat mich Sebastian erwischt.« Sie sprang auf. »Ja, ich erinnere mich. Deshalb hat es mich gestern in diesen Lagerraum gezogen.«

Elli sah Miriam schweigend an.

»Ich muss wissen, was genau mit Franziska geschehen ist. Bitte hilf mir. Kommst du an die Akten dieses Mädchens?«

Elli seufzte. »Die Warnung hast du sicher nicht umsonst bekommen. Glaubst du wirklich, dass du da bohren solltest?«

Miriam funkelte Elli zornig an. »Ich habe es verstanden, ihr alle wollt mir nicht helfen. Sogar ein wildfremder Mann erzählte mir mehr von dem Zimmer, als meine Freunde es tun. Bitte hilf mir dieses eine Mal. Ich muss wissen, was das Mädchen hatte. Wenn meine damaligen Beobachtungen etwas mit Carinas Verschwinden und dieser Warnung an mich zu tun haben, finde ich es raus.«

Elli schaute sich wieder um. »Okay, ich gebe dir meine elektronische Karte, mit der kommst du ins Archiv. Dort befinden sich die alten Patientenakten. Ich weiß nicht, ob sie die des Mädchens noch haben. In der Klinik werden die dreißig Jahre aufbewahrt, vielleicht hast du also Glück. Aber beeil dich, alle in der Klinik haben Zugriff auf das Archiv, es kann jederzeit jemand kommen. Wenn nicht abgeschlossen ist, ist gerade wer drin. Dann verschwinde.« Elli reichte ihr die Karte. »Wenn du fertig bist, legst du sie hier rein.« Sie hockte sich hin und hob einen Pflasterstein aus dem Boden. »Ich hole sie später ab. Mehr kann ich nicht tun.«

»Wo ist das Archiv?« Miriams Herz raste, weil sie nun endlich eine Möglichkeit bekam, nach der Wahrheit zu suchen.

Elli beschrieb ihr den Weg. »Wenn dich jemand erwischt, musst du allein eine Ausrede finden. Bitte bring mich nicht ins Spiel.« Elli schaute Miriam eindringlich an. Ihr Gesicht war von Sorgenfalten gezeichnet. »Ich möchte nicht wie Carina enden.«

»Was ist mit ihr passiert?« Miriam zitterte vor Nervosität am ganzen Körper.

»Sie ist verschwunden und wird auch nicht wiederkommen, da bin ich sicher. Mehr werde ich dir nicht verraten.« Elli lief zurück in die Klinik.

Miriam schaute auf die Schlüsselkarte. Auch wenn Elli sie mit ihren Warnungen nervös gemacht hatte, entschied sie, in dieses Archiv zu gehen. Sie wollte mehr über Franziska wissen. Wie krank war das Mädchen gewesen, was hatte Miriam so erschreckt? Vielleicht hatte sie sogar Glück und fand die Adresse von damals, obwohl sie nicht unbedingt davon ausging, dass Franziska noch dort wohnte.

Sie lief möglichst langsam an der Dame der Information vorbei und war froh, dass diese beschäftigt zu sein schien. Sobald sie in dem Treppenhaus angelangt war, legte sie einen Zahn zu. An der Tür des Archivs drückte sie die Türklinke hinunter und war froh, dass sie verriegelt war. Sie schloss auf, schaute einmal den Flur entlang und ging hinein. Die stickige Luft in dem Raum kratzte ihr im Hals. Sie unterdrückte ein Husten, damit niemand sie hörte. Es war ziemlich dunkel, doch Miriam machte das Licht nicht an, sondern nutzte die Taschenlampe des Handys.

Überall standen hohe Regale, bestückt mit vielen Akten.

Miriam schaute sich alles an, was nötig war, um das System der Anordnung zu verstehen. Schnell fand sie heraus, dass nach Geburtsjahr vorgegangen wurde.

»Mist«, sagte sie leise, denn sie hatte lediglich einen

Vornamen und ein Jahr, in dem sie vermutlich krank geworden war. Miriam schloss die Augen und zwang sich zur Ruhe. Sie stellte sich das Mädchen vor, das sie in ihren Träumen sah.

Wie alt könnte es sein? Sie selbst war fünf gewesen, als sie krank geworden war. Franziska war vielleicht ein bis zwei Jahre älter gewesen.

Miriam war 1989 geboren, also würde sie bei 1987 anfangen. *Bitte lass es noch Dokumente geben.* Sie ging ganz nach hinten zum letzten Regal.

Dort begann die Beschriftung erst bei 1988, alle vorigen Akten schienen bereits ausgemistet worden zu sein.

Miriam hoffte inständig, dass das Mädchen nicht älter als sechs gewesen war. Sie leuchtete die Akten ab und fand drei mit dem Vornamen Franziska. Schnell holte sie die erste heraus, die recht schmal war, und klappte sie mit klopfendem Herzen auf.

Franziska Gerber, geboren 24. August 1988.

Verteilt auf ein paar Seiten fand sie Laborbefunde und Untersuchungsergebnisse, aber nichts über Franziskas Erkrankung. Überhaupt kam Miriam die Akte seltsam vor, weil überhaupt nichts über Diagnosen oder Untersuchungen darin stand. Sie griff nach der zweiten Akte, die von einer gleichaltrigen Franziska war.

Diese war ganz anders aufgebaut. Es gab eine Anamnese, Diagnosen, Arztbriefe, Dokumentationen über Medikamentengabe, ärztliche Anordnungen, Pflegeberichte, Vitalzeichenüberprüfungen und Pflegeplanungen. All dies fehlte bei Franziska Gerber.

Miriam wurde heiß. Sie dachte an ihre Akte bei sich zu Hause, in der ebenso Seiten fehlten.

Irgendetwas stimmte ganz und gar nicht.

Schnell fotografierte sie die Sachen ab, schickte die Bilder Josephin und schrieb eine kurze Nachricht hinterher.

Du hast doch einen Freund, der Arzt ist. Kannst du ihn bitte fragen, was diese Ergebnisse bedeuten? Es ist wirklich sehr wichtig. Bitte melde dich nicht sofort zurück, ich breche gerade in der Klinik ein. Ich glaube, ich bin etwas Großem auf der Spur. Falls du mich ewig nicht erreichen kannst, ist mir etwas zugestoßen. Ich rufe dich später an.

Miriam packte alles schnell wieder an Ort und Stelle. Dann eilte sie aus der Klinik und versteckte die Schlüsselkarte wie abgemacht unter dem Pflasterstein. Völlig außer Atem holte sie ihr Handy heraus und begutachtete noch einmal die Fotos.

Auf den Laborberichten stand eine Privatadresse. Schleifmühlenstraße 9 in Rübenach. Franziska hatte als Kind also ebenso in dem Ort gelebt. War das Zufall?

Miriam entschied, an der Adresse vorbeizufahren. Sie musste unbedingt wissen, ob noch jemand von Franziskas Familie dort lebte. Ihr war heiß, denn sie hatte das Gefühl, der Wahrheit etwas näher gekommen zu sein. Doch in ihr tobte auch die Furcht davor, was sie herausfinden würde.

20

7. März 2024

Das Gartentor des Hauses in der Schleifmühlenstraße hing schief in den Angeln, das Unkraut wucherte
unkontrolliert über den Gehweg und das Gebäude war
moosbewachsen.

An der Eingangstür war ein Schild mit dem Namen
Gerber angebracht. Also schien entweder ein Familienmit-
glied von Franziska dort zu leben oder das Haus stand seit
Jahren leer.

Miriam konnte sich nicht vorstellen, dass jemand darin
wohnte. Trotzdem wollte sie nicht wieder gehen, sondern
hoffte, dass vielleicht doch einer aufmachte. Sie klingelte
und hörte im Haus einen Vogel laut zwitschern.

Einen Augenblick später öffnete eine grauhaarige Frau
die Tür. Sie war sehr dünn und wirkte zerbrechlich. »Guten
Tag, kann ich etwas für Sie tun?« Sie lächelte freundlich.

»Hallo, mein Name ist Miriam. Ich bin eine alte Freundin
von Franziska. Während ich zu Besuch bei meiner Familie
bin, wollte ich gerne ein paar Bekanntschaften von früher
treffen. Wohnt Franziska noch hier in der Gegend?«

Das Lächeln der Frau erstarb. »Finden Sie das nicht etwas pietätlos? Was sind Sie für eine unverschämte Person?«

Miriam war schockiert, weil sie gar nicht wusste, was sie Falsches gesagt hatte. »Aber … ich wollte … Ich kenne Franziska aus dem Krankenhaus.«

»Franziska ist vor dreißig Jahren gestorben. Sie können sie nicht kennen, denn ich glaube kaum, dass Sie sich überhaupt an etwas erinnern, das so weit zurückliegt.« Die Frau war im Begriff, ihr die Tür vor der Nase zuzuschlagen, doch Miriam hielt diese mit den Händen fest.

»Bitte warten Sie. Franzi kann doch nicht gestorben sein. Ich habe mich früher immer von meinem Vater weggeschlichen, wenn ich mit ihm in der Klinik war, und Franziska besucht. Aber eines Tages war sie sehr krank und ich wurde erwischt. Mein Vater hat mir gesagt, dass es ihr wieder schnell besser ging.« Kurz war Miriam unsicher, ob Franziska Gerber das Mädchen war, das sie in der Klinik immer besucht hatte. Aber die unvollständige Akte war doch mehr als verräterisch, irgendwas vertuschten die Ärzte und Miriam glaubte, dass sie es beobachtet hatte.

Die Mutter schluckte und sah Miriam mit tränennassen Augen an. »Meine Franziska ist mit sechs Jahren gestorben. Das ist meine Schuld, weil ich diesem verdammten Forschungsprogramm zugestimmt habe.« Dann ging die Tür zu.

Miriams Eingeweide zogen sich zusammen. Sie klopfte. »Bitte reden Sie mit mir. Was genau ist passiert?«

Die Mutter öffnete nicht mehr.

Nach zwei weiteren Klingelversuchen eilte Miriam mit rasendem Herzen vom Grundstück. Sie bekam kaum Luft.

Als ihr Handy klingelte, fuhr sie zusammen. Schnell kramte sie es heraus und atmete erleichtert auf, als sie Flos Nummer darauf sah. Kurz hatte sie befürchtet, dass Sebastian sie anrief. Sie nahm ab. »Gut, dass du zurückrufst.«

»Was ist denn los? Du hast mich dauernd angerufen.«

»Ich wollte wissen, warum du so plötzlich verschwunden bist. Aber das spielt jetzt keine Rolle mehr, es hat sich etwas anderes ergeben.«

»Ist etwas passiert?«

»Sag mir bitte erst, dass du nicht zu denen gehörst, die mir drohen.«

»Ich habe dir nie gedroht. Warum sollte ich das tun?«, erwiderte er aufgebracht. »Was wühlt dich so auf?«

»Das Mädchen hat nicht überlebt.« Miriam weinte heftig, weil ihr die Nachricht von dem Tod ihrer Kindheitsfreundin zusetzte. Schließlich hatte ihr Vater sie belogen.

Am anderen Ende der Leitung blieb es einen Augenblick lang still. »Von welchem Mädchen sprichst du?«, fragte Florian schließlich zögerlich.

»Franziska Gerber. Ich glaube, sie ist das Mädchen aus meinen Träumen.« Sie erzählte ihm, was sie soeben erfahren hatte. »Ich denke, dass diese Halluzinationen gar nicht meiner Fantasie entspringen. Bestimmt habe ich damals beobachtet, wie Franziska gestorben ist.« Sie musste kurz aufhören zu sprechen, weil sie so heftig schluchzte. »Diese Träume zeigen mir ihren Tod.«

Wieder schwieg Florian.

»Flo, ich brauche jemanden bei mir. Wo bist du gerade? Kannst du zu mir kommen?«

»Das geht nicht, ich bin bei meiner Tochter und kann hier nicht weg.«

»Was ist mit Carina? Ist sie wieder aufgetaucht?«

Florian holte tief Luft. »Miri, bitte, du musst aufhören, weiter zu graben. Geh zurück in den Spreewald. Du weißt schon viel zu viel, das wird übel enden. Vertrau mir.« Er legte auf.

Miriam starrte auf ihr Handy. Worüber wusste sie schon zu viel?

War Franziskas Tod etwa das Verschulden der Klinik gewesen? Hatte sie das damals beobachtet?

Elli hatte ihr erzählt, dass diese Zimmer früher für Forschungsprojekte genutzt worden waren. Von Franziskas Mutter wusste Miriam, dass Franziska an solch einem teilgenommen hatte.

Ihr wurde heiß, als sie die Erkenntnis traf.

Florian arbeitete in leitender Funktion an einer Studie und wollte nicht, dass sie weitere Nachforschungen anstellte. Er war unmöglich schon damals dabei gewesen. Doch konnte er die Akten früherer Projekte einsehen?

Sie schüttelte kräftig den Kopf. Der Gedanke, dass Florian etwas von der damaligen Forschung wusste, war absurd. Wenn er von einem Pfusch erfahren hätte, hätte er das gemeldet. Er war immer eine ehrliche Haut und gegen Ungerechtigkeit gewesen.

Es erschien ihr wahrscheinlicher, dass Sebastian in dubiose Studien verwickelt war. Aber der würde das ganz sicher nicht zugeben.

Miriam entschied, ihren Vater anzurufen und ihn mit seiner Lüge, dass Franziska noch lebte, zu konfrontieren.

Vielleicht hatte er Sebastian nur schützen wollen und würde ihr nun die ganze Wahrheit erzählen.

Der nahm nach dem dritten Freizeichen ab. »Du wunderst dich bestimmt, wo wir sind?«

Sie runzelte die Stirn, weil sie nicht wusste, was er meinte. Dann erinnerte sie sich, dass sie bereits zu Hause erwartet wurde.

»Wir mussten noch einmal kurz los, Mama hatte etwas vergessen. Deck schon einmal den Tisch. Sobald wir zurück sind, essen wir.«

»Ich bin noch nicht zu Hause, aber ich muss sofort mit dir sprechen«, sagte Miriam barsch. »Du hast mich belogen, Papa. Das Mädchen, das ich gesehen habe, war meine Freundin Franziska Gerber und sie ist tot. Warum hast du mir nicht die Wahrheit gesagt?«

Einen Augenblick lang schwieg ihr Vater. Dann räusperte er sich. »Ihren Tod habe ich nur verschwiegen, um dich zu schützen. Du hast gesehen, wie sie gestorben ist. Dadurch warst du völlig fertig. Ich musste dich irgendwie beruhigen und in diesem Moment ist mir nichts anderes eingefallen.« Die Stimme ihres Vaters brach »Es tut mir leid. Ich hätte dich nicht belügen sollen. Geh nach Hause, Schatz, ich erkläre es dir gleich in Ruhe.«

Miriam fühlte sich verletzt, aber auch wütend. »Du hättest mir gestern die ganze Wahrheit sagen sollen. Ich habe gedacht, dass ich wenigstens euch vertrauen kann.« Miriam legte auf. Mit verschwommener Sicht radelte sie nach Hause.

Die damaligen Eindrücke spielten sich deutlich in ihren Gedanken ab. Das kleine quirlige, lächelnde Mädchen mit den blonden langen Haaren. Wie sie an der Luke stand und sich über den Besuch von Miriam freute. Wie sie von Besuch zu Besuch immer weniger lachte und immer kränker aussah. Wie sie vor Schmerz und Panik schrie, wenn die Ärzte in den Raum kamen. Und wie Miriam Franziskas Kopf festhielt. Dann brach ihre Erinnerung ab.

Als sie das vertraute Haus ihrer Kindheit erreichte, packte Panik sie. Nachdem sie eine Drohung in ihrem Zimmer gefunden hatte, war sie kaum sicher daheim. Sie wollte noch die Wahrheit von ihrem Vater wissen, dann würde sie auf den Rat der anderen hören und in den Spreewald zurückfahren. Nicht weil ihr gedroht wurde, sondern weil sie die Nase voll hatte.

Sie schloss auf und trat ein. In ihrem Bauch zog etwas. Auch wenn sie zu Hause niemanden erwartet hatte, beunruhigte sie die Stille, die dort herrschte. Ihre Schritte hallten auf dem alten Holzboden, das Knarren verstärkte das beklemmende Gefühl in ihrer Brust.

Im Haus roch es noch nach Gebrutzeltem, was ihr sofort Appetit machte. Wie sie in diesem Moment bemerkte, hatte sie schon länger nichts mehr gegessen. Sie warf ihre

Tasche auf die alte Bank im Flur und wollte gerade in die Küche gehen, um sich einen Bissen von der vorbereiteten Mahlzeit zu nehmen, da vernahm sie Geräusche aus dem Arbeitszimmer ihres Vaters.

Es klang wie das Rascheln von Papieren und das Klirren von Metall.

Auf Zehenspitzen schlich sie zur Tür des Büros und spähte durch den geöffneten Spalt.

Sebastian wühlte in den Schubladen und Schränken ihres Vaters. Seine Bewegungen waren hektisch. Er hielt einen alten, abgegriffenen Hefter in der Hand, der offensichtlich schon bessere Tage gesehen hatte.

»Sebastian?«, rief sie lauter als beabsichtigt. »Was machst du hier?«

Ihr Bruder fuhr herum. Erst starrte er sie mit weit aufgerissenen Augen an, doch dann verwandelte sich sein Gesicht in eine harte Maske. »Musst du dich so anschleichen?« Sein Blick glitt zum Hefter in seiner Hand. Er ließ ihn hinter dem Rücken verschwinden.

Miriam öffnete die Tür ganz und trat ein. »Warum wühlst du in Papas Unterlagen? Ich denke nicht, dass er darüber erfreut sein wird.«

Sebastian verengte seine Augen zu einem Schlitz. »Das geht dich nichts an. Es sind alte Dokumente von Papa, die … die ich für die Klinik benötige. Geh in dein Zimmer.« Seine Stimme war schärfer geworden, aber sein Herumgestottere verriet, dass er log.

Sie trat näher an ihn heran. Auch wenn der kalte Blick ihres Bruders sie beängstigte, wollte sie wissen, was in dem Hefter war, vor allem, wenn es um sie ging.

Oder befanden sich darin vielleicht die fehlenden Seiten aus der Patientenakte, die sie im Krankenhausarchiv gefunden hatte?

Sebastian hatte sie damals erwischt, als Miriam bei Franziska gewesen war. Hatte er dann bei ihrem Vater gelogen und die Akte von Franziska verschwinden lassen? All diese Antworten konnte nur Sebastian ihr geben.

»Du sagst mir jetzt sofort, was du in der Hand hast. Geht es dabei um Franziska?«

Sebastian sah sie mit weit aufgerissenen Augen an.

»Meine Erinnerungen sind zurück. Ich hatte keine Halluzinationen, sondern habe sie wirklich sterben gesehen. Was hast du Papa erzählt, damit er dieses miese Spiel mitspielt und mich belügt?«

Die Kiefer ihres Halbbruders mahlten »Deine paranoiden Gedanken gehen mir auf den Nerv. Alle in der Klinik sind mittlerweile genervt, weil du ständig dort auftauchst. Du bringst nur Unheil über die Familie. Verschwinde lieber, ehe ich mich vergesse.«

Miriam wich nicht zurück und griff blitzschnell nach dem Hefter. Sebastian versuchte, seinen Arm wegzuziehen und sie wegzustoßen, doch sie war schneller und riss die Mappe aus seinen Händen. Sie trat zurück und öffnete sie zitternd. Sebastian griff danach, aber Miriam drehte sich weg. »Sind das Franziskas Akten?«

»Lies das bitte nicht. Tu dir selbst den Gefallen«, sagte Sebastian, es klang fast flehend.

Aber Miriam ignorierte seine Worte.

Die ersten Seiten waren ärztliche Berichte, geschrieben mit der sterilen Unpersönlichkeit medizinischer Fachsprache.

Sie blätterte weiter, bis sie auf einen Abschnitt stieß, in dem ihr sofort Franziskas Name ins Auge sprang. Die Worte darin raubten ihr den Atem.

Es war ein psychologisches Gutachten, ausgestellt von Dr. Lobre, dem Psychiater, der sie als Kind behandelt hatte. Dieser schrieb von einer posttraumatischen Belastungsstörung. Doch noch etwas viel Erschreckenderes stand in dem Dokument: *Durch unglückliche Umstände kam es bei Franziska Gerber zu Kopfverletzungen, die schlussendlich zum Tod des Kindes führten. Die fünfjährige Miriam Goebel erlangte unbefugt Zutritt zu dem Mädchen und zog an den Drainagen. Dadurch verblutete die Patientin.*

Miriam starrte ihren Bruder entsetzt an. Sie keuchte. »Es ist unmöglich, dass ich verantwortlich für Franziskas Tod bin. Ich habe doch die Männer beobachtet.«

Sebastian versteifte sich und bleckte die Zähne. »Ich habe dich gewarnt, du hättest aufhören sollen, in der Vergangenheit zu wühlen. Deine Aktion bei Franziska ergab so viel Ärger. Obwohl ich dich damals schon dafür gehasst habe, dass wir alle für dich lügen mussten, hat Papa aus irgendeinem Grund entschieden, dich zu schützen. Du hast unser Familienleben zerstört.«

»Das ist eine Lüge, ich habe Franziska nichts getan!«, schrie Miriam. »Ich würde mich doch daran erinnern.«

»Nein, tust du eben nicht«, brüllte Sebastian zurück. »Du hast dich ewig mit Halluzinationen herumgeplagt. Hast behauptet, dass Ärzte das Mädchen getötet hätten, weil du es angeblich gesehen hast. Dabei warst du es ganz allein. Du hast die Drainagen gezogen.«

Miriam schüttelte den Kopf. Ihr war speiübel.

»Ich habe dich beobachtet und dich von ihr fortgerissen, als ich gemerkt habe, was du tust.«

In diesem Moment ging die Eingangstür auf.

»Sebastian?«, plärrte ihr Vater. Er stürzte ins Büro. »Dich hört man bis nach draußen schreien. Was ist hier los?«

Miriam hielt den Ordner hoch. »Ist das die Wahrheit?« Sie wischte sich die Tränen ab.

Das Gesicht ihres Vaters wurde bleich.

Der Kehle ihrer Mutter entwich ein schmerzhaftes Stöhnen und sie schlug sich die Hand vor den Mund.

Tränen strömten aus Miriams Augen. »Ich habe Franziska getötet und ihr habt alle Beweise versteckt, damit die Wahrheit nie herauskommt. Deshalb war meine Krankenakte so leer.«

»Was glaubst du, warum du so krank geworden bist und warum du dich noch heute damit quälst?!«, fauchte Sebastian.

»Hör auf damit!«, forderte Miriams Vater ihn auf und ging zu ihr. »Liebes, ich habe das nur getan, damit du unbeschadet aufwachsen kannst.«

»Du hast es als Trauma hingestellt, dabei schlummerte die ganze Zeit die Schuld in mir. Deshalb ging es mir all die Jahre so schlecht.«

»Du konntest dich an gar nichts erinnern. Das wollte ich so lassen, damit du nicht mit so einem grausamen Schicksal leben musst.«

Miriam schluchzte. »Ich erinnere mich wieder an das Mädchen. Daran, dass ich sie besucht habe. Daran, dass mich Sebastian erwischt hat. Und an dein Gespräch kurz danach mit mir. Du hast Franziskas Ärzte angerufen und mir gesagt, dass es ihr gut geht.«

Ihr Vater senkte den Blick. »Ich wollte in diesem Augenblick einfach nur, dass du dich beruhigst. Später hätte ich dir die Wahrheit erzählt, dass sie gestorben ist. Aber dann hattest du diese Halluzinationen und musstest in die Klinik. Als du wiederkamst, schienst du alles vergessen zu haben, deshalb habe ich entschieden zu schweigen.«

Miriam las noch einmal die Zeilen, die Dr. Lobre in den Bericht geschrieben hatte. Sie konnte nicht fassen, dass es ihre Schuld gewesen war. In diesem Lichte erschien ihr die Entscheidung, Franziskas Familie aufzusuchen, noch ungeheuerlicher. »Ich war heute bei ihrer Mutter, sie hat bitterlich geweint. Wenn sie gewusst hätte, dass ich ihre Tochter ermordet habe … Ich schäme mich so.«

»Du warst was?«, schrie Sebastian. »Das ist nicht dein Ernst. Weißt du, was du damit anrichten kannst?«

»Hättet ihr mich nicht belogen, hätte ich nicht nach der Wahrheit suchen müssen«, erwiderte sie wütend.

»Schatz, die Mutter des Kindes weiß nicht, was genau passiert ist. Wir haben ihr das nie erzählt.« Die Stimme ihres Vaters hatte gezittert.

»Wie bitte?« Ihr Herz schlug schneller und ihr wurde ganz heiß. »Aber …« Sie schaute wieder auf das Gutachten, in dem es schwarz auf weiß stand. »Wie ist das möglich? Die Polizei muss das doch erfahren haben.«

Sebastian verschränkte die Arme und funkelte ihren Vater an. »Ich habe es gesagt, diese Lüge war keine gute Idee.«

»Das Gutachten ist nicht offiziell«, sagte ihr Vater zu Miriam. »Ich war so verzweifelt, weil mein Job und Sebastians auf dem Spiel standen. Außerdem wollte ich dich vor dem Hass im Ort beschützen. Nachdem ich von Franziskas betreuenden Ärzten erfahren hatte, dass das Mädchen sowieso gestorben wäre, weil es sehr krank war, habe ich mit Dr. Lobre entschieden, dass wir darüber schweigen. Er hat mir einen Gefallen geschuldet und die Details im offiziellen Bericht weggelassen. Das Gutachten, das er später über dich erstellt hat, haben wir unter Verschluss gehalten.«

»Dr. Lobre hat ebenfalls geschwiegen?«

»Ja.«

Miriam konnte sich kaum noch auf den Beinen halten und setzte sich an den Schreibtisch. »Die Ärzte bei Franziska haben mich gesehen. Warum haben sie das nie gemeldet?«

»Nein, sie haben dich nicht bemerkt. Sie dachten, dass sich das Mädchen die Drainagen selbst herausgerissen hat.«

»Ich habe mein ganzes Leben unter Höllenqualen gelitten, weil ich mit fünf Jahren ein Mädchen getötet habe, und du hast alles dafür getan, dass das unter den Tisch gekehrt wurde. Das ist so übel.«

»Es tut mir leid, ich wollte nur verhindern, dass …«

Miriam hob die Hand. »Es war falsch, egal, was deine Beweggründe waren. Die Wahrheit muss endlich ans Licht kommen.« Sie hielt das Gutachten hoch. »Ich gehe damit zur Polizei. Auch ihre Mutter muss das erfahren.«

»Miri, das kannst du nicht tun.« Ihr Vater hockte sich vor sie und nahm ihre Hände. »Du würdest die Wunden dieser Frau wieder aufreißen. Außerdem würdest du der Klinik, Dr. Lobre, Sebastian und mir schaden. Du warst fünf, du wusstest nicht, was du tust. Eine Bestrafung durch die Justiz bekommst du dafür nicht. Außerdem hast du deine Strafe längst verbüßt, deine Qualen über die Jahre waren genug.«

Sie konnte nicht glauben, dass ihr Vater nicht einsichtig war.

Ihr kamen die anderen Vorkommnisse in den Sinn. Der Mann, der sie verfolgte. Florians Schweigen am Telefon. Carinas Verschwinden, wofür Elli sie verantwortlich machte. Das verängstigte Verhalten der beiden. Die Drohung in Miriams Zimmer. »Gibt es noch jemanden, der erfahren haben kann, dass ich an Franziskas Tod schuld bin?«

»Nein, nein, mach dir da keine Sorgen. Es wissen nur wir hier im Zimmer und Dr. Lobre.«

»Und du vertraust diesem Arzt?«

»Ja, natürlich. Wir sind seit unserem Medizinstudium befreundet, ich habe ihm auch schon viel geholfen.« Ihr

Vater berührte sie am Arm. »Schatz, bitte entspann dich, niemand wird etwas darüber erfahren.«

»Da bin ich mir nicht so sicher.«

»Was meinst du damit?«, fragte ihre Mutter, die die ganze Zeit geschwiegen hatte.

»Mir wurde eine Drohung durch das offene Fenster geworfen, die sehr beängstigend war. Womit sonst könnte die zusammenhängen, wenn nicht mit meiner Schuld an Franziskas Tod?«

Ihr Vater starrte sie an, seine Lippen bewegten sich, doch es verließ kein Ton seinen Mund.

»Möchte mich jemand töten, so wie ich das mit Franzi getan habe?«

»Nein, diese Drohung hat bestimmt nichts mit Franziskas Tod zu tun. Niemand weiß etwas davon, dass du beteiligt warst. Da bin ich mir sicher.«

Miriam sprang auf. »Was bedeutet sie dann?«, schrie sie wütend. »Viele schauen mich an, als wäre ich ein Monster, wenn ich in die Klinik komme. Irgendwer hat herausgefunden, was damals passiert ist, und es hat sich herumgesprochen.«

Ihr Vater hob die Hände. »Beruhige dich.«

»Wie soll ich mich beruhigen? Ich habe Angst, aber ich gehe hier nicht weg, ehe ich nicht die ganze Wahrheit weiß!« Miriam schmiss den Hefter auf den Schreibtisch und verließ das Zimmer. Sie könnte nicht damit leben, wenn die Wahrheit für immer verborgen bliebe. Also würde sie die Geheimnisse aufdecken, koste es, was es wolle, und dann würde sie damit zur Polizei gehen. Das war das einzig Richtige.

Ihr Handy piepste.

Josephin, die Miriam ganz vergessen hatte, hatte ihr geschrieben. *Ich weiß, ich soll mich nicht melden. Aber es ist ewig her, dass ich was von dir gehört habe. Deine Nachricht war sehr beängstigend. Wenn ich jetzt keine Antwort bekomme, rufe ich die Polizei.*

Miriam rief ihre Freundin an und brach sofort in Tränen aus, als sie deren Stimme hörte. Sie erzählte ihr alles.

»Du solltest nach Hause kommen. Ich bereue es gerade sehr, dass ich dich dazu gedrängt habe, deine Familie zu besuchen. Es tut mir so leid, was damals passiert ist. Dass dich das fertig macht, verstehe ich gut. Bitte nimm dir das nicht so an. Du warst erst fünf. Dein Vater hätte auf dich aufpassen müssen.«

»Trotzdem ist es passiert, es lässt sich nicht mehr rückgängig machen. Und ich kann jetzt nicht zurückkommen. Ich will wissen, warum mir gedroht wird und warum meine Freunde solche Angst haben. Hast du etwas herausgefunden?«

»Ja, ich habe meinen Freund gefragt. Sie hat an einer Anämie gelitten.«

»Ja, das habe ich gesehen. Auf den MRT-Bildern habe ich Hirnblutungen erkannt, die können zu Blutarmut geführt haben. Sie hatte wahrscheinlich deshalb Drainagen im Schädel, die ich herausgezogen habe. Was bedeutet dieses NEBA? Das hatte ich im Studium noch nicht.«

»Das ist die Abkürzung für Neuropsychiatric EEG-Based Assessment Aid. Eine Methode, die bei der Diagnosestellung von Hirnfunktionsstörungen angewendet wird, speziell für ADHS. Zudem haben sie elektrische Stimulationen durchgeführt. Mein Freund sagte, es könnte möglich sein, dass sie bei ihr ein ADHS diagnostiziert haben.«

»Elli hat mir erzählt, dass dieses Zimmer früher für Forschungszwecke genutzt wurde. Ihre Mutter hat erzählt, dass Franziska an einer Studie teilgenommen hat und dann starb. Vielleicht gehören diese Aufzeichnungen aus dem Bericht dazu.«

»Stellt sich nur die Frage, weshalb sie diese Hirnblutungen hatte. Die dürften bei solch einem Diagnoseverfahren eigentlich nicht entstehen. Das muss noch einen anderen Grund haben.«

Miriam fühlte sich erneut schrecklich. »Dann kam ich und hab sie auch noch getötet.«

Josephin stöhnte auf. »Bitte rede dir das nicht ein. Du warst ein kleines Kind. Die Blutungen waren nicht deine Schuld. Du solltest noch einmal mit deinem Vater sprechen. Er muss mehr nachforschen, was dieses Mädchen hatte. Ich glaube, dass auch ihm etwas verheimlicht wurde.«

»Vermutlich. Er wird aber nichts unternehmen, weil er nicht will, dass jemand von meiner Beteiligung an Franziskas Tod erfährt. Ich mache mit meinen Eltern eine Wanderung. Eigentlich habe ich darauf keine Lust mehr, aber Sebastian ist nicht dabei, dann kann er nicht ständig dazwischenreden. Ich versuche noch einmal, ihnen zu erklären, dass da mehr zu sein scheint. Es geht bei dieser Drohung an mich vielleicht gar nicht darum, dass ich Franziska getötet habe. Möglicherweise möchte jemand vertuschen, was Franziska so krank gemacht hat. Ich muss meinen Eltern die Augen öffnen, damit sie mir helfen, es herauszufinden. Heute ist das nicht mehr sinnvoll, ich bin viel zu wütend und könnte nicht sachlich sprechen.«

»Du musst mir versprechen, dass du aufpasst. Ich möchte regelmäßig etwas von dir hören, okay?«

»Versprochen. Danke für deine Hilfe.« Miriam verabschiedete sich und legte auf. In was war sie nur hineingeraten?

21

Miriam saß auf der hinteren Sitzbank des Autos, umklammerte ihren Stoffhasen und schaute hinaus zu den vorbeiziehenden Bäumen. Es sah aus, als würden sie an einer grünen Wand vorbeifahren, die sich endlos in die Ferne zog. Sie drückte die Nase gegen das Fenster und versuchte, die Bäume mit ihren Blicken zu fangen.

»Magst du noch ein Eis essen, ehe wir zu Hause ankommen?«, fragte ihr Vater und schaute sie im Rückspiegel an.

Miriam schüttelte den Kopf. »Ich habe keinen Appetit.« Den hatte sie nicht, seit sie in die Kinderpsychiatrie gekommen war. Die Wochen in der großen, stillen Klinik, wo sich viele Ärzte und freundliche Schwestern um sie gekümmert hatten, waren anstrengend gewesen und hatten sie verändert. Sie konnte sich allerdings nicht mehr richtig erinnern, warum sie dort gewesen war.

Papa hatte erzählt, dass sie sehr viel Stress und dadurch Probleme gehabt hatte, die nun geheilt waren.

Innerlich fühlte sie sich aber komisch. So, als würde sie ein wenig neben ihrem Körper laufen. Manchmal war sie extrem müde und schwach.

»Wir sind bald zu Hause«, sagte ihr Vater und riss sie damit aus den Gedanken. Seine Stimme hatte sanft geklungen. »Mama hat deinen Lieblingskuchen gebacken. Wir können sofort ein Stück essen.«

»Kann ich danach mit Freunden spielen?«, fragte Miriam. Sie sehnte sich danach, am Anderbach herumzutollen.

Ihr Vater sah sie erneut im Rückspiegel an und wirkte dabei besorgt. »Mit welchen Freunden?«

»Aus meinem Kindergarten. Ich habe sie lange nicht gesehen.«

Ihr Vater atmete schwer aus. »Vielleicht morgen«, antwortete er zögerlich. »Heute kommst du erst einmal zu Hause an und ruhst dich aus. Wir haben dich vermisst.«

Miriam war zwar etwas enttäuscht, aber hatte auch nichts dagegen, den Tag im Bett zu verbringen. Sie war sowieso müde.

Das Auto bog ins Wohngebiet In die Klause ein.

Ihr Herz klopfte schneller vor Aufregung, weil sie sich so sehr freute, endlich wieder bei ihren Eltern sein zu dürfen. Als ihr Vater anhielt, sprang sie aus dem Sitz und öffnete die Autotür.

Ihre Mutter stand im Eingang und breitete die Arme aus. »Da ist ja mein kleiner Engel.«

Miriam sprang ihr in die Arme und ließ sich fest drücken. »Endlich bin ich wieder da.«

Gemeinsam gingen sie ins Haus.

Miriam schaute als Erstes in ihr Zimmer, um zu prüfen, ob alles noch so war wie vorher.

Nichts hatte sich verändert. Sie hatte ihre rosa Wände vermisst, in der Klinik war alles nur weiß. Auf einem Regal standen ihre Bücher und Puppen ordentlich aufgereiht. Sie stellte die Bücher, die sie mitgehabt hatte, daneben.

Ihr Vater lächelte sie an. »Alles noch so, wie du es wolltest?«

Miriam grinste breit und nickte. »Mein Zimmer hat mir sehr gefehlt.« Mit einem Mal fühlte sie sich traurig, wusste aber nicht, warum.

»Alles okay?«, fragte ihr Papa.

Sie seufzte. »Eigentlich bin ich glücklich darüber, dass ich wieder zu Hause bin. Doch in meinem Bauch ist manchmal ein komisches Gefühl.«

»Du musst dich erst noch richtig erholen. Das braucht seine Zeit. Von nun an können Mama und ich uns um dich kümmern, deine Betreuung muss nicht mehr in der Klinik erfolgen.«

»Ich weiß gar nicht, warum ich krank war.«

»Wenn du dich nicht mehr erinnerst, hat die Therapie mit Dr. Lobre geholfen. Das ist gut.«

Miriam lächelte. »Es ist ganz merkwürdig, so als wäre in meinem Gehirn gelöscht, was ich hatte, und nur noch Nebel drin.«

»Das geht auch weg. Du bekommst deine Medikamente weiter und bald bist du wieder ganz die Alte.« Ihr Vater küsste sie auf die Stirn. »Wie wäre es, wenn du noch etwas malst, bis wir dich zum Kuchenessen rufen?«

»Ja, mache ich«, antwortete Miriam und setzte sich an ihren Tisch. Sie nahm ein leeres Blatt Papier und zeichnete eine sommerliche Wiese. Wenn sie sich schöne Gedanken machte, zum Beispiel an die warme Sonne, ging es ihr oft besser. Den Trick hatte ihr ein Doktor in der Klinik verraten.

Ihr Vater schob ihre Mutter, die die ganze Zeit in der Tür gestanden hatte, im Hinausgehen mit aus dem Zimmer.

Miriam hörte, wie sie im Flur tuschelten, und schlich auf Zehenspitzen hin. Sie presse ihr Ohr dagegen.

»Sie kann sich nicht erinnern«, sagte ihr Vater.

»Und die Erinnerung kann auch nicht zurückkommen?«, fragte ihre Mutter.

»Die Verhaltenstherapie hat angeschlagen und in Kombination mit dem Medikament hat es funktioniert, dass sie das Gesehene verdrängt hat. Dr. Lobre ist sehr zufrieden mit dieser Entwicklung. Sie wird wieder ganz die Alte.«

»Gott sei Dank haben wir uns für diese Therapie entschieden«, sagte ihre Mutter.

Die Treppenstufen knarzten.

Miriam hatte nicht verstanden, was ihre Eltern meinten, fühlte sich aber zu müde, um darüber nachzudenken. Sie legte sich auf ihr Bett. Auf Malen hatte sie doch keine Lust, lieber wollte sie ein Buch anschauen. Während sie in einem blätterte, fielen ihr die Augen zu. Wenn sie schlief, war sie nicht traurig. Deshalb kuschelte sie sich in ihre Decke und dachte daran, wie schön es sein würde, in die Schule zu gehen. Dann würde sie endlich ein großes Mädchen sein. Und große Mädchen waren nicht ständig traurig.

22

Miriams Morgen war sehr angespannt nach den Enthüllungen am Abend zuvor, die sie noch immer beutelten. Sie hatte in der Nacht kein Auge zugemacht.

Schon früh hatte sie versucht, bei Florian anzurufen, aber er hatte sie mal wieder abgewürgt und ein Foto geschickt, wie er gerade mit seiner Tochter frühstückte. Er sagte, sie sei krank und er müsse sich um sie kümmern, deshalb würde er sich später melden. Das hatte er nicht getan, bevor Miriam und ihre Eltern zu ihrer Unternehmung aufgebrochen waren.

Seit einer halben Stunde liefen sie durch den Koblenzer Stadtwald.

Miriam wollte noch einmal das Gespräch mit ihren Eltern suchen, aber fand keinen guten Anfangspunkt. Es war der einzige Grund, warum sie diese Wanderung überhaupt durchzog. Sie setzte einen Fuß automatisiert vor den anderen, versuchte, sich auf den wundervollen Waldduft einzulassen. Doch ihr Geist spielte unablässig die Informationen durch, die sie in dem Gutachten gelesen hatte. Auch die friedliche Umgebung konnte das nagende Gefühl in ihrem Magen nicht vertreiben.

Wieder ermahnte sich Miriam zur Konzentration. Sie musste einen Weg finden, wie sie ihren Eltern erzählen konnte, was sie über Franziska herausgefunden hatte.

Es war nicht einfach, weil die beiden gar nicht mehr über die Geschehnisse am Tag zuvor gesprochen hatten, so als wäre das alles gar nicht passiert. Sie bemühten sich um Normalität, plauderten über die Schönheit des aufkeimenden Frühlings, wahrscheinlich um die Anspannungen zu überdecken.

»Können wir damit aufhören?«, sagte Miriam schließlich, weil ihr das Verhalten auf die Nerven ging. »So zu tun, als wäre nichts gewesen, hat schon einmal nicht gut geendet. Also bitte lasst uns darüber reden. Ich kann nicht einfach ignorieren, dass ich Schuld am Tod eines Mädchens habe. Egal, wie ich es drehe oder mir versuche einzureden, dass alles in Ordnung ist, es ist falsch, darüber zu schweigen. Ich muss zur Polizei gehen. Es ist das Mindeste, was Franziska und ihre Mutter verdienen.«

Ihr Vater seufzte und warf ihrer Mutter einen besorgten Blick zu. Dann legte er den Rucksack ab, in dem haufenweise Leckereien steckten, von denen Miriam keinen Bissen herunterbekommen würde. »Ich verstehe deinen Wunsch nach Gerechtigkeit. Wirklich. Mittlerweile ist mir auch bewusst, dass es ein großer Fehler war, so zu handeln, wie ich es getan habe. Hätte ich gewusst, dass du einen solchen Rückfall erlebst, hätte ich einen anderen Therapieansatz versucht.«

»Die Therapie ist die eine Sache. Deine Idee, dass ich alles vergesse, verstehe ich sogar ein klein wenig, auch wenn diese Entscheidung nicht richtig war. Mir geht es aber darum, dass die Mutter erfahren soll, weshalb ihre Tochter gestorben ist. Und die Polizei muss diesen Fall bearbeiten. Das ist der einzige korrekte Weg.«

»Bitte bedenke die Konsequenzen, wenn du es meldest. Niemand wird dich nachträglich dafür verurteilen, dass du mit fünf Jahren an den Drainagen gezogen hast. Es wird dir nicht besser gehen, wenn sie die Wahrheit kennt. Und ihr auch nicht. Sie hat jetzt nach dreißig Jahren akzeptiert, dass ihre Tochter tot ist. Du würdest bei ihr alles wieder aufwühlen.«

»Die Mutter ist noch heute fertig, sie hat sich nie von dem Tod erholt. Das sieht man ihr sofort an. Ihr Grundstück und Haus siechen vor sich hin, weil sie keine Energie oder Motivation hat, sich darum zu kümmern.«

»Und das willst du wirklich schlimmer machen?«, fragte ihr Vater und brachte Miriam damit tatsächlich ins Straucheln.

Sie kaute auf ihrer Zunge herum, weil sie überlegte, wie sie ihren Eltern die Augen öffnen konnte, dass das Problem komplexer war. »Es geht dabei nicht nur um mich, vielleicht bin ich gar nicht allein verantwortlich. Es gibt noch viel mehr Ungereimtheiten, auf die ich gestoßen bin. Papa, du hast gestern selbst zugegeben, deine Entscheidung getroffen zu haben, weil dir die Ärzte versicherten, dass sie sowieso gestorben wäre, auch wenn die Drainagen dringeblieben wären. Warum ist sie so krank geworden? Sie war laut ihrer Mutter nur wegen eines Forschungsprojekts in der Klinik.«

Ihr Vater runzelte die Stirn. »Wie gesagt, ich kannte sie nicht als Patientin, ich habe mir ihre Krankengeschichte auch nicht angesehen. Ich wollte einfach nur, dass du dieses schreckliche Erlebnis schnell vergisst. Wie kommst du darauf, dass sie in der Klinik erst so krank geworden sein soll?«

»Ich war im Archiv der Klinik, um nach ihrer Patientenakte zu suchen. In der hätte die Ursache für ihren schlechten Gesundheitszustand stehen müssen.«

»Wie bitte?«, fragte ihr Vater mit weit aufgerissenen Augen. »Dafür hast du doch gar keine Zugangsberechtigung.«

»Wie ich es geschafft habe, ist egal. Ich habe etwas herausgefunden. Die Akte ist unvollständig, es gab lediglich Labor- und Untersuchungsbefunde. Das ist sehr merkwürdig, oder? In den Berichten stand nur, dass sie eine Anämie hatte und mit NEBA getestet wurde. Ich habe die Vermutung, dass bei ihr ADHS diagnostiziert wurde. Vielleicht wurde dahingehend geforscht, sie hat elektrische Stimulationen erhalten. Aber wie konnte sie dann so schwere Hirnblutungen bekommen? Ist etwas schief gegangen, was Ärzte mit der unvollständigen Akte vertuschen wollen? Papa, du musst dem nachgehen, da stimmt etwas nicht.«

Seine Haut war kreidebleich. »Miri, weißt du, was du da für Anschuldigungen lostrittst?«

»Ja, das ist mir klar. Mein Leben wird bedroht. Jemand will verhindern, dass ich weitergrabe. Genau deshalb habe ich den Verdacht, dass da etwas nicht mit rechten Dingen zugegangen ist.«

»Ich … ich kann versuchen, etwas herauszubekommen. Aber ich möchte nicht glauben, dass jemand etwas vertuscht.«

»Papa, ich schwöre, in Franziskas Fall stimmt etwas nicht. Ich bin mir fast sicher, dass Sebastian mit drinsteckt. Warum sollte er sonst wollen, dass ich schnellstmöglich verschwinde? Ich habe ihm gar nichts getan.«

Ihre Mutter seufzte. »Das hat er bestimmt nicht so gemeint. Wir reden nachher mit ihm.«

Miriam war sauer, dass ihre Eltern es offenbar nicht verstehen wollten. »Ihr könnt nicht einfach die Augen davor verschließen. Verdammt, mein Leben ist in Gefahr. Das kann euch doch nicht egal sein«, brüllte sie.

»Beruhige dich, ich nehme dich ernst«, sagte ihr Vater. »Ich werde etwas unternehmen, aber das braucht eine gute Vorbereitung. Wenn du falschliegst und ich trage die Anschuldigungen vor, kann ich danach meine Sachen packen. Lass uns weitergehen und nachher in Ruhe besprechen, welche Maßnahmen wir ergreifen.«

»Können wir jetzt schon nach Hause gehen? Ich bin fertig und habe ehrlich gesagt gar keine Lust mehr auf die Wanderung.«

Ihre Eltern wechselten einen enttäuschten Blick und nickten.

»Na gut, es soll ja Spaß machen. Drehen wir um.« Ihr Vater lief vor.

Miriam bildete auf dem schmalen Weg zwischen den Bäumen das Schlusslicht. Sie genoss die friedliche Stille des Waldes, lauschte dem Rauschen der Blätter und sog den Duft von Tannenzapfen in sich auf.

Ein unheimliches Geräusch durchbrach die Stille. Es raschelte leise in den Büschen am Rand einer Lichtung.

Ehe sich Miriam versah, wurde sie gepackt und jemand hielt ihr ein Messer an die Kehle. Sie schrie auf.

Ihr Vater drehte sich um. »Was soll das?«, brüllte er. Seine Augen waren weit aufgerissen.

Auch ihn packte von hinten eine maskierte Person und hielt ihn fest.

»Was wollen Sie von uns? Lassen Sie mich sofort los!«

»Halt dein Maul!«, forderte ihn die dumpfe Stimme des Mannes auf.

Eine dritte vermummte Gestalt stand mit einem Messer vor Miriams Mutter, die die Arme gehoben hatte und wie Espenlaub zitterte.

Ihre Eltern in solcher Panik zu sehen, war für Miriam kaum zu ertragen. »Bitte lassen Sie die beiden gehen. Ich tue alles, was Sie verlangen.«

»Wir haben dich gewarnt, du hättest lieber hören und zurück in den Spreewald gehen sollen.« Der Typ hinter ihr drückte die kalte Klinge an ihre Kehle. »Manche Wahrheiten sollten begraben bleiben«, sagte er mit bedrohlicher Ruhe.

Miriams Herz schlug bis zum Hals. »Ich werde nichts sagen, ich schwöre es.« Sie kämpfte damit, ihren Urin einzuhalten.

»Sie haben meine Tochter gehört«, sagte ihr Vater streng. »Lassen Sie sie sofort los!«

Der Mann, der hinter ihm stand, riss ihm den Arm am Rücken hoch. »Ruhe!«, fauchte er.

Ihr Vater schrie auf. »Ich flehe Sie an. Was immer Sie von meiner Tochter wollen, wir können das sicher klären.«

Ihre Mutter war kreidebleich und es sah so aus, als würde sie jeden Moment zusammenbrechen.

Miriam bewegte sich in dem Versuch, sich zu befreien, doch es nützte nicht viel.

»Ich könnte dir auch deinen Papi nehmen«, flüsterte ihr der Mann, der sie festhielt, ins Ohr. »Wie würde es dir gefallen, wenn wir ihm hier und jetzt den Bauch aufschlitzen? Dann kannst du zuschauen, während er qualvoll verblutet. Das wäre dann deine Schuld.«

Miriam kniff die Augen zu, damit die Tränen heraustropften und sie nicht verschwommen sah. »Bitte tun Sie ihm nichts. Töten Sie mich, aber lassen Sie meine Eltern vorher gehen.«

»Miriam«, sagte ihr Vater mit zittriger Stimme. »Niemand stirbt hier.«

Die Männer ließen mit einem Mal sie und ihren Vater los. Für einen langen, angespannten Moment musterten die Vermummten sie.

Dann stellte sich der Typ, der sie eben noch mit dem Messer bedroht hatte, ganz nah vor sie. »Wir beobachten dich. Das nächste Mal, wenn du in der Vergangenheit gräbst, gibt es vielleicht kein Zurück.«

Ohne weitere Worte verschwanden sie so schnell, wie sie gekommen waren, zurück in das Dickicht des Waldes.

Miriam starrte ihnen hinterher. Der Schock lähmte sie für einen Moment und als das Adrenalin langsam aus ihren Adern wich, wurde ihr speiübel.

»Wir müssen hier weg«, flüsterte ihre Mutter. Sie hatte die Hände an ihren Bauch gepresst und zitterte.

Ihr Vater warf Miriam einen sorgenvollen Blick zu. »Bist du in Ordnung?«

Sie schluckte. »Nichts ist in Ordnung. Glaubst du immer noch, dass nicht mehr Leute von dem Vorfall vor dreißig Jahren wissen?«

»Ich habe nie jemandem gesagt, dass du bei ihr warst und beobachtet hast, wie sie gestorben ist.« Ihr Vater ging auf sie zu und griff nach ihrer Hand, aber Miriam zog sie weg. »Ich hätte unsere Familie doch niemals in solch eine Gefahr gebracht.«

»Wenn es nur wir drei, Dr. Lobre und Sebastian wissen, bedroht mich einer der beiden. Ich tippe auf Sebastian, der hasst mich schon immer. Es macht ihm wahrscheinlich sogar Freude, mich zu quälen.«

Ihr Vater schüttelte vehement den Kopf. »Schatz, nein. Sebastian würde so was nicht tun. Ich weiß nichts davon, dass er vor dreißig Jahren als Pfleger in einer Forschungsgruppe in der Klinik gearbeitet hat. Das hätte ich doch mitbekommen. Und diesen Überfall hier traue ich ihm nicht zu. Er würde uns nicht in so eine schreckliche Lage bringen.«

Miriam wischte sich die Wuttränen aus den Augen. »Sebastian wusste als Einziger, dass wir heute wandern gehen und welche Route wir wählen. Er muss es seinen Komplizen verraten haben. Wie sonst sollten diese drei wissen, dass wir hier sind?« Miriam hatte die Worte gerade fertig gesprochen, da fiel ihr ein, dass es noch jemanden gab, der von der Wanderung wusste. *Ich habe es Florian erzählt. Er arbeitet definitiv an einem Forschungsprojekt.* Ihr wurde heiß.

Steckten Sebastian und Flo unter einer Decke?

Ihr Vater starrte sie an. Sein Adamsapfel hüpfte auf und ab. »Ich will nicht glauben, dass Sebastian einen Überfall auf uns geplant hat, nur um dich zu erschrecken. Wir stehen unter Schock. Lasst uns zum Auto gehen. Zu Hause reden wir noch einmal in Ruhe.«

Sie liefen schnellen Schrittes zurück zum Parkplatz, keiner sagte etwas.

Die Warnungen geisterten in Miriams Kopf umher. Dadurch achtete sie nicht auf den Weg und stolperte über einen querliegenden Ast. Sie fiel auf den Boden. Weil ihr die Energie fehlte, wieder aufzustehen, legte sie den Kopf ab. Am liebsten hätte sie die Augen geschlossen und sich ausgeruht.

»Hast du dich verletzt, Liebling?«, fragte ihre Mutter und strich ihr über den Rücken.

Miriam setzte sich auf. »Nein, alles in Ordnung.«

Ihr Vater half ihr hoch.

Miriam schaute ihm tief in die Augen. »Das ist alles eine große Scheiße.« Dann lief sie weiter. Sie wusste nicht, was sie als Nächstes tun würde. Konnte sie Florian um Hilfe bitten, um an weitere Informationen zu kommen, oder wäre das ein großer Fehler? Wem sollte sie vertrauen?

Elli kam ihr in den Sinn, die sie zwar auch gewarnt hatte, doch sie hatte mit den Akten geholfen. Das hätte sie nicht getan, wenn sie gegen Miriam arbeitete. Vielleicht schwieg sie nur, weil Florian ihr Bruder war und sie ihn nicht verraten wollte.

Auch wenn die Warnung gerade deutlich gewesen war, musste sie noch einmal mit Elli sprechen. Vielleicht wusste diese, von wem die Gefahr ausging, und würde es verraten. Mit dieser Information könnte Miriam zur Polizei gehen und so sicherstellen, dass niemand ihren Eltern etwas antun konnte.

23

Er war ziemlich kaputt, als er in den Besprechungsraum zu den Mitgliedern ging. Der Morgen war stressig
gestartet, doch dem Treffen konnte er nicht fernbleiben.

Die Teilnehmer wollten wissen, wie der Stand um
Miriam war.

»Da bist du ja endlich«, sagte einer der Ärzte, als er den
Raum betrat. »Es hat ganz schön gedauert, bis wir von dir
gehört haben. Wir hoffen, die zweite Stufe hatte Erfolg.«

»Es ist alles so gelaufen, wie es sollte«, antwortete er.
»Miriam wird nichts mehr unternehmen, die Warnung
war eindeutig. Sie hatte große Angst und weiß nun, dass
ihre Familie büßen wird, wenn sie einen Fehler begeht.«

»Wir hoffen sehr, dass du damit recht behältst«, sagte
das älteste Mitglied. »Unsere Organisation hat ein ziemli-
ches Beben erlitten, seit sie hier aufgetaucht ist.«

Er nickte. »Ich weiß. Wie gesagt, es ist seitens Mi-
riam nichts mehr zu erwarten. Es wird keine weitere
Eskalationsstufe nötig sein.« Er schaute streng zu der
Krankenschwester, die am Tag zuvor vor dem Zimmer

des Jungen so nervös gewesen war, um ihr zu verstehen zu geben, dass die Warnung auch für sie galt.

Auch bei diesem Treffen sah sie aus, als hätte sie vor dem Treffen geweint.

»Ist alles in Ordnung mit dir?«, fragte er sie.

Hastig nickte sie, dabei fiel ihr eine Strähne des Ponys ins Gesicht. »Ich bin nur erkältet«, erwiderte sie in hoher Stimmlage. Sie hielt den Rücken unnatürlich gerade und strich sich permanent über die Hand.

Er entschied, ihr klarzumachen, was geschehen würde, wenn auch sie einen Fehler beging. »Jeglicher Kontakt zu Miriam ist untersagt. Es soll dir nicht wie Carina gehen. Die darf sich nichts mehr erlauben, sonst ist sie tot.« Er schaute jedem Mitglied in die Augen. »Jetzt, da mit Miriam alles geklärt ist, können wir Carina gehen lassen. Sie wurde ausreichend gewarnt. Ich brauche Männer vom Sicherheitsteam, die sie noch beschatten, zumindest so lange, bis Miriam abgereist ist.«

Zwei Mitglieder, die auch für den Überfall im Wald zuständig gewesen waren, meldeten sich.

»Ich würde vorschlagen, wir gehen zur letzten Eskalationsstufe über«, warf einer der beiden ein.

Er fühlte sich nicht wohl damit, Carina zu töten.

Sie hatten erst zwei Personen endgültig aus dem Weg räumen müssen, weil diese die Organisation an die Polizei hatten verraten wollen. Die Partnerin eines Kollegen und ein Mitglied selbst.

Es gefiel ihm nicht, dass es ein weiteres Opfer geben sollte.

Auch wenn es nicht oft vorkam, bestand immer die Gefahr, dass die Leichen gefunden wurden, dass es zu viel Aufruhr brachte. Es blieb das letzte Mittel.

»Warum denkst du, dass das von Nöten ist?«, fragte er seinen Kollegen deshalb.

»Als ich gestern bei ihr war, um mit ihr zu besprechen, wie es für sie weitergeht, hat sie gedroht, alles der Polizei zu sagen, wenn wir sie nicht wieder aufnehmen. Sie war recht aufmüpfig dafür, dass wir sie ohne Essen und unter qualvollen Bedingungen eingesperrt haben. Ich denke nicht, dass die vorletzte Stufe unseres Eskalationsplans gefruchtet hat.«

Er verstand nicht, warum Carina nur so leichtsinnig war. In diesem Fall konnte er nicht gegen ihren Tod sprechen. »Das klingt in der Tat nach Handlungsbedarf. Stimmen wir ab. Wer ist dafür, dass wir Carina endgültig beseitigen?«

Alle hoben die Hand, nur die Krankenschwester nicht.

»Du bist dagegen?«, hakte er nach.

Sie nestelte mit den Händen. »Ich … ich … Meiner Meinung nach reicht die jetzige Stufe. Ich denke, dass Carina es verstanden hat. Vielleicht hat sie nur aus Angst gesagt, dass sie zur Polizei geht.« Sie schluckte. Ihr standen Schweißperlen auf der Stirn.

»Ich weiß, dass sie deine Freundin ist, doch hier in der Organisation zählen nur Tatsachen. Sie hat sich den Anweisungen widersetzt und sich mit Miriam getroffen. Trotz drei Stufen hat sie immer noch ein loses Mundwerk. Du darfst jetzt nicht aus Sicht einer Freundin sprechen. Wie würdest du als gefestigtes Mitglied entscheiden?«

Die Krankenschwester nickte, doch ihr Kinn zitterte. »Stufe vier.« Es war nicht überzeugend gekommen, doch nun war das Ergebnis einstimmig.

Er schaute zu den zwei Mitgliedern, die für Sicherheit in der Organisation sorgten. »Übernehmt ihr statt der Überwachung die Ausführung der letzten Stufe?«, fragte er. »Ich werde anwesend sein.«

Die beiden bestätigten.

»Gut, dann haben wir alles geklärt, was unsere Störenfriede anbelangt. Kommen wir zu unserer Forschung. Der Plan ist, das Experiment weiterzuführen, da es deutliche Hinweise gibt, dass das NeuroSynaptin wirkt. Wenn wir das optimieren, sind wir auf einem guten Weg, ADHS-Fälle mit schonenderen Medikamenten als den herkömmlichen zu behandeln.«

Sein Kollege, der dem Jungen am Tag zuvor das NeuroSynaptin gespritzt hat, nickte. »Es wird noch dauern, bis wir die optimale Rezeptur gefunden haben. Dann müssen wir auch noch alle Überredungskunst in Angriff nehmen, damit wir die Forschung offiziell machen können, damit das Medikament später auch zugelassen wird. Deshalb sollten wir keine Zeit verlieren. Ich habe gestern bei unserem Patienten ein Resting-State-fMRT veranlasst, nachdem er wach wurde. Als Aufgabe habe ich ihm danach während der Bildgebung mehrere Wörter zum Buchstabieren gegeben. Seine Gehirnaktivität war im Vergleich zum ersten Scan vor zwei Wochen näher an der Norm und den Test hat er gut gemeistert. Außerdem zeigt er keinerlei Krampfbereitschaft mehr. Wir sollten auch noch eine Positronen-Emissions-Tomographie machen, um die Neurotransmitter zu beurteilen. Ich bin sicher, wir können mit NeuroSynaptin fortfahren. Es hat bereits gewirkt. Jetzt sollten wir noch bessere Ergebnisse erzielen.«

Die Mitglieder klatschten Beifall.

Er war froh, dass sich die Stimmung wieder aufhellte. »Wir werden jetzt mit demselben Team wie gestern die zweite Dosis NeuroSynaptin spritzen, dieses Mal eine höhere, um dann zu sehen, ob sich die ohnehin schon positiven Ergebnisse, von denen der Kollege eben sprach, noch weiter verbessern. Wenn wir morgen ein Bildgebungsverfahren machen, wissen wir, ob dies der Fall ist.«

Die Mitglieder klopften auf den Tisch, erhoben sich und verließen den Saal.

Er und die anderen vier für diese Aufgabe eingeteilten Teammitglieder gingen zu dem Jungen ins Zimmer.

Dieser richtete sich auf und krallte sich an der Bettdecke fest. Er war noch blass um die Nasenspitze, wirkte aber sonst wieder fit.

Die Krankenschwester lief zu ihm. »Wie geht es dir?«, fragte sie mit brüchiger Stimme.

»Etwas besser. Kann ich zu meiner Mama?«

Er stellte sich ebenfalls neben das Bett. »Nein, das ist nicht möglich«, sagte er in einem Tonfall, der jede Diskussion ausschloss. »Wir müssen weitermachen. Es ist wichtig, damit wir dir helfen können. Wir werden dafür sorgen, dass deine Mutter nie wieder traurig über deine Ausbrüche ist.«

Der Achtjährige schüttelte zwar den Kopf, doch er ging nicht in diese heftige Abwehr über wie die Tage zuvor. Er lag entspannt in seinem Bett und beobachtete alles ruhig.

Das freute ihn, denn es wies darauf hin, dass die Stimulation der Amygdala weiterhin Effekte zeigte. Eine Reizüberflutung schien nicht vorzuliegen.

Nun mussten sie herausfinden, wie dieser Zustand dauerhaft herbeigeführt werden konnte. Wie viele Dosen brauchten Patienten? Reichte eine hohe oder mussten es doch regelmäßige Einnahmen sein?

Sie hatten noch sehr viel Recherche und einige Experimente vor sich, aber er war seit Langem sehr zuversichtlich. Er lächelte den Jungen an. »Wir werden dir jetzt noch einmal das Medikament verabreichen und dann einige Tests durchführen.«

»Ich möchte lieber schlafen«, sagte der Junge in ruhigem Ton.

»Es tut mir leid, aber das ist nicht möglich. Ein paar Untersuchungen musst du noch schaffen. Bevor du mit dem Medikament nach Hause darfst, stellen wir sicher, dass es richtig wirkt.« Er trat näher an den Jungen. »Wir sind kurz vor einem Durchbruch, der nicht nur dir hilft, sondern auch anderen Menschen.«

»Nein! Ich will nicht mehr mitmachen«, sagte der Junge und zog sich die Bettdecke über den Kopf. »Hol bitte meine Mama. Sie will nicht, dass ich so leide.«

Die Krankenschwester trat einen Schritt zurück, ihr Blick schwankte zwischen Mitleid und Pflichtbewusstsein. Sie sah auf den Boden.

Er wusste, dass sie ein schwaches Glied war, und er musste später entscheiden, ob man bei ihr nicht doch die erste Stufe des Eskalationsplans anwenden sollte, um sie zu warnen. »Reiß dich zusammen und tu deine Pflicht«, sagte er leise zu ihr. Dann wandte er sich wieder dem Jungen zu. »Die Medikamentengabe geht ganz schnell und die Tests schaffst du auch mit links.«

Tränen rannen über die Wangen des Kindes. Der Junge zappelte und schüttelte den Kopf. »Ich will das Medikament nicht. Ich hatte danach überall im Körper ganz große Schmerzen. Jeder Muskel hat mir wehgetan.«

Das glaubte er sofort, denn der Junge hatte ordentlich gekrampft.

Seinen Kollegen schienen die Einwände des Kindes nicht zu interessieren. Er nahm die Spritze, gefüllt mit der klaren Flüssigkeit des NeuroSynaptin. Das Wundermittel, das sie seit Jahren herbeisehnten. »Wenn er so zappelt, kann die Vene platzen, wenn ich spritze. Dann läuft alles ins Gewebe.«

Das Mitglied, das den Oberkörper sowie die Arme des Jungen gehalten hatte, ließ los und schlug dem Kind kräftig ins Gesicht, sodass ein roter Handabdruck auf der Wange zurückblieb.

Der Achtjährige verstummte.

Die Krankenschwester drehte ihr Gesicht weg und biss sich auf die Lippe.

»Dein Herumschreien tut allen in den Ohren weh. Du reißt dich jetzt besser zusammen, damit wir fertig werden«, sagte er dem Jungen bestimmt. Er ignorierte die flehenden Blicke des Jungen.

Dessen körperliche Gegenwehr wurde allmählich immer schwächer.

Mit einer routinierten Bewegung setzte sein Kollege die Spritze an den Zugang.

Das Kind wimmerte. »Bitte … hör auf …«

Er beobachtete, wie der Junge auf das Medikament ansprach. Sein Herz pochte schnell, die Nervosität kroch ihm durch den ganzen Körper.

War dieser Test an dem Jungen endlich der Durchbruch, den sie sich erhofft hatten?

Noch am Tag zuvor hatte der Junge gekrampft, doch nun war er ruhig. Seine Widerstandsversuche ließen endgültig nach, die Augen fielen ihm zu. Seine Atmung verlangsamte sich dramatisch.

Er schaute auf den Überwachungsmonitor.

Die Herzfrequenz nahm ab, die Sauerstoffsättigung rauschte rapide hinunter.

»Gib ihm Sauerstoff«, wies er die Krankenschwester an.

Ihr Gesicht war blass, ihre Hände zitterten, aber sie folgte routiniert den Anweisungen.

Die nächsten Minuten verstrichen in beklemmender Stille.

Es trat keine Besserung ein.

»Sauerstoff erhöhen«, befahl er. »Fertig machen zur Reanimation.«

Doch es war schon zu spät. Der schrille Notfallalarm durchbrach die Stille und der Herzschlag des Jungen flachte immer schneller weiter ab.

»Ziehen Sie Adrenalin auf. Ich beginne die Herzmassage.« Er stellte das Kopfteil des Bettes nach unten, legte ein Brett unter den Jungen, wobei ihn die Kollegen unterstützten.

Alle arbeiteten Hand in Hand, jeder war geübt.

Sein Kollege, der das NeuroSynaptin gegeben hatte, setzte den Beatmungsbeutel über Nase und Mund.

»Spritz 0,3 Milligramm Adrenalin«, forderte er die Krankenschwester auf, während er den Brustkorb drückte.

Mit zitternden Händen verabreichte die Krankenschwester das Suprarenin.

Nach vier Minuten forderte er erneut 0,3 Milligramm Adrenalin.

Sie taten, was in ihrer Macht stand, doch das Herz schlug nicht mehr von allein.

Er blickte auf die leblosen Augen des Kindes. Panik stieg in ihm auf. Er hasste es, wenn er die Kontrolle über etwas verlor, wenn er die Fäden nicht in der Hand halten konnte. »Du stirbst mir heute nicht«, flüsterte er und drückte weiter rhythmisch auf den schmalen Brustkorb.

Sein Kollege bat ihn, die Herzdruckmassage kurz zu pausieren, und schob dem Achtjährigen einen Tubus in den Hals. Dabei war er so ruhig und geschickt, dass jeder Handgriff sofort saß.

Er fuhr mit der Druckmassage fort, sobald der Tubus saß und der Junge darüber beatmet werden konnte.

»Stopp«, sagte ein Kollege.

Alle hielten inne.

Eine drückende Stille erfüllte den Raum.

Die Krankenschwester starrte mit Tränen auf den Überwachungsmonitor und presste eine Hand vor den Mund.

»Er ist tot«, sagte einer der Ärzte schließlich schwerfällig, so als würde er die Worte nur widerwillig aussprechen.

Doch plötzlich erhoben sich die Wellen und Zacken der EKG-Kurve. Nach und nach kam ein stabiler Rhythmus wieder.

Er legte seinen Finger an die Halsschlagader des Jungen und atmete erleichtert aus. »Er hat wieder einen Puls. Schwach, aber er ist da.« Er sah zu der Krankenschwester. »Ziehen Sie einen Adrenalin-, einen Dormicum- und einen Ketamin-Dauertropf auf.«

Sie nickte und machte sich sofort an die Ausführung.

»Das NeuroSynaptin ist nicht so weit, um verabreicht zu werden«, sagte er und schaute dabei den Kollegen an, der mit der medikamentösen Therapie unbedingt hatte starten wollen. »Das hier darf nicht noch einmal passieren, es gab bereits genug Opfer. Keiner darf davon erfahren. Wie immer gilt Stillschweigen über den wahren Grund seines jetzigen Zustandes. Wir müssen uns eine Geschichte ausdenken, um zu erklären, warum der Junge beatmet und ins künstliche Koma versetzt worden ist.«

Sie berieten darüber, was sie als Begründung nehmen konnten, damit niemand Verdacht schöpfte. Offiziell hatten die Mitglieder den Jungen wegen neurologischer Auffälligkeiten aufgenommen, um herauszufinden, ob er an Krampfanfällen litt, da das Forschungsprojekt keine Zulassung hatte. Dieser Aufnahmegrund konnte jedoch nicht erklären, dass das Kind plötzlich einen Kreislaufstillstand gehabt hatte. Deshalb entschieden sie sich dafür, zu erzählen, dass das Kind ein Herzleiden hatte, das vorher nicht bekannt gewesen war.

Sein Kollege stellte die Beatmungsmaschine ein, setzte die Schläuche auf den Tubus und verschränkte dann die Arme. »Wir geben ihm zwei Tage Ruhe im künstlichen Koma und starten dann von Neuem.«

In den Gesichtern der anderen Mitglieder erkannte er Zweifel.

»Du willst weitermachen?«, fragte er vorsichtig.

»Natürlich. Ich gebe jetzt nicht auf, wir stehen kurz vor dem Durchbruch. Wir sind Wissenschaftler, solche Szenarien können vorkommen, nicht immer läuft alles glatt.«

»Ich … ich kann nicht weitermachen«, stammelte die Krankenschwester. »Was wir hier tun, ist falsch. Das war es von Anfang an. Wir spielen Gott mit den Leben dieser Kinder.«

»Wenn wir jetzt aufhören, war alles umsonst«, sagte der Kollege. »Wir müssen weitermachen. Es geht ihm gut, sein Herz wird sich erholen.« Seine Stimme war etwas lauter geworden.

»Wir berufen für morgen eine Besprechung ein«, sagte er. »Je nach Zustand des Kindes entscheiden wir, wie es weitergeht. Wir machen ein MRT, um zu sehen, dass es zu keinen Hirnblutungen durch NeuroSynaptin gekommen ist.«

Seine Kollegen nickten und verließen das Zimmer.

Er stellte sich zu der Krankenschwester, die den Jungen lagerte.

Sie räumte das Bett auf, weil dort die ganzen Spritzen und Verpackungen lagen, die bei der Reanimation nötig gewesen waren.

»Du beobachtest das Kind genau. Und ich warne dich, reiß dich zusammen, ich möchte nicht noch eine Eskalation herbeirufen, weil ein Mitglied aus der Reihe tanzt. Ich bin mit Miriam genug beschäftigt.« Er verließ das Zimmer. Nach dieser Aufregung brauchte er dringend eine Zigarette.

24

8. März 2024

Nachdem Miriam und ihre Eltern zu Hause angekommen waren, hatte sie sich sofort erschöpft in ihr Zimmer zurückgezogen. Die Bedrohung klebte noch immer an ihr wie ein kalter Nebel, der sich in den Klamotten festgesetzt hatte. Sie lag auf ihrem Bett, schloss die Augen und versuchte, die Ereignisse des Überfalls im Wald zu verarbeiten.

In Miriam herrschte Chaos, weil sie nicht wusste, wem sie noch vertrauen konnte. Sie schloss die Augen, um etwas Ruhe zu finden.

Miriam stand vor der großen Glasscheibe des Zimmers, in dem Franziska in ihrem Bett lag. Diese war blass, hatte eingefallene Wangen und starrte nur vor sich hin. Miriam bettelte sie an, aufzustehen, was Franziska auch tat. Doch sie war nicht so fröhlich und kraftvoll wie sonst. Sie schrie und konnte sich kaum auf den Beinen halten. Schläuche und Kabel hingen an ihr herunter. Sie hielt sich an der Luke fest und schaute mit traurigen Augen durch die Scheibe.

Eine Welle der Verzweiflung brach über Miriam herein. Sie konnte nicht zusehen, wie es ihr immer schlechter ging, sondern musste ihrer Freundin helfen. Mit zitternden Händen griff sie nach den Schläuchen, die aus Franziskas Kopf hingen. Miriam wollte sie von den Schmerzen befreien, die ihre Freundin durchlitt. »Alles wird gut«, flüsterte sie.

Franziska fiel auf den Boden, zuckte heftig.

Männer stürzten durch die Tür auf der anderen Seite in das Zimmer.

Überall war Blut.

Franziska wurde auf das Bett gelegt.

Die Männer schrien unverständliche Worte durcheinander und wirkten dabei aufgebracht, was Miriam ebenso nervös machte.

Mit einem Keuchen schoss Miriam hoch. Sie war schweißgebadet, ihr Herz schlug kräftig. Das Bild von Franziska, wie sie leblos und still auf dem Bett lag, brannte sich in ihren Geist. Schuld und Schrecken umklammerten ihr Herz. Sie hatte es eindeutig gesehen, sie hatte die Schläuche aus dem Kopf gerissen. Nur ihretwegen war ihre Freundin gestorben.

Sie schloss die Augen, zählte langsam bis vier und atmete tief ein, dann wieder aus. Ihr Körper beruhigte sich. Sie hatte das Verlangen, mit Flo darüber zu sprechen.

Es musste doch irgendwo die Todesursache stehen und einen Bericht geben, der erklärte, warum sie während eines Forschungsprojekts so krank geworden war. Vielleicht konnte Florian ihr sagen, wo die fehlenden Seiten der Krankenakte waren.

Ihr Bauchgefühl alarmierte sie, weil sie an den Überfall dachte. Doch sie glaubte nicht, dass er etwas mit den Drohungen zu tun haben könnte.

Zwar hatte er gewusst, dass sie im Wald wandern wollten, doch er hatte ihr am Morgen geschrieben, dass er sich um seine kranke Tochter kümmern musste. Außerdem hätte sie ihn erkannt, die Stimmen der drei Männer hatte sie vorher noch nie gehört. Sie wusste, dass dies nicht bedeuten musste, dass er nicht trotzdem dahintersteckte, doch sie wollte es einfach nicht glauben.

Zitternd griff sie nach ihrem Handy auf dem Nachttisch und wählte mit tauben Fingern Flos Nummer.

Es dauerte nicht lang, bis er abnahm. »Hey Miriam, alles okay?«

Im Hintergrund rauschte es. Es klang wie fahrende Autos.

Es rauschte erneut, als Florian ausatmete.

»Ich möchte nicht stören, aber ich brauche dich jetzt. Bist du unterwegs? Ich dachte, du wärst mit deiner Tochter zu Hause, dann wäre ich vorbeigekommen.«

»Weil ich zu einem Notfall gerufen wurde und eine Kollegin ausgefallen ist, bin ich in der Klinik. Ich rauche gerade eine, also habe ich etwas Zeit, am Telefon zu sprechen. Was ist denn los?«

»Ich weiß gar nicht, wo ich anfangen soll. Irgendetwas stimmt nicht mit dem Mädchen, das ich damals gesehen habe.« Miriam wollte Florian alles erzählen, was in den letzten vierundzwanzig Stunden passiert war, damit er verstehen konnte, welche Fragen Franziskas Tod aufwarf. Sie berichtete ihm von dem Gutachten, was Sebastian krampfhaft versucht hatte, vor ihr zu verbergen, und aus dem hervorging, dass sie die Schläuche aus Franziskas Kopf gezogen hatte. »Ich habe ein kleines Mädchen getötet, deshalb habe ich all die Jahre so gelitten. Hätte Papa nicht alles dafür getan, dass ich mich nicht erinnere, hätte ich es längst verarbeitet.« Ihre Worte waren von den Tränen schwerfällig gewesen.

Florian sagte nichts, sie hörte nur seinen Atem.

Miriam konzentrierte sich darauf, nicht den Faden zu verlieren. »Ich sollte es der Polizei melden, die Mutter muss es erfahren. Aber heute wurden Mama, Papa und ich im Wald überfallen. Drei Männer haben mir gedroht, meine Eltern zu töten, wenn ich nicht aufhöre zu graben.«

»Du meine Güte. Geht es euch gut?«, rief Flo.

»Ja, bis auf den Schreck haben wir nichts davon getragen. Ich habe Angst, dass diese Typen Ernst machen, wenn ich zur Polizei gehe. Dieser Überfall und all das, was hier passiert, zeigen mir jedoch, dass ich etwas auf der Spur bin.« Sie erzählte Florian von Franziskas fehlender Akte und der Vermutung, dass auch die Ärzte, die Franziska damals betreut hatten, etwas verheimlichten. »Du kannst mir dabei helfen, die Wahrheit herauszufinden, weil du in der Klinik arbeitest. Weißt du, wo diese Akte versteckt sein könnte? Oder gibt es noch einen anderen Weg herauszufinden, warum Franziska so krank geworden ist?«

»Miriam, hör auf damit. Ich werde dir nicht helfen, da ich keine Anzeichen für einen medizinischen Fehler sehe. Wahrscheinlich willst du nur nicht mit diesem schlechten Gefühl leben müssen, dass du die Schläuche gezogen hast, und dein Gehirn spinnt sich was zurecht.«

Seine Worte trafen sie wie ein Schlag ins Gesicht. »Warum wurden wir überfallen, wenn ich mir das alles einbilde? Mein Vater schwört, dass niemand außer meine Familie und Dr. Lobre etwas weiß.«

»Keine Ahnung, wer euch angegriffen hat. Vielleicht solltest du die Warnung ernstnehmen und mit dem Thema abschließen.«

»Was stimmt mit euch allen nicht?«, fragte sie mit zitternder Stimme. »Ihr könnt doch nicht alle so blind sein und nicht erkennen, dass etwas Schlimmes in dem Krankenhaus vorgegangen ist.«

»Ich glaube nicht, dass es so war.« Seine Stimme war fest gewesen, doch distanziert, so als hätte er sich emotional zurückgezogen.

»Was haben du, Carina und Elli mit Franziskas Tod zu tun? Warum verhaltet ihr euch so merkwürdig? Bist du an den Drohungen gegen mich beteiligt?«

Es blieb wieder still am anderen Ende der Leitung.

In Miriam stieg Wut auf, heiß und brennend. »Rede mit mir, verdammt noch mal. Vielleicht ist es doch besser, ich gehe zur Polizei, dort könnte ich auch deinen, Ellis und

Carinas Namen angeben. Dann sollen die herausfinden, ob ihr Schuld auf euch geladen habt.«

»Beruhige dich. Wir können uns später treffen und darüber reden. Ich erkläre dir alles. Aber sag niemandem etwas.«

»In Ordnung«, erwiderte sie.

Florian verabredete sich mit ihr am Sportplatz in Rübenach und legte auf.

Miriam hielt das Handy fest umklammert. Wieso sollte sie niemandem verraten, dass sie über die Klinik sprechen wollten? Ihr Verstand warnte sie, sich allein mit ihm zu treffen nach allem, was in den letzten Tagen geschehen war. Aber ihr Herz und Bauch sagten, dass Florian ihr niemals etwas antun konnte.

Miriam glaubte, dass er sich nicht mit ihr verabredet hätte, wenn er nicht endlich bereit wäre, sie in die Geheimnisse einzuweihen. Sie wollte wissen, was er ihr zu erzählen hatte. Dann konnte sie entscheiden, ob sie endlich Ruhe gab oder ob sie die Polizei einschalten würde.

25

1996

»Ihre Tochter ist wirklich ein ganz liebes Mädchen«, sagte Miriams Lehrerin zu ihren Eltern. »Sie ist noch nie negativ aufgefallen, macht ihre Aufgaben gewissenhaft und verhält sich stets höflich.«

Miriam saß an einem anderen Tisch und malte ein Bild. Zumindest tat sie so. In Wirklichkeit lauschte sie dem Gespräch zwischen der Lehrerin und ihren Eltern.

»Warum haben Sie uns dann herbestellt?«, fragte ihr Vater. »Das hätten Sie uns auch noch im November beim Elternsprechtag sagen können.«

»Ich habe Sie gebeten zu kommen, weil ich mir Sorgen mache. Miriam wirkt seit der ersten Klasse immer traurig. Erst dachte ich, sie muss sich erst in die neuen Umstände hineinfinden. Doch das hat sie nicht. Sie sitzt in den Pausen allein in der Ecke, sie spielt nicht mit anderen Kindern, sie lacht nicht.«

Ihr Vater holte tief Luft. »Miriam war vor der Schule sehr krank und mehrere Wochen in einer Klinik. Sie nimmt Medikamente, die sie dabei unterstützen, das zu verarbeiten. Wir müssen nur etwas Geduld mit ihr haben.«

Die Lehrerin hob die Augenbrauen. »Oh, okay. Es wäre gut gewesen, wenn ich das früher erfahren hätte. Die Schule kann ihr sicher dabei helfen. Es besteht die Möglichkeit, dass Miriam mit unserer Sozialarbeiterin spricht.«

»Das ist nicht nötig«, sagte ihr Vater. »Sie wird durch einen sehr guten Psychiater betreut und bekommt regelmäßige Therapie. Wir möchten nicht, dass andere Leute auch noch eingreifen und dadurch die Fortschritte zerstören.«

»In Ordnung«, antwortete die Lehrerin. »Vielen Dank, dass Sie sich die Zeit genommen haben und so ehrlich waren.« Sie erhob sich.

Miriams Vater kam auf Miriam zu. Seine Schuhe quietschten auf dem polierten Fußboden des Klassenraums. Er lächelte ihr zu, aber das sah gequält aus. »Wir können jetzt nach Hause fahren«, sagte er sanft. Er kniete sich neben sie und strich mit einem Finger liebevoll über die bunte Zeichnung, die sie vor sich auf dem Tisch hatte. »Das Bild wirkt sehr traurig.«

Miriam senkte den Kopf. Sie hatte dunkle Farben genutzt und wirbelnde Linien gezeichnet. Es sah gar nicht fröhlich aus, doch sie hatte ja auch nur lauschen wollen.

»Hast du gehört, was die Lehrerin gesagt hat?«, fuhr ihr Vater fort, ohne noch einmal auf das Bild einzugehen.

Miriam nickte.

»Sie mag dich sehr und denkt, dass du ein liebes Mädchen bist. Das finden wir toll.«

»Aber sie hat gesagt, dass ich traurig bin«, flüsterte Miriam. Sie schaute auf, ihre Augen suchten die ihres Vaters. Vielleicht konnte er ihr erklären, warum sie sich immer so fühlte.

Er atmete tief durch und umfasste ihre Hände mit seinen. »Es ist okay, sich traurig zu fühlen. Manchmal haben Menschen Gefühle, die schwer zu ertragen sind. Besonders wenn sie etwas Schlimmes erlebt haben oder lange krank waren.«

»Aber ich möchte nicht immer unglücklich sein«, entgegnete sie leise. Ihre Unterlippe zitterte leicht. »Ich will auch lachen und spielen wie die anderen Kinder. Doch es geht nicht, weil die Traurigkeit in mir steckt.«

Ihr Vater zog sie sanft in eine Umarmung.

Das mochte Miriam sehr, er hielt sie immer ganz fest, wenn es ihr nicht gut ging.

»Du wirst eines Tages auch wieder lachen. Wir geben dir alle Zeit, die du brauchst, damit du dich besser fühlst. Und Dr. Lobre hilft dir dabei, dass du ganz gesund wirst. Du bist stark, Miriam. Deine Mama und ich sind immer bei dir, egal, was passiert.«

»Ich habe euch lieb.« Miriam drückte ihren Vater fest.

»Wir dich auch.« Er nahm sie an der Hand und sie verließen das Klassenzimmer.

Ihr Blick fiel auf die fröhlich spielenden Kinder draußen auf dem Schulhof, die unbeschwert lachten und rannten. Sie fragte sich, ob in ihr ein Monster oder ein Dämon lebte, der ihr die Fröhlichkeit verbot. Fast schon erleichtert stieg sie ins Auto, denn sie ertrug den Anblick ihrer ausgelassenen Klassenkameraden nicht.

Auf der Heimfahrt sprachen sie nicht viel.

Miriams Vater schaute hin und wieder in den Rückspiegel. Jedes Mal, wenn sich ihre Blicke trafen, grinste er.

Sie lächelte zurück, doch es kam nicht von Herzen.

Nachdem sie zu Hause angekommen waren, aßen sie zu Mittag.

Ihre Mutter hatte ihr Lieblingsgericht gekocht: Spaghetti mit Tomatensoße.

Aber auch das vertrieb die Traurigkeit nicht, Miriam stocherte lustlos in den Nudeln und schaute in der Gegend umher.

Sebastian eilte die Treppen herunter.

Sofort überfiel eine Gänsehaut Miriam. Seit ihrem Aufenthalt in der Psychiatrie war das so. Ihr Bruder war ihr unheimlich, sie mochte ihn nicht. Schnell sah sie weg und zog eine Spaghetti in den Mund, sodass die Tomatensoße umherspritzte.

Ihr Vater lachte. »Du schaust aus, als hättest du rote Sommersprossen.«

Wieder zwang sie sich ein Lächeln ins Gesicht. Trotz der liebevollen Art ihrer Eltern fühlte sich Miriam oft wie in einer Blase gefangen. Nichts konnte sie genießen. Sie empfand keine Freude oder Lust zu spielen und fragte sich sogar manchmal, ob sie überhaupt ein richtiger Mensch war.

26

Die zwei Mitglieder des Sicherheitsteams und er liefen den langen dunklen Gang des alten Geländes entlang. Die Schritte hallten von den Betonwänden wider.

Er war nicht begeistert von dem, was nun kommen würde, denn er mochte Carina sehr.

Aber es musste ein Zeichen gesetzt werden, sonst würden ihnen andere schwächere Mitglieder auch auf der Nase herumtanzen.

Vor der Tür, hinter der sie Carina gefangen hielten, holte er tief Luft. Dann trat er ein.

Die anderen hochrangigen Mitglieder folgten ihm.

Im Raum war es kalt und düster. Als einzige Lichtquelle diente in dem Drecksloch eine flackernde Lampe, die von der Decke hing und Schatten auf die kahlen Wände warf.

Carina saß gefesselt auf einem alten, rostigen Stuhl in der Mitte des Raums. Sie hatte die Augen weit aufgerissen, als sie eingetreten waren.

Der Geruch ihres Schweißes und Urins hing schwer in der Luft.

Er stellte sich vor sie und beobachtete ihr Zittern. Sein Mitleid durfte nicht überschwappen, er stand sowieso schon in der Kritik, weil es so lange gedauert hatte, Miriam zur Vernunft zu bringen.

Sie sah ihm tief in die Augen. »Bitte nicht«, flehte sie leise. Ihre Stimme war rau und gebrochen. Vermutlich hatte sie sich in den endlosen Stunden der Angst und Verzweiflung die Kehle aus dem Leib geschrien.

»Wir hätten dich gehen lassen, es sollte nur die vorletzte Stufe sein. Wie alle Mitglieder bist du mit dem Eskalationsplan vertraut. Trotzdem warst du aufmüpfig und hast gedroht, zur Polizei zu gehen.«

Carina schluckte schwer. »Das habe ich nur aus Wut gesagt, ich habe es nicht ernst gemeint.« Ihre Pupillen waren geweitet.

»Du weißt, dass wir keine Ausnahme bei dir machen können«, sagte er streng. »Wir haben dich gewarnt, dich von Miriam fernzuhalten, nachdem wir schon zwei Eskalationsstufen bei dir angewendet hatten. Du bist trotzdem zu ihr ins Haus gegangen.«

»Bitte ... bitte glaub mir. Ich habe ihr nichts gesagt, ich schwöre es.« Tränen rannen über ihre blassen Wangen. »Ich bin nur zu ihr rein, weil sie sonst niemals aufgehört hätte nachzufragen. Die Organisation habe ich aber nicht in Gefahr gebracht.«

»Ich glaube dir das«, antwortete er leise. »Aber es ändert nichts daran, dass du dich nicht an unsere Anweisung gehalten hast. Die war klar vorgegeben. Keine Gespräche mit Miriam. Wir hätten dich vielleicht sogar verschont und für den Kontakt zu ihr nur verbannt, aber du musstest ja auch noch mit der Polizei drohen. Das Vertrauen ist unwiderruflich erschüttert. Wir alle haben gemeinsam beschlossen, dass bei dir die Stufe vier durchgeführt wird. Einstimmig. Du bist die Dritte, bei der wir zur Höchststrafe greifen müssen. Das macht uns keine Freude. Wir folgen nur unseren Regeln.«

Carina schüttelte den Kopf und riss an den Fesseln. »Ich schwöre, es wird nie wieder vorkommen, dass ich mich Regeln widersetze. Ich habe meine Lektion gelernt. Gebt mir noch eine einzige Chance.«

Er trat an sie heran und hielt sein Gesicht ganz nah an ihres. »Du bist eine Bedrohung, Carina, und Risiken müssen ausgeschaltet werden.«

Ihr Körper bebte. »Lasst mich gehen, ich werde verschwinden und nie wiederkommen. Niemand wird je von mir erfahren, welche Forschungsprojekte wir durchgeführt haben. Miriam durfte auch weiterleben. Bitte, uns verbindet nicht nur die Organisation, du musst doch ein Herz haben.«

Er schüttelte langsam den Kopf. »Wir verhandeln nicht über die Maßnahme, für die wir uns einstimmig entschieden haben.« Er nickte den beiden Mitgliedern zu.

Einer packte ihren Arm, entfesselte ihn und hielt ihn fest.

Der andere spritzte ihr eine tödliche Dosis Morphin.

Er wusste, dass er einem kleinen unschuldigen Kind die Mutter nahm. Das war übel, aber es gab keine andere Lösung.

Carinas Atmung beschleunigte sich. »Bitte tu das nicht.« Sie kniff die Augen zusammen und schluchzte herzzerreißend.

»Es tut mir leid, Carina.«

Ihr Körper zuckte einmal kräftig und hing Sekunden später schlaff in den Seilen und dem Griff des Sicherheitsmannes.

Er stand reglos da und betrachtete die regungslose Gestalt.

Eines der Mitglieder tastete den Puls. »Ganz schwach, sie wird nicht mehr lange leben.«

Er schloss kurz die Augen, um sich von der Schwere des Moments zu befreien. Nach einer Weile hielt er es in dem Raum nicht mehr aus und ging. Die stille Zeugin eines kalten, berechnenden Urteils und die zwei Männer, die für die Entsorgung zuständig waren, ließ er hinter sich.

Ein Kollege kam ihm im Flur entgegen. »Ist es erledigt?«

Er nickte, sagte aber nichts, weil ihm ein Kloß im Hals steckte.

»Es war die richtige Entscheidung. Ich schlage vor, dass wir den Leichnam noch nicht verscharren. Vielleicht könnte er uns nützlich sein.«

»Woran denkst du?«

»An unsere Wackelkandidatin. Wenn sie eine Warnung braucht, zeigen wir ihr Carina als Abschreckung. Wir können die Leiche auch noch später verschwinden lassen.«

Er zuckte mit den Schultern. »Meinetwegen setzen wir deine Idee um, sollte es nötig werden. Aber die Kollegin war bei der Versammlung dabei, sie wird begriffen haben, dass es böse Konsequenzen haben wird, wenn sie Fehler begeht.«

Sein Telefon vibrierte.

Er schaute auf das Display. »Wenn man vom Teufel spricht. Sie ruft aus dem Zimmer des Jungen an.« Er nahm ab.

»Du musst sofort kommen. Der Zustand des Kindes verschlechtert sich.«

Er drückte die Zigarette aus, die er sich gerade erst angezündet hatte, als er nach draußen getreten war. »Mit dem Jungen geht es bergab«, sagte er zu seinem Kollegen und eilte von dem Gelände. Sein Herz raste, weil er Sorge hatte vor dem, was ihn erwartete. In Gedanken ging er alle möglichen Komplikationen durch, die Grund für die Verschlechterung des Krankheitszustandes sein könnten. Er hoffte, dass es nicht wieder Hirnblutungen gab.

Zehn Minuten später stand er im Zimmer des Patienten.

Der Achtjährige sah furchterregend aus. Seine Haut schimmerte gräulich. Trotz der Beatmung und hundert Prozent Sauerstoffzufuhr wurde sein Blut nicht ausreichend gesättigt. Auch sein Herzschlag und sein Blutdruck ließen sich mit dem Adrenalin, das dauerhaft lief, nicht stabilisieren.

Die Krankenschwester hantierte hastig an dem Patienten herum und saugte Sekret aus dem Tubus. »Ganz plötzlich ließ er sich nicht mehr beatmen, er hat aber kein Sekretproblem, es ist eine normale Menge.

Die Lunge ist leicht spastisch. Ich habe schon mit Salbutamol inhaliert, es bringt nichts. Seine Werte verschlechtern sich rasant.«

»Hast du das Adrenalin erhöht?«

»Ja und auch die von dir angeordnete Bolusgabe ausgeführt.«

»Wann war das?«, fragte er besorgt, weil er keine weiteren Möglichkeiten mehr hatte, das Leben des Kindes zu retten. Alle Maßnahmen waren ausgeschöpft.

»Vor fünf Minuten.«

»Gib ihm noch einen Bolus.«

Die Krankenschwester drückte den Bolusknopf der Spritzenpumpe, über die das Adrenalin lief.

Auf dem Flur vor der Tür schallten eilige Schritte. Kurz darauf versammelten sich die Mitglieder im Zimmer.

»Was ist passiert?«, fragte ein Kollege und näherte sich dem Bett.

»Sein Zustand hat sich rapide verschlechtert«, erklärte er und bemühte sich, seine Fassung zu bewahren. »Der Patient wird sterben.« Er blickte auf den blassen Jungen, dessen Brust sich kaum noch hob.

Getrieben von dem Verlangen nach wissenschaftlichem Fortschritt hatten sie erneut ein Kind auf dem Gewissen.

»Willst du nicht reanimieren?«, fragte die Krankenschwester mit zitternder Stimme und starrte auf den Monitor, der den rapiden Abfall der Herzfrequenz anzeigte.

Er leuchtete mit einer Lampe in die Augen des Kindes, um die Pupillenreaktion zu kontrollieren. »Das ist nicht mehr sinnvoll, die Pupillen sind entrundet. Wahrscheinlich hat er durch die Reanimation am Morgen einen Hirnschaden erlitten oder er hat Hirnblutungen.«

»Haben wir das MRT schon gemacht?«, fragte sein Kollege hektisch. »Wir brauchen die Aufnahmen, um Konsequenzen für das Medikament abzuleiten.«

Die Krankenschwester schüttelte den Kopf. »Es war niemand hier und allein konnte ich das schlecht erledigen.«

»Das ist Mist«, brüllte der Kollege. »Wir haben keine Auswertungen des Experiments.« Er schlug wütend gegen das Bett.

»Vielleicht können wir dem Jungen noch Drainagen legen, wie wir es damals bei Franziska Gerber getan haben«, sagte eines der älteren Mitglieder, das schon bei der Gründung dabei gewesen war. »Wenn der Junge ebenfalls durch das NeuroSynaptin mehrere kleine Blutungen bekommen hat, könnte ihm das helfen.«

»Ja, ja, ja. Genau«, rief ein Kollege. »Wir hatten damals bei Franziska Erfolg damit. Sie hatte drei Drainagen drin.«

»Es ist zu spät. Er würde auf dem Weg ins MRT sterben. Selbst wenn wir ihn retten würden, wird sich sein Zustand nie mehr erholen, wahrscheinlich wird er nie wieder aus dem Koma aufwachen.« Er beobachtete den Monitor. »Lassen wir ihn in Frieden gehen.«

Die Herzfrequenz lag unter fünfzig. Der Blutdruck war verschwindend gering.

Alle beobachteten still, wie das Leben langsam aus dem Jungen wich.

Der Herzmonitor zeigte schließlich eine gerade Linie.

»Zeitpunkt des Todes. 18:23 Uhr.« Er verließ das Zimmer mit geballten Händen und presste seine Zähne fest zusammen, um nicht laut loszubrüllen.

Wieder kein Erfolg.

Er setzte sich in das Besprechungszimmer und wartete, bis alle Mitglieder dazugekommen waren. Eigentlich war er zu müde, um noch eine Nachbesprechung abzuhalten. Doch es war die Regel, dass sie bei Versagen sofort klärten, was genau schiefgegangen war. Zudem mussten sie beraten, wie sie den Tod des Patienten offiziell begründeten. Die Patientenakte musste gefälscht werden, ehe sie die Familie benachrichtigten.

Als alle Mitglieder anwesend waren, wollte er sich noch einen Moment beruhigen und dann die Sitzung eröffnen.

Da stand plötzlich der älteste Kollege auf. »Wir müssen unsere Vorgehensweise überdenken. Das ist jetzt das dritte Opfer, das wir zu beklagen haben. Jeder Vorfall macht uns verdächtiger. Vielleicht sollten wir pausieren und unsere aktuellen Probleme beseitigen, bevor wir weitermachen.«

»Redest du von Carina? Sie wird uns nicht mehr schaden können«, sagte er.

»Und was ist mit Miriam? Oder ihr?« Sein Kollege zeigte auf die Krankenschwester, die sich seit Tagen auffällig benahm.

Er schaute auf die blasse Kinderkrankenschwester, die die Augen weit aufriss. »Du weißt, wie du dich zu verhalten hast, oder?«

Hastig nickte sie.

Er glaubte ihr die Antwort, bei ihr brauchten sie sich keine Sorgen zu machen. Er sah seinen Kollegen an. »Miriam wird nichts mehr unternehmen. Dafür sorge ich.«

»Trotzdem sollten wir vorsichtiger sein. Ich stimme zu, dass wir pausieren. Der Stress belastet uns, vielleicht war deshalb die Optimierung des NeuroSynaptin nicht ausreichend«, sagte ein anderes Mitglied. »Wir riskieren alles mit schlampiger Arbeit. Wenn alle Probleme wirklich beseitigt sind, konzentrieren wir uns in aller Ruhe auf das Medikament, damit wir endlich die richtige Rezeptur finden.«

»Verdammt«, schrie sein Kollege. »Wir optimieren seit Jahren. Das Medikament hat doch eine Verbesserung der ADHS-Symptomatik bei dem Jungen bewirkt. Vielleicht hatte er tatsächlich eine Vorerkrankung, von der wir nichts wussten und die zu den starken Nebenwirkungen geführt hat.«

»Wir müssen den Tatsachen ins Auge sehen, NeuroSynaptin ist noch nicht bereit«, erwiderte er. »Wir stimmen ab. Wer denkt, dass eine Pause jetzt das Richtige wäre?«

Es meldeten sich alle bis auf zwei Mitglieder.

»Das ist die Mehrheit. Wir kümmern uns jetzt um die Akte des Jungen, danach lassen wir Zeit verstreichen und dann optimieren wir das Medikament. Wir müssen auch über die Sicherheit diskutieren, denn so eine Unruhe sollte nicht mehr aufkommen.«

»Wir sollten Miriam auslöschen«, sagte ein Mitglied. »Die Frau ist unser größtes Problem, weil sie immer wieder herkommen und graben kann.«

»Das wird nicht passieren. Ich werde ihr noch einmal einen gehörigen Schreck einjagen.« Er massierte sich die Stirn, weil er tierische Kopfschmerzen verspürte. »Wir beenden jetzt die Besprechung und gehen heim. Lasst uns ein paar Stunden schlafen und in der Früh mit den Fälschungen der Akte beginnen.«

»Das geht gegen das Protokoll«, sagte ein Kollege.

»Ich weiß. Aber wir haben besondere Umstände. Also sollten wir uns etwas ausruhen.«

Alle nickten und verließen das Zimmer.

Er ging in sein Büro, um noch einmal die vielen Forschungsnotizen und Daten einzusehen, die sie über Jahre gesammelt hatten. Er wusste, dass sie die Grenzen der Ethik überschritten hatten. Trotzdem wollte er nicht aufgeben, denn er spürte, dass sie dem Erfolg ganz nah waren.

Er öffnete seinen Laptop und begann, einen detaillierten Bericht über die Vorfälle zu schreiben, damit sie diese Notizen später nutzen konnten, um die Protokolle zu überarbeiten.

Schnell wurde er müde. Deshalb klappte er den Computer zu. Weil seine Augen immer schwerer wurden, legte er den Kopf ab. Er hatte noch einen Termin, den durfte er nicht vergessen, doch er brauchte einen Moment Erholung.

27

8. März 2024

Miriam stand allein auf dem verlassenen Sportplatz in Rübenach. Die frische Abendluft strich über ihre Haut und bereitete ihr Gänsehaut, weil es ganz schön frisch war. Sie ärgerte sich, dass sie keine Jacke mitgenommen hatte.

Der Himmel verdunkelte sich schon.

Sie schaute auf die Uhr.

Florian war eine halbe Stunde zu spät. Sie hatte bereits zweimal angerufen, doch er ging nicht an sein Handy.

Sie wurde unruhig, mittlerweile wuchs ihr Misstrauen auch ihm gegenüber. Hatte Florian sie vielleicht in eine Falle gelockt? Konnte sie außer ihren Eltern überhaupt noch jemandem trauen?

Miriam schaute sich um, ob er vielleicht doch irgendwo stand und auf sie wartete.

Die leeren Fußballtore warfen lange Schatten auf das Gras, und der Wind ließ die schwingenden Netze knarren.

Jedes Geräusch verursachte ihr eine Gänsehaut.

Dann sah sie eine Person hinter einem großen Busch. Und das war nicht Florian. Wieder lauerte ihr dieser Mann auf. Was wollte er von ihr? Hatte Florian ihn geschickt, um sie zum Schweigen zu bringen? War sie vorhin mit der Drohung, zur Polizei zu gehen, zu weit gegangen?

Ihr Herzschlag nahm zu und fast automatisch suchte sie nach etwas, das sie als Waffe nutzen konnte.

Auf dem Boden lag ein Ast.

Miriam hob ihn auf, auch wenn sie sich lächerlich machte, weil das Teil wahrscheinlich beim ersten Schlag zerbrechen würde. Sie fühlte sich damit jedoch sicherer, schließlich könnte sie ihm den in die Augen rammen. Mit gestrecktem Rücken lief sie auf ihn zu und hielt den Stock wie eine Waffe vor sich. »Was suchen Sie hier? Hat Flo Sie geschickt? Was spielt er für ein Spiel?«

Der Mann hob die Hände. »Bleiben Sie ruhig, ich will Ihnen nichts tun.« Er schaute sich um und anschließend ihr in die Augen. »Mein Name ist Markus Dalm, ich war mit Ihnen damals in der Psychiatrie.«

Miriam runzelte die Stirn. »Was wollen Sie von mir?«

»Mit Ihnen reden. Ich war als Kind in diesem Zimmer hinter dem Lagerraum. Sie kennen es, stimmt's?«

Miriam nickte zögerlich, weil sie immer noch nicht verstand, worauf das Gespräch hinauslaufen würde. Vielleicht wollte der Typ sie nur ausquetschen, um für Florian oder Sebastian zu erfahren, was sie wusste.

»Meine Mutter hat mich damals in der Klinik für eine Studie angemeldet, weil ich ADHS habe. Daraufhin wurde ich stationär aufgenommen. Sie durfte mich nicht besuchen. Diese Ärzte haben mich gefoltert, ich habe dort die

Hölle erlebt. Niemand hat mir je geglaubt, nicht mal meine Eltern. Ich finde keine Beweise dafür.«

Miriam schluckte, weil es sich fast so anhörte, als wäre ihm das Gleiche wie Franziska passiert. Vor Schreck über diesen Gedanken ließ sie den Stock fallen.

»Sie haben dort etwas als Kind beobachtet, richtig?«

Die Sache wurde ihr immer unheimlicher. »Woher wissen Sie, dass ich dort war?«

»Das haben Sie mir in Ihrer ersten Nacht in der Psychiatrie erzählt. Ich wurde seelisch krank, nachdem ich aus diesem Forschungsprojekt ausgeschieden bin. Meine Familie hat gedacht, ich wäre durchgedreht, als ich ihnen erzählt habe, was die Ärzte mit mir angestellt haben. Also wurde ich vier Monate nach meiner Entlassung aus dem Zimmer zu Dr. Lobre auf die Psychiatrie-Station gebracht. Dort sind wir beide aufeinandergetroffen. Sie haben gesagt, dass Sie in einem abgelegenen Flügel des Krankenhauses ein Mädchen gesehen haben, das sehr krank war, und dass schreckliche Dinge vorgefallen waren. Sie haben sogar behauptet, das Mädchen sei gestorben. Wir wurden erwischt und ich durfte keinen Kontakt mehr mit Ihnen aufnehmen.«

Miriam konnte sich zwar nicht erinnern, aber sie glaubte dem Mann.

»Wie haben Sie mich gefunden? Es ist dreißig Jahre her, ich habe mich verändert.«

»Weil ich in den sozialen Medien nach Ihnen gesucht habe, wusste ich, wie Sie aussehen. Dort bin ich auf Ihre Medienagentur gestoßen und habe das Foto gesehen. Ihre

Augen habe ich sofort wiedererkannt. Ich kenne Sebastian und wusste, dass Sie seine Schwester sind. Das habe ich damals in der Psychiatrie aufgeschnappt, als sich Dr. Lobre mit ihm unterhalten hat. Ich wohne auch in Rübenach und habe zufällig gesehen, wie sie mit Gepäck aus seinem Auto gestiegen sind. Dann habe ich mich an Ihre Fersen geheftet.«

»Was erwarten Sie von mir?«

»Ich wollte Sie unbedingt sprechen, weil ich gehofft habe, dass ich Ihre Unterstützung bekomme, um die Machenschaften aufzudecken. Sie sind die Einzige, die auch etwas gesehen hat, zumindest die Einzige, von der ich es weiß.«

Miriam musste es wagen, diesem Mann ansatzweise zu vertrauen, weil sie unbedingt erfahren wollte, was ihm in dem Zimmer widerfahren war. Vielleicht war das Gleiche mit Franziska passiert, nur dass sie durch die Folter der Ärzte Hirnblutungen erlitten hatte. »Ich habe die letzten Tage auch festgestellt, dass in dieser Klinik damals etwas vor sich ging.« Sie erzählte ihm, warum sie nach Koblenz gekommen war. »Ich wollte nur herausfinden, was mich so krank macht. Jetzt werde ich bedroht und weiß, dass ich dieses Mädchen getötet habe.«

Markus Dalm schüttelte vehement den Kopf. »Das sollten Sie nicht glauben. Ich wette, es waren die Ärzte selbst. Mir ging es vor der angeblichen Studie gut, sie haben mich erst krank gemacht. Bestimmt wurde Ihre Freundin auch gequält und ist daran gestorben. Sie müssen tiefer graben. Ich kann Ihnen helfen, gemeinsam legen wir denen das Handwerk.«

»Sie glauben, dass diese Machenschaften noch immer stattfinden? In diesem Zimmer liegt derzeit niemand, ich war gestern dort.«

Plötzlich hörte Miriam hastige Schritte. Sie drehte sich um und erblickte Elli, die beim Rennen immer wieder hinter sich sah.

Ihre Haare waren zerzaust, und ihre Augen rot gerändert, als hätte sie geweint.

»Ich muss weg«, sagte Markus Dalm und sprintete los.

»Warten Sie, es ist nur meine Freundin.«

Doch der Mann blieb nicht stehen.

»Wir müssen hier sofort verschwinden«, schrie Elli und packte Miriams Hand. Sie zog sie über den Fußballplatz.

»Was ist denn los?«, fragte Miriam. Ihr Herz schlug schneller, weil sie eine Gefahr spürte. »Ich warte hier auf Florian.«

Elli rang nach Luft. »Flo kommt nicht. Ich erkläre es dir gleich. Erst müssen wir weg.«

Miriam rannte los, ohne weitere Fragen zu stellen.

Sie liefen zur Grundschule, die durch Bäume abgeschirmt war.

Hinter einer großen Eiche hockte sich Elli auf den Boden und rang nach Luft.

Miriam zitterte vor Angst. »Was um Himmelswillen ist los? Ist Florian etwas passiert?«

Elli weinte bitterlich. »Ich …« Ihr Atem ging schnell und sie hielt sich die Brust. »Moment.«

Obwohl ihr das Warten schwerfiel, gab sie Elli einen Augenblick, damit diese sich beruhigen konnte. In der

Zwischenzeit schaute sie sich immer wieder um, ob sie irgendwen sah.

Gott sei Dank war niemand in Sichtweite.

»Miriam, du musst aus Koblenz verschwinden. Dein Leben ist in Gefahr«, sagte Elli schließlich.

»Bitte erkläre mir, was los ist. Wo ist Florian? Er wollte sich mit mir am Sportplatz treffen.«

»Ich weiß, dass ihr verabredet wart.« Elli schluckte. »Ich denke, ihm ist etwas Schlimmes zugestoßen.« Sie lehnte sich an den Baum. »Ich wollte zu meinem Vater fahren, um etwas abzuholen. Schon von draußen habe ich gehört, dass er sich mit Flo gestritten hat. Damit ich lauschen konnte, habe ich mich ins Haus geschlichen und versteckt.«

»Ich dachte Florian ist in der Klinik. Das hat er mir erzählt.«

»Das war gelogen. Wahrscheinlich wollte er dir nicht sagen, was er vorhat. Dein Misstrauen ist berechtigt, etwas stimmt nicht. Es gibt in der Klinik eine Organisation, die schon über dreißig Jahre lang Experimente an Kindern durchführt. Franziska war ein Opfer dieser.«

Miriam spürte einen Knoten in ihrem Magen.

Ellis Aussage stimmte mit dem überein, was ihr dieser Mann gerade angedeutet hatte.

»Ist Florian Teil dieser Organisation?«, fragte Miriam. Ihr wurde ganz heiß. Sie hatte bereits eine Vermutung gehabt, schließlich war er Leiter einer Forschungsgruppe. Und dass er log, hatte sie auch häufiger bemerkt.

»Nein, das ist er nicht. Er wollte dir heute alles beichten. Aber unser Vater und …«, Elli senkte den Blick, »ich.«

Miriam riss es den Boden unter den Füßen weg. »Du und dein Vater seid was?«

»Mein Vater war ein Gründungsmitglied dieser Organisation«, antwortete Elli mit brüchiger Stimme. »Wir Kinder haben es vor Jahren herausgefunden, als Flo etwas in Papas Büro gesucht hat. Es gab Akten über all ihre Patienten. Wir haben es unserer Mutter erzählt. Sie hat uns nie verraten, aber sie wollte Papa zur Rede stellen. Danach ist sie verschwunden und uns wurde große Angst eingejagt. Deshalb haben wir geschwiegen, wir wollten uns gegenseitig beschützen, damit es uns nicht so wie Mama geht. Doch wir haben uns vorgenommen, mehr über die Organisation herauszufinden. Ich habe entschieden, dass ich als Kinderkrankenschwester beitrete. Meinem Vater habe ich gesagt, dass ich dringend Geld benötige und deshalb mitmache. In Wirklichkeit wollte ich nach Beweisen suchen und herausfinden, was mit Mama geschehen ist. Es war einer meiner größten Fehler, ich habe mich in große Gefahr gebracht. Die Mitglieder sind bereit zu töten, wenn man einen Fehler begeht.«

»Warum gehst du nicht zur Polizei? Du brauchst dringend Hilfe, damit du dich gegen sie wehren kannst.«

»Ich habe nichts Festes in der Hand, um eine Anzeige zu erstatten. Wenn Ermittler dort herumschnüffeln, werden die Mitglieder mich sofort im Verdacht haben, da ich seit Tagen auffällig bin. In dem Fall würden sie mich auslöschen. Ich bin kein böser Mensch und will auch nicht, dass diese kleinen Kinder so behandelt werden, aber ich komme nicht mehr aus der Organisation raus. Und wenn du weitermachst, ist auch dein Schicksal besiegelt.«

»Sie haben mich auf dem Kieker, weil ich damals beobachtet habe, was sie Franziska angetan haben. Dabei erinnere ich mich kaum.«

»Sie haben Angst, dass du dich doch irgendwann erinnerst, und mit deiner Bohrerei machst du es nicht besser.«

»Ich habe nur herausgefunden, dass ich schuld an Franziskas Tod bin, ansonsten tappe ich im Dunkeln. Sebastian hat mich vor dreißig Jahren erwischt, als ich ihr Schläuche aus dem Kopf gerissen habe. Ich habe es sogar in meinen Träumen gesehen.« Miriam wischte sich Tränen aus den Augen. Der Gedanke daran machte ihr noch immer sehr zu schaffen. Dann kam ihr eine Erkenntnis, die eine heiße Welle durch ihren Körper jagte. »O mein Gott. Sebastian hat mich damals sehr böse angeschaut, als er mich erwischt hat, weil er sofort wusste, dass ich hinter deren Geheimnis gekommen sein könnte. Er gehört dazu, oder?«

»Ich kann dir nicht verraten, wer Mitglied in der Organisation ist. Das würde dein Todesurteil sein. Ich bin nur hier, um dir zu erzählen, dass es diese Organisation gibt, damit du siehst, wie ernst die Sache ist. Die Leute, die von ihr wissen, schweigen. Und die, die nicht schweigen, werden entsorgt. Sie haben Carina getötet. Jetzt ist Flo weg. Sie werden auch dich umbringen, wenn du ihre Warnungen nicht ernstnimmst und nicht aufhörst zu graben. Du musst endlich zurück in den Spreewald fahren.«

»Ich gehe nicht weg. Wir beide können zusammen nach Beweisen suchen und sie zur Polizei bringen.« Miriam zeigte in die Richtung, in die dieser Markus Dalm gerannt war, und erzählte Elli, was er ihr verraten hatte. »Er hilft uns, weil er die Wahrheit ans Licht bringen will.«

»Das ist wirklich keine gute Idee. Wir werden alle sterben.«

Miriam spürte Ellis Verzweiflung.

Deren Freundin war tot, ihr Bruder verschwunden. Klar, dass sie Angst hatte, etwas zu unternehmen.

»Wir können in Ruhe darüber nachdenken. Erzähl mir, was mit Florian ist. Was hast du gehört?«

Elli presste die Lippen zusammen. Ein Schluchzer entwich ihrer Kehle. »Er hat zu meinem Vater gesagt, dass er nicht mehr schweigen will und dir sagen wird, was mit Franziska durch die Organisation wirklich passiert ist. Mein Bruder liebt dich immer noch sehr und kann nicht ertragen, wie du dich quälst. Er wollte dem ein Ende setzen, doch das war ein großer Fehler. Ich verstehe nicht, wie er so leichtsinnig sein konnte, es meinem Vater unter die Nase zu reiben, nachdem wir erlebt haben, wie unsere Mutter von einem Tag auf den anderen spurlos verschwunden ist.«

Miriam hatte Angst vor dem, was Elli ihr noch erzählen würde.

Diese holte tief Luft und vergrub das Gesicht in den Händen. »Mein Vater ist ausgerastet, hat ihn beschimpft, dass er genauso töricht wie seine Mutter ist. Die habe auch nicht gewusst, wann sie ihre Klappe zu halten hatte. Mein Vater hat Florian ins Arbeitszimmer eingeschlossen und sein Handy durchsucht, um herauszufinden, wo ihr euch verabredet habt, denn er wollte dich gleich mit beseitigen. Dann hat er meinen Bruder aus dem Haus geschleift. Ich bin sofort losgerannt, um dich vom Sportplatz wegzuschaffen, sonst wärst du schon in deren Fängen.«

Miriam wurde ganz schlecht bei dem Gedanken. Die Warnung im Wald hatte ihr schon gereicht. »Wo ist Flo jetzt?«

Tränen stiegen Elli in die Augen. »Ich weiß es nicht. Meine Mutter ist nie wiedergekommen. Was, wenn ihm das Gleiche passiert?«

Miriam zog sie in eine Umarmung. »Malen wir den Teufel nicht an die Wand.« Doch sie wusste, dass Florians Leben auf dem Spiel stand, die Organisation hatte schließlich schon gezeigt, wozu sie in der Lage war. »Was hat Carina mit diesen Kinderquälern zu tun?«

»Sie war auch ein Mitglied«, antwortete Elli. »Das ist ihr zum Verhängnis geworden. Sie war stur und wollte sich dort einschleichen, um mir zu helfen, alles aufzudecken.«

»Ihr habt ihr also von der Organisation erzählt.«

»Florian hat das getan. Sie waren ja verheiratet und hatten ein Kind zusammen, da kann man nicht viel voreinander verbergen. Als meine Mutter verschwunden ist, war Florian fertig. Er hat immer sich die Schuld dafür gegeben, weil er wollte, dass wir Mama einweihen. Die Ungewissheit, was mit ihr passiert ist, hat ihn gequält. Carina konnte das nicht ertragen und hat gehofft, dass sie durch die Organisation herausfindet, was mit unserer Mutter geschehen ist. Sie hat sich dabei nicht gut angestellt und in zwei Situationen beinahe etwas über die geheimen Forschungen ausgeplaudert. Beide Male wurde sie verwarnt, doch sie wollte nicht aufhören zu graben, bis sie herausgefunden hatte, was mit unserer Mutter geschehen ist. Dann hatte sie vor, mit stichfesten Beweisen zur Polizei zugehen. Die Organisation hat beobachtet, wie Carina zu dir ins Haus gegangen ist. Das war ihr Todesurteil, denn damit hat sie sich Anweisungen widersetzt, die besagten, dass wir keinen Kontakt zu dir haben dürfen. So wie ich das gerade tue.«

Miriam fühlte sich, als würde sie in einem Albtraum feststecken. »Ich werde nicht zulassen, dass dir etwas passiert. Wir müssen zusammenbleiben. Nur können wir nicht zu mir gehen. Wenn Sebastian wirklich Teil dieser Verbrecherorganisation ist, sind wir tot.« Miriam überlegte, ob sie ihren Vater um Hilfe bitten sollte, um irgendwo mit Elli unterzukommen. Doch ihre Eingeweide zogen sich zusammen, als sie an ihre Eltern dachte, die Sebastian im Wald bedrohen lassen hatte.

Würde er die auch töten lassen?

Es war besser, wenn sie ihren Vater nicht mit hineinzog, um ihn und ihre Mutter zu schützen.

Elli erhob sich und holte tief Luft. »Lass uns zu mir gehen. Dort sind wir sicher. Mein Vater weiß nicht, dass ich ihn belauscht habe, der wird also nicht bei mir auftauchen.«

Gemeinsam machten sie sich auf den Weg zu Ellis Haus, das einige Straßen entfernt lag.

Miriam spürte ein unheimliches Gefühl, so als würden sie beobachtet werden. Sie schaute nervös umher.

Ihr stockte der Atem, als Sebastian langsam an ihnen vorbeifuhr.

Er telefonierte und starrte beide grinsend an.

Elli klammerte sich fest an Miriam.

Der Wagen stoppte.

Trotz der Dunkelheit erkannte Miriam seinen durchdringenden kalten Blick.

Miriam zog Elli mit sich und beschleunigte ihre Schritte in die entgegengesetzte Richtung. Ihr Herz hämmerte gegen ihre Brust. »Er hat uns zusammen gesehen. Sein Blick hat alles gesagt, er ist Mitglied dieser Organisation. Du brauchst das nicht zugeben. Was machen wir jetzt?«

»Wir können nicht zu mir gehen. Wenn er meinem Vater sagt, dass ich mit dir in Richtung meines Hauses unterwegs bin, ist er gleich da. Ich weiß, wo wir untertauchen können, aber ich muss trotzdem in meine Wohnung, denn der Schlüssel ist dort.«

Miriam überlegte, ob ihr eine Alternative einfiel, um zu vermeiden, in Ellis Haus zu gehen, doch ihr fiel nichts ein. »Wenn wir gut genug aufpassen und uns die Dunkelheit zunutze machen, könnte es klappen, ungesehen den Schlüssel zu holen.«

„Es muss funktionieren. Auf der Straße können wir heute Nacht nicht bleiben, es soll nochmal richtig kalt werden.«

Sie liefen eine halbe Stunde lang einen Umweg und achteten penibel darauf, dass ihnen niemand folgte. Sebastian war nicht mehr zu sehen.

»Da vorn ist mein Haus«, sagte Elli, blieb aber plötzlich stehen. »Gütiger, was ist das?« Sie zeigte auf den Eingang.

Dort lag ein großer Sack oder etwas Ähnliches, das konnte Miriam im fahlen Licht der Straßenlampe nicht genau erkennen.

Vorsichtig gingen sie näher heran.

Elli blieb kurz vor ihrer Treppe wie gelähmt stehen und zitterte.

Miriam zog an dem Sack, der nur über etwas drübergelegt war. Ihr entwich ein Schrei.

Vor der Tür lag Carina. Ihre Haut war bleich, ihre Augen waren geschlossen.

»Nein!«, schrie Elli.

»Wir müssen hier sofort verschwinden«, stieß Miriam hervor, packte Elli am Arm und zog sie von der schrecklichen Szene fort.

Sie rannten weg von Ellis Haus, weg von der toten Carina, weg von Sebastian, der vielleicht immer noch irgendwo in der Nähe war.

Miriams Gedanken wirbelten wild umher. »Wo sollen wir denn jetzt hin? Wir brauchen Hilfe, Elli. Gegen diese Machenschaften kommen wir nicht allein an. Lass uns die Polizei rufen. Wenn sie Carinas Leiche sehen, ist das doch ein Beweis.«

»Nein, wir schalten keine Polizei ein. Sie haben mir Carina vor die Tür gelegt, um mich zu warnen. Florian befindet sich in ihrer Gewalt und wäre auf der Stelle tot, wenn die Mitglieder erfahren, dass wir uns Hilfe holen. Sie sind viele. Bis alle gefunden werden, hat einer von ihnen

Flo umgebracht. Sobald sie uns erwischen, tun sie das auch mit uns. Wir verstecken uns erst einmal.«

»Aber wo? Wir kommen nicht an den Schlüssel, zurück zu deinem Haus können wir nicht.«

»Ich weiß noch einen anderen Unterschlupf.« Elli lief eilig vor.

Miriam war nicht sicher, ob das eine gute Idee war, aber sie würde Elli nicht allein lassen. Vielleicht konnte sie sie später noch überreden, zur Polizei zu gehen.

Sie waren ans andere Ende des Stadtteils gelaufen. Hinter der Baufirma stand ein alter Schuppen, der früher einmal Ellis Onkel gehört hatte. Dort kauerten sie in der Dunkelheit.

Die Tür schwang leise auf und zu.

Miriam war erschöpft und fror, weil der Wind durch die Ritzen pfiff.

»Wir sitzen in der Klemme«, flüsterte Elli, ihre Stimme war voller Angst und Verzweiflung. »Ich weiß nicht, wie wir aus der Situation wieder herauskommen.«

Miriam drückte Ellis Hand. »Indem wir die Wahrheit ans Licht bringen, koste es, was es wolle. Ich lasse mich nicht von denen einschüchtern. Wenn du willst, gehst du mit mir gemeinsam in den Spreewald.«

Elli fing an zu weinen. »Ich habe meine Mutter verloren, jetzt vielleicht auch Flo und mein Vater ist ein Krimineller. Ich habe keine Kraft mehr.« Sie legte ihren Kopf an Miriams Schulter.

»Das ist sehr hart, aber bleib stark.« Sie schüttelte innerlich den Kopf, weil sie selbst nicht stark genug war. Als sie gerade die Leiche gesehen hatte, hatte sie schließlich die Flucht ergriffen, anstatt etwas zu unternehmen. Aber langsam kehrte ihr Kampfgeist zurück »Wir müssen die Polizei wegen Carina benachrichtigen. Und was ist mit ihrer Tochter? Wo ist sie, wenn Flo auch verschwunden ist?«

»Die Babysitterin ist bei ihr. Mein Bruder hat sie beauftragt, ehe er zu meinem Vater ist. Ich habe vorhin bei ihr angerufen, als ich zu dir zum Sportplatz gekommen bin. Sie passt noch ein bisschen länger auf sie auf.«

Miriam betete, dass sie Florian lebend wiedersehen würde. Sie könnte seinen Tod nicht verkraften, weil er wegen ihr in diese Situation geraten war. Nur bei dem Gedanken daran, er könnte tot sein, überfiel sie schlagartig ein Schmerz. Tränen schossen ihr in die Augen und ihre Brust wurde eng. »Ich wollte nicht, dass Flo und Carina etwas zustößt. Warum habt ihr nicht gleich mit mir gesprochen? Dann hätte ich vielleicht aufgehört, meinen Träumen auf den Grund zu gehen.«

»Florian wollte dich nur beschützen, so wie ich und Carina. Wir dachten, mit abweisender Haltung schaffen wir das. Florian hat dich im Auge behalten, damit er möglichst eingreifen kann, wenn du zu weit gehst. Er hat dir nicht geholfen, damit dir nichts passiert.«

Plötzlich ertönte ein schrilles Klingeln.

Hastig zog Elli ihr Handy aus der Jackentasche und schaute auf das Display. »Es ist mein Vater.«

»Vielleicht weiß er schon von Sebastian, dass du mit mir unterwegs bist. Geh nicht dran. «

»Wenn ich es nicht tue, wird er erst recht misstrauisch. Verhalte dich ruhig.« Sie nahm ab und stellte das Gespräch auf laut. »Papa, was gibt es?«

»Wo bist du, Schatz? Ich war bei dir zu Hause, aber es ist niemand da.«

»Ich bin noch mit Freunden unterwegs. Was wolltest du denn bei mir?«

»Es ist etwas passiert. Ich würde dir das gern persönlich erzählen. Wo bist du? Ich komme dich abholen.«

Miriam schüttelte den Kopf. Ihr brach der Schweiß aus.

»Papa, das ist ungünstig. Sag doch einfach, was los ist.«

»Wie du meinst«, erwiderte Dr. Seber eisig. »Man hat Florian gefunden. Er ist tot.«

Tränen ließen Miriams Sicht verschwimmen. Schnell hielt sie sich den Mund zu, damit sie keine Geräusche machte.

»Was … Wie … Was ist passiert?«, stammelte Elli. Sie wischte sich ständig über die Augen.

»Er wurde in seinem Auto gefunden. Es sieht nach einem Suizid aus.«

»Bist du dir sicher, dass es Suizid und kein Mord war?«

Miriam zuckte zusammen und zeigte Elli einen Vogel.

Doch diese presste die Zähne zusammen, sie hatte ein rotes Gesicht.

»Untersteh dich, solche Äußerungen laut auszusprechen. Wir wissen, dass du mit Miriam unterwegs bist. Dir sollte klar sein, dass man sich vor uns nicht verstecken kann. Es wäre besser, wenn du jetzt heimkommst.«

Elli legte schnell auf und wandte sich Miriam zu. »Wir sitzen in der Scheiße.« Sie fiel in sich zusammen und ihr Körper bebte. »Jetzt habe ich niemanden mehr.«

Miriam legte ihre Arme um Elli. »Das tut mir so leid. Ich weiß, dass du jetzt nicht darüber nachdenken kannst, was wir tun sollen, aber wir können hier nicht warten, bis wir die Nächsten sind.« Ihre Stimme war trotz der Angst fest gewesen, entschlossen. »Was tun wir jetzt?«

Elli schluchzte und wischte sich die Augen trocken. Dann erhob sie sich. »Wir trennen uns. Ich gehe in die Klinik und versuche, an die Protokolle zu kommen. Heute ist wieder ein Kind gestorben, der Leichnam ist noch im Zimmer, weil die Organisation sich erst morgen früh darum kümmern wollte. Ich suche auch nach einem Dokument, das preisgibt, wer alles in der Organisation tätig ist. Ich komme später zurück. Du bleibst hier.«

Miriam wurde bei dem Gedanken ganz übel. »Nein, wir sollten uns nicht trennen, gemeinsam sind wir stärker.«

»Zu zweit fallen wir in der Klinik auf. Mach dir keine Sorgen. Ich vermute, dass die Mitglieder der Organisation mit der Suche nach uns beschäftigt sind, das ist meine Chance.« Dann lief sie aus der Tür.

Miriam blieb mit einem mulmigen Gefühl zurück. Sie hoffte, dass Elli genug Beweise fand, damit sie zur Polizei gehen konnten.

28

8. März 2024

Miriam saß eng in eine Decke gehüllt, die sie in einem Regal gefunden hatte, auf dem kalten Boden, sie hielt das Warten kaum noch aus. Sie schloss für einen Moment die Augen und atmete tief durch. »Bleib stark.« Sie brauchte dringend frische Luft, um einen kühlen Kopf zu bekommen. Deshalb ging sie zur Tür und öffnete sie. Als sie in die Dunkelheit hinausschaute und mit der Taschenlampe ihres Handys das Gebiet beleuchtete, stand plötzlich Sebastian vor ihr. Das Blut gefror Miriam in den Adern.

Er blockierte mit drohender Haltung den Weg. »Wird Zeit, dass ihr herauskommt. Ich habe ziemlich lange gewartet. Zwar hätte ich euch rausholen können, aber den Schock in euren Gesichtern wollte ich gern sehen.«

Miriam spannte ihren Körper an, bereit, gegen ihren Halbbruder zu kämpfen. »Du mieses Schwein. Ich habe seit Kindheitstagen gewusst, dass mit dir etwas nicht stimmt. Du hast mir eingetrichtert, dass ich Mama und Papa nur Sorgen bereitet habe, doch das hast die ganze Zeit du getan. Du hast Papa belogen, dass Franziska nichts Schlimmes passiert war, dabei habt ihr widerliche Experimente an ihr verübt.«

Sebastians Blick fixierte sie und er grinste. »Wir sollten ein Gespräch führen, bevor ihr unüberlegte Entscheidungen trefft.« Seine Stimme war ruhig gewesen, doch in seinem Ton hatte eine unmissverständliche Drohung gelegen. Er schaute zur Tür. »Komm schon, Elli, wir machen einen Ausflug. Dein Vater wartet bereits.«

Miriam grinste ihn an. »Du warst einen Tick zu spät hier. Elli ist nicht mehr da. Sie wird ganz sicher gleich bei der Polizei sein und Hilfe holen. Heute findet ihr euer Ende.«

Sebastian schaute sie für einen Augenblick geschockt an, fasste sich jedoch schnell. »Oder ihr eures. Ich denke, Elli ist ihrem Vater längst in die Arme gelaufen, wir sind überall.«

Miriams Kinn zitterte. »Elli wird sich nicht erwischen lassen, sie kennt euch gut genug, um zu wissen, wie ihr agiert.«

Sebastian lachte laut auf und zeigte auf sein Auto. »Komm, gehen wir.«

»Ich werde Papa alles erzählen«, sagte sie mit fester Stimme, obwohl ihr Herz vor Angst gegen ihre Rippen hämmerte. »Du schüchterst mich nicht ein. Das haben eure Drohungen schon nicht geschafft.«

Sebastian trat einen Schritt näher, seine Augen funkelten kalt. »Ich werde es nicht dazu kommen lassen, dass du Papa irgendetwas sagst, Schwesterlein. Du weißt nicht, in was du hineingeraten bist, und wirst dir noch wünschen, dass du nie hergekommen wärst. Wegen dir ist so viel Unruhe im

Team, dass es kaum mehr zu ertragen ist.« Er zog eine kleine silberne Pistole aus der Tasche und richtete sie auf Miriam.

Sie erstarrte. »Du würdest mich nicht erschießen. Papa würde dich dafür hassen.«

»Oh, glaub mir, wir kennen kein Erbarmen. Frag Carina.« Er schlug sich die Hand vor den Mund. »Ups, das geht ja leider nicht mehr.« Sebastian lachte leise. Dann atmete er tief ein und aus. »Ihr seid mutig, das muss ich zugeben. Aber Mut allein wird euch nicht retten. Denk daran, was mit Flo passiert ist. Der Arme wollte auch den Helden spielen.«

Die Erwähnung ihres ehemaligen Freundes ließ ihren Atem stocken. Sie nahm ihren ganzen Mut zusammen und rief laut nach Hilfe. Der Schlag traf sie unvorbereitet. Sie taumelte und ihre Beine sackten weg. Sie fiel zu Boden und sah alles verschwommen.

Sebastian zerrte sie an den Haaren nach oben. »Los jetzt, ich habe keine Lust auf so ein Schmierentheater.« Er schleifte sie über den Boden und warf sie hinten auf die Rücksitzbank, die durch ein Gitter vom vorderen Teil abgetrennt war. Dann verriegelte er die Türen.

»Ich habe meine Schwester«, sagte er draußen in sein Telefon. »Elli ist nicht mehr hier. Ich bringe Miriam jetzt zum vereinbarten Ort. Bis gleich.« Anschließend setzte er sich ans Steuer.

Miriam wusste nicht, wie lange sie gefahren waren, weil sie immer wieder weggetreten war. Es hatte sich aber nicht nach einer weiten Strecke angefühlt.

Nun trieb Sebastian sie einen langen Flur entlang.

Dort war es kalt und feucht. Überall verliefen Rohre an den Wänden. Es sah aus wie in einem alten Fabrikgelände.

Miriam ergriff Panik.

Wer sollte sie an diesem Ort finden?

»Ich hasse dich, Sebastian«, sagte sie unvermittelt, weil es ihr ein Bedürfnis war.

»Ich dich auch.« Er zeigte auf eine Tür. »Geh da rein.«

Miriam öffnete sie und trat ein.

»Kannst du Carinas Angst riechen?«

Miriam schoss herum und funkelte ihn zornig an. »Du wirst nicht mit den Morden durchkommen. Ich habe alles meiner Freundin Josephin erzählt. Deinen Namen habe ich besonders oft erwähnt. Wenn sie nichts mehr von mir hört, wird sie sofort die Polizei einschalten.«

»Gut, dass du mir das mitteilst. Dann müssen wir uns auch um deine Freundin kümmern.«

Miriam biss sich auf die Zunge und bereute, dass sie so eine törichte Drohung ausgesprochen hatte. Nun war auch noch Josephin in Gefahr, die rein gar nichts dafür konnte. »Wage es ja nicht.«

Sebastian kam ganz nah an sie heran, fast berührte seine Nasenspitze ihre. Sein Atem roch nach Pfefferminz, wahrscheinlich würde sie den Geruch ab sofort immer mit Angst und Schrecken verbinden. »Noch mal, Miriam. Du bist schuld daran, dass die Organisation Ärger hat, dass Carina und Florian tot sind. Was mit dir passiert, entscheiden die anderen Mitglieder und ich. Sie haben bei dir schon sehr viele Augen zugedrückt. Ob sie dir nach den Warnungen noch einmal eine Chance geben, bezweifle ich. Ich habe alles versucht, um dir den Arsch zu retten. Habe dir Lügen erzählt. Dafür gesorgt, dass du das Gutachten findest, damit du verschwindest. Dir eine Drohung durch das Fenster werfen lassen. Du hast einfach nicht aufgegeben, jetzt hast du keine Chance mehr, aus unseren Fängen zu entkommen.« Sebastians Gesichtszüge waren verzerrt, sodass sich seine Wut nicht verbergen ließ.

Miriams Herz schlug heftig.

»Du hättest nie hierherkommen sollen«, schimpfte Sebastian weiter.

»Das sagtest du bereits«, entgegnete sie ihm mutig. Sie schubste ihn mit aller Kraft nach hinten, sodass er gegen die Wand stieß. Eigentlich war ihr Ziel gewesen, ihn außer Gefecht zu setzen, damit sie herausrennen konnte, doch Sebastian fing sich schnell.

Er stürmte auf sie zu. Seine Bewegungen waren zu schnell, als dass Miriam rechtzeitig hätte reagieren können, um zur Tür zu gelangen.

Sie wich zurück, stolperte über eine lose Platte und knallte auf den Boden. Hastig versuchte sie, wieder auf-zustehen, weil sie in dieser Position chancenlos war, ihn abzuwehren. Doch sie schaffte es nur in die Hocke, da traf Sebastians Faust sie an der Schläfe. Sterne tanzten vor ihren Augen, Schmerz explodierte in ihrem Schädel. Sie schwankte und kämpfte darum, das Gleichgewicht zu halten.

Sebastian holte zu einem neuen Schlag aus.

Sie blockte ihn ab und konterte mit einem kräftigen Stoß gegen seine Brust.

Sebastian keuchte schwer, aber es hatte nicht gereicht, ihn auszuknocken.

Sie nutzte den Moment, um sich weiter von ihm zu entfernen.

Auch dieses Mal reichte es nicht, um ihn auszuknocken. Er stürzte sich erneut auf sie.

Ihre Energie ließ nach. Die Anstrengung und der Schmerz zehrten an ihrer Kraft. Sie wich einem weiteren Schlag aus und versuchte, ihn von sich abzudrängen, indem sie sich gegen ihn lehnte. Aber ihre Bewegungen wurden schwerfälliger.

Sebastian packte sie am Arm und drehte ihn auf den Rücken.

Schmerz schoss durch ihren Körper, ein scharfer Stich, der sie japsen ließ.

Mit seiner freien Hand schlug er sie erneut, diesmal gegen den Hinterkopf, was sich anfühlte, als würde ihr Schädel in tausend Einzelteile zerspringen. Dann ließ Sebastian sie los.

Miriam drehte sich zu ihm um und schaute in sein verzerrtes Gesicht. Sie schwankte und fiel. Ihr Körper prallte hart auf den kalten Beton.

Das flackernde Licht der Lampe, die an der Decke baumelte, verschlimmerte ihre Übelkeit.

Ein leises Stöhnen entwich ihren Lippen, dann verschlang die Dunkelheit sie.

29

8. März 2024

»Ich habe von Anfang an gesagt, dass wir Miriam schon vor dreißig Jahren hätten erledigen sollen. Mir war bewusst, dass sie eines Tages zur Gefahr für uns werden würde«, schrie eines der Mitglieder durch den abgelegenen Raum des Krankenhausgebäudes.

»Miriam hatte keinerlei Erinnerung«, erwiderte er barsch. »Sie hatte schon geglaubt, dass sie Franziska Gerber damals getötet hatte. Es waren deine unerzogenen Kinder, die ihr die ganze Wahrheit gesteckt haben. Elli und Flo konnten ja nicht ihre Klappe halten. Deine Tochter und deine Schwiegertochter haben sich in die Organisation geschlichen, um Ärger zu verursachen.«

»Er hat in diesem Punkt recht«, bestätigte ein anderes Mitglied seine Worte. »Deine Kinder waren bereits sehr lange ein Problem.«

Sein Kollege ballte die Hände zu Fäusten. »Ich sehe ein, warum die Notwendigkeit bestand, meine Frau zu opfern. Doch Florian musste nur wegen dieser verfluchten Miriam sterben. Wäre sie nicht aufgetaucht und hätte in der Vergangenheit gewühlt, wäre Florian nicht so liebestrunken gewesen.« Sein Kollege schlug kräftig auf den Tisch. »Ich werde nicht auch noch meine Tochter opfern, mein letztes Familienmitglied. Miriam durfte all die Jahre weiterleben.«

»Beruhige dich, Seber«, sagte ein Mitglied. »Ich habe die Situation unter Kontrolle. Miriam kann uns im Moment nicht gefährlich werden und Elli wird jetzt ganz sicher keinen Scheiß bauen. Du hast ihr ja geschrieben, dass wir Miriam haben, die will sie nicht auf dem Gewissen haben. Wir müssen einen kühlen Kopf bewahren und überlegen, was zu tun ist.«

Einige der Mitglieder murmelten. Ihre Gesichter waren bleich.

»Wir haben in den letzten Tagen drei Menschen getötet«, warf ein älterer Kollege ein. Die Falten auf seiner Stirn hatten sich vertieft. »Wenn wir jetzt noch zwei weitere Leichen beseitigen müssen, wird es für uns immer problematischer. Die Polizei könnte jederzeit auf uns aufmerksam werden.«

Ein anderes Mitglied stöhnte. »Wir müssen es eben geschickt anstellen. Sebers Frau wurde bis heute nicht gefunden und bei unserem damaligen Kollegen wurde der Mord nie auf uns zurückgeführt. Vielleicht bringen wir Miriams und Ellis Leichen in den Spreewald.«

»Ich werde meine Tochter nicht töten.« Seber verschränkte die Arme.

»Du weißt, wie unsere Regeln lauten. Wir bestimmen alles im Team, die Mehrheit zählt«, erwiderte das älteste

Mitglied ungerührt. »Dass es häufiger deine Familie trifft, ist nicht unsere Schuld. Du hättest sie im Zaum halten müssen. Wir haben jahrelang diese Gefahr mitgetragen. Nun reicht es.«

Er saß in der Ecke und beobachtete die Diskussion seiner Kollegen. Auch wenn er es besorgniserregend fand, dass noch zwei Menschen sterben sollten, blieb ihm nichts anderes übrig, als es zu akzeptieren. Deshalb sah er keinen Sinn darin, Argumente vorzubringen.

Er erhob sich von seinem Stuhl und trat aus der dunklen Ecke. »Stimmen wir ab, was mit Miriam geschieht. Dann finden wir Elli.«

30

8. März 2024

Miriam stand an der Glasscheibe des Zimmers und beobachtete Franziska, die blass und reglos im Bett lag. Sie forderte sie auf, zur Luke zu kommen, und versprach, dass sie sie dort herausholen würde.

Franziska stürmte auf sie zu, doch es ertönte ein Alarm.

Miriam griff nach Franziska, versuchte, sie zu halten, aber Franziska schrie.

Plötzlich eilten fünf Männer in den Raum. Sie umzingelten ihre Freundin und hielten sie fest. Einer stach eine Spritze in Franziskas Arm.

Nach einem kurzen Augenblick zuckte ihre Freundin heftig.

»Sie krampft«, schrie einer der Männer.

Ein anderer rief etwas, was Miriam nicht verstand.

Nach einer Weile war alles still.

Franziska zuckte nicht mehr, lag wie versteinert im Bett.

Die Männer rannten durch das Zimmer, holten etwas und eilten zurück zum Bett. Einer drückte auf Franziskas

Brust herum. Jemand spritzte ihr noch ein Medikament. Doch sie regte sich einfach nicht mehr.

Miriam betete stumm, dass mit ihrer Freundin alles okay war.

Irgendwann hörten die Männer mit allem auf, stellten sich um das Bett und starrten Franziska, die bleich darauf lag, stumm an.

Einer zog ein weißes Tuch über sie. »Zeitpunkt des Todes. 11:33 Uhr«, sagte er.

Nach Luft ringend wachte Miriam auf und setzte sich aufrecht. Ihr Kopf hämmerte und in ihren Ohren dröhnte es.

»Na, mein Liebling. Da bist du ja wieder«, sagte ihr Vater und streichelte ihr über das Haar. »Ich dachte schon, du wachst gar nicht mehr auf.«

Miriam blinzelte, bis ihre Sicht besser wurde. Dass ihr Vater anwesend war, erleichterte sie. »Gott sei Dank hast du mich rechtzeitig gefunden.« Als sie endlich richtig sehen konnte, erkannte sie auch ihre Mutter.

Diese stand an der Tür und schaute auf den Boden. Sicher war sie völlig fertig, weil Miriam von ihrem Halbbruder entführt worden war.

Offenbar hatte Elli es rechtzeitig geschafft, Hilfe zu holen.

»Papa, ich weiß jetzt, was mit Franziska war. Sebastian ...« Dann sah sie ihren Bruder grinsend in der Ecke stehen. Sie schaute ihrem Vater wieder in die Augen.

Auch er lächelte, doch nicht liebevoll, wie sie es von ihm kannte, sondern kalt.

»Du«, keuchte Miriam. »Du bist auch ein Mitglied.«

Ihr Vater sah sie mit einem bemitleidenden Blick an. »Ach, mein Töchterchen. Ich wünschte, du hättest unsere Geschichten geglaubt und wärst abgereist. Nun hast du dich in eine wirklich ausweglose Lage gebracht.«

»Alles, was du mir über meine Krankheit, über Franziska erzählt hast, war gelogen?«

»Natürlich. Du warst dabei, als die kleine Franziska gestorben ist, hast gesehen, wie wir ihr ein experimentelles Medikament gespritzt haben und sie daraufhin starb. Ich habe dir nur immer eingeredet, dass du es dir eingebildet hast, damit du es niemandem weitersagst.«

»Ich bin nicht schuld an Franziskas Tod«, flüsterte sie, mehr zu sich selbst.

»Richtig. Den Einfall, dir diese Geschichte unterzujubeln, hatten wir vor ein paar Tagen, als du keine Ruhe gegeben hast. Wir haben ein Gutachten gefälscht, in dem du die Schuld am Tod bekommen hast. Das haben wir dir extra zugespielt, in der Hoffnung, du würdest endlich aufhören, mit Schuldgefühlen abreisen und nie wiederkommen. Aber leider hat auch das nicht funktioniert.«

»Bedeutet das, du hast diesen widerlichen Überfall im Wald inszeniert?«

»Ja. Ich habe gut geschauspielert, oder?«, sagte ihr Vater selbstgefällig.

Miriam schaute zu Sebastian. »Mama hatte nie eine Herzattacke wegen mir. Ihr wolltet mich nur schnell wieder loswerden und habt mir deshalb auch diese Lüge aufgetischt.«

»Das haben wir alles für dich getan. Wir wollten schließlich nicht, dass dir etwas zustößt. Ich habe sogar versucht, dir einzureden, wie schlecht deine Freunde für dich sind, damit du sie nicht ständig kontaktierst. Du hast aber deinen sturen Kopf durchgesetzt und damit alle drei getötet.«

Miriams Herz krampfte.

Also war Elli erwischt worden.

Miriams unterdrückte ein Schluchzen. »Ich bin deine Tochter. Wie kannst du mir und meinen Freunden so etwas antun?«

»Ich habe versucht, dich zu beschützen, bei anderen Störenfrieden haben wir nicht so lange gewartet, bis wir sie bestraft haben. Als Leiter der Organisation habe ich viel Macht, doch zum Schluss hatte ich Mühe, meine Mitglieder im Zaum zu halten. Jetzt haben wir mehrheitlich entschieden, dich auszulöschen, damit wir in Ruhe weiterforschen können.«

»Du bist ein Monster.« Sie schaute zu ihrer Mutter, die noch immer kreidebleich an der Tür stand. »Und du hast da mitgemacht. Kein Wunder, dass ich all die Jahre keinen großen Drang verspürt habe, euch zu sehen. Wahrscheinlich war das ein Hinweis darauf, was ihr für grausame Menschen seid.« Sie spuckte vor ihrem Vater auf den Boden. »Ich hasse euch.«

»Das ist nun nicht mehr wichtig, du wirst gleich deinen Freunden folgen«, sagte er eiskalt, sodass es Miriam das Herz brach. Hatte er seine Liebe all die Jahre nur vorgespielt?

Miriams Wut wandelte sich in tiefe Trauer. »Was habt ihr mit Elli gemacht?«

»Sie ist schon längst bei ihrem Bruder und Carina. Vielleicht seht ihr euch ja alle bald wieder. Das ist doch eine schöne Vorstellung, oder?« Ihr Vater stand auf und stellte sich neben ihre Mutter.

Sebastian kam aus einer Ecke hervor und hockte sich neben Miriam. Er hielt eine Spritze in der Hand und packte ihren Arm.

Miriam hatte so viele Fragen. Auch wenn sie wusste, dass es ihr nichts mehr brachte, die Antworten zu erfahren, verspürte sie den Drang, Erklärungen zu fordern. »Warum wollt ihr mich umbringen?«

»Wenn es nach den Mitgliedern gegangen wäre, wärst du schon damals tot gewesen. Auch Sebastian und ich hätten das in Kauf genommen, so ist das nun mal mit Regeln. Dass du leben durftest, hast du deiner Mutter zu verdanken. Sie hat mich angefleht, dir nichts zu tun. Unsere Organisation steckte noch in den Kinderschuhen. Da waren wir alle etwas sentimentaler, deshalb konnte ich die Teilnehmer umstimmen.«

»Ihr hättet ein fünfjähriges Kind getötet, wenn die Mitglieder dafür gestimmt hätten?«, fragte Miriam geschockt.

Eine Antwort darauf brauchte es nicht, schließlich hatten sie keine Skrupel gehabt, Franziska umzubringen.

»Ihr habt mich also am Leben gelassen und mir eingeredet, dass ich psychisch krank bin, damit ich ein beschissenes Leben führe«, wetterte sie zornig. »Ich lebe seit dreißig Jahren wie in einem Gefängnis.«

»Besser als gar nicht zu leben, oder? Im Spreewald sah es ja auch danach aus, dass es dir gut gehen würde. Wir haben dafür gesorgt, dass du alles vergisst, damit wir uns keine Sorgen machen mussten, du würdest etwas ausplaudern. Dr. Lobre hatte die Idee, dein Gedächtnis zu löschen. Heute ist die Forschung dahingehend ausgereifter. Damals half es zwar, aber die Erinnerungen haben weiter in dir geschlummert. Und du musstest ja unbedingt eine Antwort auf deine Träume finden.«

Miriam hatte das Gefühl, dass ihr Vater psychisch krank war. »Was redest du für ein wirres Zeug? Man kann kein Gedächtnis löschen.«

»Doch, das funktioniert mit Medikamenten und Verhaltenstherapie. Durch bestimmte Wirkstoffe werden molekulare Vorgänge im Speicherprozess unterbrochen. Die Erinnerungen können nicht mehr ständig vor dem inneren Auge ablaufen. Neben dem Medikament haben wir einen anderen Reiz gesetzt, indem wir dir eingeredet haben, dass mit Franziska alles in Ordnung ist. Wir haben bekräftigt, dass du dir das, was du gesehen hast, nur eingebildet hast, weil du erschrocken warst.«

Miriam war so entsetzt, dass sie keine Worte fand. Sie fühlte sich benutzt und manipuliert.

»Wir haben es wohl nicht geschafft, dein Gedächtnis zu löschen, nur jahrelang umzuformen. Schade für dich. Ich hätte mir gewünscht, dass wir das hier niemals tun müssten.« Die Kälte in seiner Stimme und das fiese Grinsen zeigten, wie unaufrichtig seine Worte waren.

»Welches Medikament habt ihr Franziska gespritzt, dass sie gestorben ist? Was war das für eine Studie?« Miriam brauchte eine Antwort darauf, um damit abschließen zu können, auch wenn sie wusste, dass sie aus dieser Nummer nicht mehr lebend herauskam.

»Franziska hatte ADHS. Sie war als Kind oft zu laut und zu stürmisch. Dadurch hatte sie viele Probleme, zum Beispiel verletzte sie sich immer wieder. Ihre Mutter wandte sich an uns, weil sie testen lassen wollte, ob ihre Tochter geistig normal entwickelt war. Darin sahen wir unsere Chance, denn damals forschten wir gerade an einem Medikament, das die Reizfilterung positiv beeinflussen sollte. Das wollten wir an Franziska testen.«

Miriams Atem stockte. Ihr Geist brauchte einen Augenblick, um zu verarbeiten, was ihr Vater erzählt hatte. »Das ist doch keine Krankheit, die man einfach so wegheilen kann.«

»Sei dir da mal nicht so sicher. Wir haben schon einige gute Ergebnisse erzielt, die uns zeigen, dass es möglich ist, Patienten mit ADHS, ohne die Nebenwirkungen der herkömmlichen Wirkstoffe zu behandeln.«

»Ihr habt Franziska also das Medikament gegeben, was offenbar für sie tödlich endete?«

»Leider war das NeuroSynaptin noch nicht optimal entwickelt. Franziska bekam dadurch mehrere kleine Hirnblutungen, die wir mit Drainagen gut im Griff hatten. Wir entschieden, ihr eine weitere Dosis zu verabreichen.

Leider verkraftete sie das nicht, durch die letzte Gabe blutete ihr Hirn massiv, das haben wir später im MRT gesehen. Wir konnten sie nicht mehr retten. Ich gebe zu, das Mädchen musste einiges einstecken, aber es war eines unserer besten Forschungsobjekte.«

»Du bist wirklich nicht dicht, Papa. Sie war ein kleines Kind, kein Objekt!«, schrie Miriam. Am liebsten wäre sie aufgesprungen und hätte ihrem Vater das Gesicht zerkratzt. Doch Sebastian wachte mit der Spritze neben ihr und sie wusste, dass er große Freude haben würde, die Injektion anzuwenden. Die war wahrscheinlich eh unvermeidlich. »Sie war nur ein kleines Mädchen«, sagte Miriam unter Tränen, weil sie so fassungslos war.

»Für uns war sie ein Forschungsobjekt. Wir konnten uns nie Skrupel oder Mitleid leisten. Klar, es ist nicht schön, wenn wir ein Kind verlieren, schließlich ist das jedes Mal ein Scheitern.«

Miriam war innerlich zerbrochen, als sie den eiskalten Worten ihres Vaters gelauscht hatte. »Ihr habt noch mehr Kinder auf dem Gewissen?«

»Wir haben erst fünfzehn Jahre später erneut einen Versuch mit NeuroSynaptin gewagt. Dieses zweite Kind ist leider auch verstorben.«

Miriam funkelte ihren Vater an. »Und der Junge heute.«

»Ich sehe, du bist durch Elli bestens informiert.«

Miriam ergriff ein Gefühl der Taubheit.

Das, was ihr Vater berichtete, wirkte so surreal, dass es nicht wahr sein konnte.

Aber Miriam hatte genug Hinweise gesammelt, um zu wissen, dass es wahrscheinlich alles so passiert war. »Du bist ein kalter Sadist. Wie kann man nur so tun, als wäre die Ermordung von Kindern das Normalste auf der Welt? So laufen Forschungen nicht ab.«

»Das weiß ich. Der offizielle Weg war uns wegen unseres damaligen Bosses allerdings verwehrt. Er hatte jegliches Ansehen als Wissenschaftler verloren, aber seine Ideen waren zu genial, um sie nicht weiterzuverfolgen. Also mussten wir im Verborgenen forschen. Der Erfolg ist so nah, schon in wenigen Jahren können wir das Medikament der Öffentlichkeit vorstellen. Wir werden unsere großartige Arbeit nicht von einer Göre wie dir zerstören lassen.«

»Du widerst mich an!«, schrie Miriam ihm entgegen.

»Wie redest du mit deinem Vater?« Sebastian schubste sie leicht gegen die Schulter.

»Er ist ein Monster, mit dem ich nichts zu tun haben will«, brüllte Miriam. »Seine Gene in mir zu tragen, ist die größte Strafe für mich.«

In den Augen ihres Vaters blitzte für eine Sekunde ein schmerzvoller Ausdruck auf, doch schnell wurde er von einer Kälte im Blick verdrängt.

»Ich habe keinen Respekt vor einem Mann, der Menschen tötet.« Sie schaute zu ihrer Mutter. »Und du brauchst nicht zu denken, dass ich für dich noch etwas übrighabe. Du bist feige, hast zugesehen, wie deine Tochter systematisch krank gemacht wurde. Florians Mutter hat wenigstens den Mumm aufgebracht, sich gegen ihren Verlierer von Mann aufzulehnen«, spie sie ihr entgegen. Sie empfand nichts als Hass und Ekel für ihre Eltern.

Ihre Mutter schluchzte.

Sebastian klatschte Miriam eine. »Halt den Mund.«

Ihre Wange brannte von dem Schlag, doch ihre unbändige Wut verlieh ihr Kraft. Von Zorn getrieben sprang sie auf und rempelte gegen Sebastian.

Der taumelte rückwärts, die Spritze glitt aus seiner Hand und fiel auf den Boden.

Ohne zu zögern, warf sich Miriam auf ihn, um ihn daran zu hindern, die Spritze wiederzuerlangen. Sie rangen auf dem harten Boden, ihre Bewegungen waren chaotisch, weil sie deutlich weniger Kraft als ihr Bruder hatte.

Plötzlich zog Sebastian etwas aus seiner Hosentasche.

Die Pistole.

Miriam schnappte nach Luft, ihr Herz raste. Mit aller Kraft versuchte sie, die Waffe aus seiner Hand zu reißen. Ihre Fingernägel gruben sich in seine Haut.

Ein Schuss löste sich.

Der Knall peitschte durch den hohlen Raum und hallte in ihren Ohren.

Die Zeit schien für einen Moment stillzustehen.

Miriam blickte an sich hinunter und sah jede Menge Blut.

31

Miriam starrte auf das Blut, das sich schnell ausbreitete und ihre Kleidung durchnässte. Ihr Atem stockte und Taubheit breitete sich in ihrem Körper aus, wahrscheinlich spürte sie deshalb keinen Schmerz. Sie konnte sich nicht mehr bewegen und blickte auf ihren Halbbruder.

Sebastian hatte die Augen weit aufgerissen. Trotz des Schreckes lag immer noch Boshaftigkeit darin. Sein Griff um die Pistole lockerte sich.

Miriam realisierte, dass das Blut nicht ihres war.

Unter ihr keuchte ihr Bruder. Das warme, klebrige Leben, quoll aus einer klaffenden Wunde, wo die Kugel ihn getroffen hatte.

Ihre Mutter brüllte auf. Ein markerschütternder, verzweifelter Schrei, der durch das ganze Gebäude hallte.

Ihr Vater kam auf Miriam zu und zog sie von Sebastian weg. Sein Gesicht wurde bleich, als er auf die Schusswunde schaute. »Was hast du getan?«, krächzte er. Seine Hände zitterten, Tränen standen in seinen Augen.

Miriam starrte auf die Pistole, die blutbeschmiert auf Sebastian lag.

Ihr Vater griff nach der Waffe.

Plötzlich dröhnten laute Geräusche von draußen herein. Die Tür sprang mit einem Krachen auf. Schwer bewaffnete, schwarz vermummte Menschen stürmten den Raum.

Erst dachte Miriam, die Mitglieder der Organisation hetzten auf sie zu, doch dann erkannte sie, dass es Einsatzkräfte der Polizei waren.

»SEK! Waffe runter«, schrie ein Mann und richtete eine Maschinenpistole auf Miriams Vater.

Der gehorchte und legte die Waffe auf den Boden.

»Gehen Sie mit erhobenen Händen an die Wand«, befahl der Polizist ihrem Vater, der gehorchte.

Ein SEK-Beamter forderte ihn auf, sich breitbeinig hinzustellen, und tastete ihn ab, während ein Kollege mit der Pistole neben ihm stand. Es brauchte nur einen Druck auf den Abzug, dann würde die Kugel den Kopf ihres Vaters zerbersten lassen.

Er hätte es nicht anders verdient, dachte Miriam voller Wut. Sie saß mit erhobenen Händen am Boden und weinte.

Sebastian lag neben ihr. Sein Brustkorb bewegte sich nicht mehr.

»Er braucht einen Krankenwagen«, flüsterte Miriam, obwohl sie sah, dass kein Leben mehr in ihm war. Sie hatte ihn getötet. Auch wenn sie ihn gehasst hatte, hatte sie das nicht gewollt. Sie war keine Mörderin.

Eine Polizistin zog Miriam von Sebastian weg und führte sie abseits. »Bleiben Sie ruhig sitzen und führen Sie

Ihre Hände auf den Rücken. Ich lege Ihnen Handschellen an.«

Nachdem alle gefesselt waren, strömten Sanitäter herein. Sie kümmerten sich um Sebastian.

Kurz darauf schüttelte einer von ihnen den Kopf und sie beendeten ihre Arbeit.

Miriam kniff sich in den Finger, um zu spüren, ob sie nur träumte oder ihre Familie wirklich so skrupellos war. Würde sie gleich mit rasendem Herzen und schweißgebadet in ihrem Bett im Spreewald aufwachen? Würde sie dann zur Agentur fahren und sich bei Josephin ausheulen, weil sie einen neuen Albtraum gehabt hatte, nur dieses Mal viel schlimmer? Sie spürte den Schmerz in ihrem Finger, als sie hineinkniff. Es war kein Traum. Miriams Körper zitterte. Sie schaute zu ihrem Vater, der in Handschellen aus dem Raum gebracht wurde.

Als er an ihr vorbeiging, warf er ihr einen eiskalten Blick zu, der sie auf Anhieb vernichtet hätte, wenn das möglich gewesen wäre.

Eine Frau, die nicht vermummt, sondern in einen langen Trenchcoat gekleidet war, hockte sich vor sie. »Ich bin Hauptkommissarin Schreiner von der Kripo Koblenz. Sagen Sie mir bitte Ihren Namen.«

»Miriam Goebel. Ich habe meinen Halbbruder getötet. Aber ich wollte das nicht. Er hat mich angegriffen, wir haben gekämpft und ein Schuss hat sich gelöst. Mein Vater und er sind Mitglieder einer Organisation. Es gibt noch mehr, sie sind verantwortlich für viele Tode. Auch von Florian, Carina und …« Miriam schluckte den Kloß in ihrem

Hals hinunter. »Elli ist auch tot. Sie wollte alles aufdecken, aber …«

»Stopp, Frau Goebel.« Die Kommissarin legte eine Hand auf ihren Arm. »Ganz langsam. Ich stelle Ihnen Fragen und Sie antworten, damit ich alles verstehe.«

»Entschuldigen Sie bitte. Ich bin völlig fertig.«

»Sprechen Sie von Elli Seber?«

Miriam nickte. »Wir hätten uns nicht trennen dürfen.«

»Machen Sie sich keine Sorgen, sie ist in Sicherheit. Elli Seber hat uns angerufen, wir sind ihretwegen hier.«

Miriam entwich ein Keuchen. Es war, als würde sich ein Stein lösen, der in ihrer Brust festgesteckt und ihr den Atem geraubt hatte. Sie war erleichtert, dass ihr Vater auch in Bezug auf Ellis Tod gelogen hatte. »Gott sei Dank.«

»Erzählen Sie mir bitte, wie es zu dieser Situation hier in dem Raum gekommen ist.«

Miriam schluckte, schloss kurz die Augen, weil sie immer noch hoffte, dass sie aus einem Traum erwachen würde. Doch als sie aufsah, hockte die Kommissarin weiter vor ihr. Miriam begann zu sprechen und ließ bis zu dem aktuellen Tag nichts aus. Als sie von Florians und Carinas Tod berichtete, strömten Tränen aus ihr heraus.

»Wir nehmen das später noch zu Protokoll«, sagte die Kommissarin ruhig. »Erst einmal kümmern wir uns um Sie. Sie haben mehrere Verletzungen im Gesicht. Ein Notarzt wird Sie jetzt anschauen.«

Miriam bekam Panik bei dem Gedanken, dass sie die Aussage nicht sofort weiterführen durfte. »Es gibt noch viel mehr Mitglieder in der Organisation. Wenn nicht alle ins

Gefängnis kommen, werden Elli und ich ewig in Gefahr sein. Ich weiß nur einige Namen. Mein Vater Dr. Goebel, Dr. Lobre und Dr. Seber.«

»Wir kennen die Namen durch Ihre Freundin, sie hat uns Beweise geliefert. Sie sind in Sicherheit, wir haben die Mitglieder gefasst.«

Erleichtert atmete Miriam aus.

Ein Sanitäter legte eine Decke über Sebastian.

Miriam verspürte wieder einen Kloß in ihrem Hals, weil sie verantwortlich für den Tod ihres Bruders war. »Bin ich auch festgenommen?«

»Nein. So wie es aussieht, war es Notwehr. Natürlich werden wir dahingehend ermitteln und es wird zu einem Verfahren kommen.« Die Kommissarin ging zur Tür. »Lassen Sie sich vom Notarzt anschauen.«

Die Sanitäter kamen auf Miriam zu.

Aber sie hatte nur Augen für ihre Mutter, die abgeführt wurde.

»Es tut mir leid, Miri, ich hatte nicht den Mut, gegen Sebastian und Armin anzukommen. Ich wollte nie, dass dir etwas passiert. Deshalb war ich froh, dass es dir im Spreewald so gut ging.«

Miriam empfand auch für ihre Mutter nur Wut. »Mir ging es nie gut, Mama. Mein ganzes Leben habe ich gespürt, dass etwas nicht stimmte. Ihr seid an dem Leid so vieler Menschen schuld. Ich werde dir nicht verzeihen. Niemals. Keinem von euch. Von mir aus könnt ihr im Knast verrotten.«

Ihre schluchzende Mutter wurde aus dem Raum gebracht.

Miriam empfand nichts dabei, sie würde ihre Mutter nie wiedersehen.

Der Notarzt tastete ihren Kopf ab. »Haben Sie irgendwo Schmerzen?«

»Mein Schädel dröhnt enorm und meine Flanken tun weh, da wurde mir reingetreten. Aber dieser Schmerz ist nichts im Vergleich zu dem, der in meiner Seele brennt.«

Der Notarzt warf ihr einen mitleidigen Blick zu. »Sie müssen nicht hier auf dem kalten Boden sitzen. Können Sie aufstehen? Wenn ja, bringen die Sanitäter Sie nach draußen zum Rettungswagen.«

»Ja, das geht.« Miriam humpelte von den Sanitätern gestützt nach draußen.

Am dunklen Himmel blitzte das Blaulicht der Polizei- und Rettungswagen.

Miriam entwich ein tiefer Schluchzer, als sie Elli an einem der Krankenwagen sitzen sah. Sie eilte hin und fiel ihrer Freundin in die Arme.

»Ich habe gedacht, du bist tot.« Elli schluchzte.

»Dank dir bin ich es nicht. Du hast alles der Polizei gesagt«, erwiderte Miriam. »Wie hast du das hinbekommen?«

»Es war nicht einfach und allein hätte ich es nicht geschafft. Es gab noch eine dritte Krankenschwester in der Organisation, sie war mit Carina befreundet und noch nicht lang dabei. Sie hat mir geholfen und mich über jeden Schritt der Mitglieder informiert. So wusste ich, was sie vorhatten. Die meisten waren damit beschäftigt, mich zu suchen, nachdem Sebastian erfahren hatte, dass ich nicht bei dir war.«

»Wie konnte Sebastian wissen, dass wir uns in dem Schuppen versteckt haben?«

»Durch meinen Vater. Ich hätte es mir denken müssen, dass er in der abgelegenen Hütte suchen lässt. Das war dumm von mir, es tut mir leid.«

»Schon gut, ich bin am Leben. Wie bist du an die Beweise gekommen?«

»Als ich durch meine Kollegin gehört habe, dass sie dich hatten und mich gesucht haben, habe ich unter Druck gestanden. Die Unterlagen konnten nur in einem der Büros der Gründungsmitglieder sein. Dein Vater war der Boss, also bin ich in sein Büro eingebrochen. Meine Kollegin hat mich während der Zeit über jeden Schritt der Mitglieder unterrichtet, damit ich rechtzeitig hätte abhauen können, falls jemand auf dem Weg in dieses Büro war. Außer deinem Vater durfte dort eigentlich niemand rein, deshalb habe ich gebetet, dass sie sich alle daran halten. Ich habe nicht befürchtet, dass dein Vater selbst vorbeikommen würde, weil ich wusste, dass er auf dem Weg zu dir war.« Elli holte tief Luft. »Ich habe in seinem Büro Unterlagen gefunden, die er geführt hat, um unsere Fehler bei den Forschungen aufzulisten, damit diese nicht wieder passieren. Sie waren mit Namen der Patienten und all den Dingen versehen, die die Ärzte getan haben. Er hatte einen Protokollordner mit Teilnehmerlisten für die Treffen. So hatte ich alle Namen. Ich habe sofort die Polizei gerufen mit der Aussage, dass in der Klinik ein Kind umgebracht wurde. Als die Polizei gekommen ist, habe ich sie zu der Leiche des Jungen geführt und ihnen die Unterlagen gereicht. Ich hatte so Angst, dass sie zu lange brauchen, um die zu sichten, und dich zu spät finden.« Elli drückte Miriam erneut.

»Ich habe mir unbewusst Zeit verschafft, indem ich meinen Vater über ihre Machenschaften ausgequetscht habe. Wahrscheinlich habe ich mir so das Leben gerettet.«

In diesem Moment wurde eine Trage aus dem Gebäude geschoben.

Elli starrte auf die zugedeckte Leiche, die darauf lag. »Wer ist das?«

»Sebastian. Ich habe ihn bei einem Kampf getötet.«

Elli nahm ihre Hand. »Du bist so eine tapfere Frau. Nur deiner Bissigkeit haben wir es zu verdanken, dass dieser Albtraum nun vorbei ist. Es wird nie wieder ein Kind unter diesen Monstern leiden.«

Miriam sah Elli an. »Komm mit mir in den Spreewald. Dort kannst du dich erholen. Wir können unsere Freundschaft wieder aufleben lassen und du wirst neue großartige Menschen treffen.«

»Ich muss mich leider erst mal der Polizei stellen«, sagte Elli. »Immerhin war ich auch ein Mitglied.«

»Sie werden verstehen, warum du es getan hast. Du bist kein schlechter Mensch.«

Der Notarzt unterbrach die Unterhaltung. »Wir bringen Sie nun ins Krankenhaus«, sagte er zu Miriam.

Elli trat zur Seite. »Wir sehen uns später.«

Miriam war so müde, dass ihr bereits schlecht war. Sie legte sich auf die Liege in einem der Krankenwagen und schloss die Augen.

Sofort erschien Franziska in ihren Gedanken. Ihre damalige Freundin war wunderschön. Das blonde lange Haar hatte sie ordentlich zu einem hohen Zopf gebunden. Sie trug ein rosa Kleidchen und drehte sich lachend im Kreis. Dann blieb sie stehen und grinste Miriam an. Ihre Wangen leuchteten rot und sie sah aus, als wäre sie nie krank gewesen.

Eine Träne kitzelte Miriams Wimpern, bevor sie sich aus ihrem Auge löste.

32

4 Wochen später

Miriam lief eingehakt bei Elli über den Friedhof. In der Hand hielt sie drei Rosen.

Seit wenigen Tagen waren Carina und Florian nun beerdigt. Eine Woche nach der Verhaftung der Ärzte hatte man die Leichen der beiden gefunden, nachdem jemand aus der Organisation eingeknickt war und der Kriminalpolizei von dem Versteck erzählt hatte. Sie waren auf einem alten Gelände versteckt gewesen, das einem der Mitglieder gehörte. Auch das Skelett von Ellis Mutter und noch ein zweites hatte man dort entdeckt.

Für Elli war es gut, dass sie ihre Familie beerdigen konnte, denn dadurch konnte sie besser mit dem Tod und der grausamen Geschichte abschließen. So schlimm es war, sie hatte nun einen Ort, an dem sie trauern konnte. Gemeinsam mit Miriam kam sie jeden Tag auf den Friedhof.

Florian und Ellis Mutter lagen in einem Familiengrab und Carinas Grab war direkt daneben.

Miriam legte jedem eine Rose auf den frischen Erdhaufen.

Florians und Carinas Tochter kam auf sie zugelaufen. »Ich habe für Mama, Papa und Oma dort hinten auf der Wiese Blumen gepflückt.«

»Das ist super, mein Schatz«, sagte Elli. Sie hatte ihre Nichte bei sich aufgenommen, weil Florian und Carina sie als rechtmäßigen Vormund eingetragen hatten.

Die Kleine legte die Blumen ab und rannte zurück auf die Wiese.

Miriam lächelte. »Ich kann es immer noch nicht fassen, dass die beiden ihre Tochter nach mir benannt haben. Das ist echt skurril.«

Elli lachte. »Flo hat sich da nicht beirren lassen, er wollte es unbedingt. Carina hat zugestimmt, weil sie dich auch sehr geliebt hat. Ihre Herzen waren gebrochen, als du gegangen bist. Aber nachdem wir von der Organisation erfahren haben, haben sie es verstanden. Keiner hat es dir mehr übelgenommen. Florian hat dich sehr geliebt. Wärst du nicht fortgegangen, hättet ihr beide ganz sicher geheiratet und ein Kind zusammen bekommen.«

Miriam sah auf sein Grab. »Es tut mir so leid, dass ich ihm das angetan habe. Ich habe auch nie aufgehört, ihn zu lieben.«

Elli umarmte sie. »Bleib doch in Koblenz, jetzt da alles vorbei ist.«

Miriam schauderte es bei dem Gedanken. »Das geht nicht. Erstens würde ich hier nie heilen können. Und zweitens habe ich mir viel im Spreewald aufgebaut. Meine Agentur macht mir große Freude. Josephin hat mit unserem Team fünf Wochen alles gemeistert. Ich muss zurück, um ihr zu helfen. Aber ich komme ja bald regelmäßig nach Koblenz, wenn der Prozess gegen mich losgeht. Willst du in den Spreewald ziehen, um Abstand zu der Tragödie zu gewinnen?«

Elli seufzte. »Ich kann nicht mitkommen. Miri braucht hier ihre Freunde. Ich möchte ihr nicht zumuten, dass sie nach allem, was passiert ist, auch noch von vorn anfangen muss.«

»Das verstehe ich. Ihr kommt mich regelmäßig besuchen, ja?«

»Natürlich. Ich bin schon ganz gespannt auf dein Leben dort.«

Miriam konnte die Tränen nicht mehr unterdrücken. Sie würde ihre Freundin vermissen, vor allem da sie nun wusste, dass niemand ihren Fortgang übelgenommen hatte. Sie schloss Elli fest in den Arm. »Du bist so stark und wirst es schaffen, gemeinsam mit Miriam die Verbrechen zu verarbeiten. Du bist so stark. Ich werde immer für dich erreichbar sein.«

»Hör auf, sonst flenne ich den ganzen Tag.«

Miriam lachte und ließ sie los. Sie wischte sich die Tränen aus den Augen. »Mein Zug kommt bald.« Sie zeigte auf die Gräber. »Sie wachen über dich. Wir sehen uns bald.« Sie gab ihr einen Kuss auf die Wange, verabschiedete sich von der kleinen Miriam, anschließend auch von Flo und Carina. Dann verließ sie den Friedhof.

Zwei Stunden später saß sie im Zug zurück in den Spree-wald. Sie freute sich auf Josephin und ihr Team.

Ihr Handy piepste.

Josephin hatte ihr geschrieben. *Ich hoffe, du hast den Zug nicht verpasst!*

Miriam wählte ihre Nummer.

»Sag mir nicht, dass du doch in Koblenz bleibst.«

Miriam schmunzelte, weil Josephin seit Tagen davon sprach, sie endlich wieder zu Hause haben zu wollen. »Ich sitze im Zug. In ein paar Stunden bin ich da.«

Ihre beste Freundin atmete geräuschvoll aus. »Gott sei Dank. Nicht weil wir hier ohne dich nicht zurechtkämen, sondern weil ich dich unbedingt in die Arme nehmen muss. Ich habe so mitgelitten, obwohl ich nur die Hälfte von dem wusste, was alles passiert war. Es bereitet mir ein schlechtes Gewissen, dass ich dich dazu gezwungen habe, in die Heimat zu fahren.«

»Ach was, das war richtig. Dass meine Familie aus Verbrechern besteht, hättest du ja nicht ahnen können.«

»Wie geht es dir?«, fragte Josephin.

Miriam fühlte in sich hinein. Dann lächelte sie. »Besser als vor ein paar Wochen. Trotz der dramatischen Ereignisse. Ich bin todtraurig, dass Carina und Flo tot sind. Ich bin erschüttert, was Franziska und den anderen Kindern passiert ist. Ich bin schockiert, dass mein Vater der Boss dieser Organisation war und dass die dreißig Jahre damit durchgekommen sind. Aber zum ersten Mal in meinen Leben fühle ich mich frei.«

»Du hast Schreckliches durchgemacht. Es wird dauern, bis du verarbeitet hast, was deine Familie dir jahrelang angetan hat. Es klingt wie ein Thriller auf einem Streamingdienst. Wenn du zurück bist, werde ich nicht von deiner Seite weichen.«

»Danke, Josephin, dass du die ganze Zeit da warst. Hätte ich nicht ab und zu mit dir reden können, wäre ich in Koblenz wahrscheinlich irgendwann durchgedreht.« Miriam beobachtete, wie die Häuser ihrer Heimatstadt vorbeizogen, und ihre Lider wurden schwer. »Ich werde jetzt etwas schlafen, das habe ich die letzten Tage nämlich eindeutig zu wenig getan.«

Sie verabschiedeten sich.

Dass sie sich freier fühlte, lag wahrscheinlich daran, dass sie nicht mehr von Franziska geträumt hatte, seit sie die Wahrheit kannte. Sie war frei von den traurigen Gedanken.

Franziska würde sie als quirliges und fröhliches Mädchen in ihrem Herzen tragen. Miriam würde das Leben, das ihre Kindheitsfreundin nie bekommen hatte, für sie mit leben. Sie wird jede Minute ihres Daseins schätzen und sich nie wieder in Dunkelheit vergraben.

Letzte Worte

Was für eine Erfahrung. Das war mein erster Psychothriller, den ich geschrieben habe, und ich bin so gespannt, wie er ankommt.

Das erste Mal habe ich mich daran gewagt, ohne Ermittler zu schreiben. Habe mich am klassischen Psychothriller langgehangelt, bei dem es vordergründig darum geht, eine Wahrheit aufzudecken, LeserInnen Anteil am Gefühlsleben der Hauptfigur teilhaben zu lassen.

Vielleicht bist du jemand, der es mag, mitzurätseln, was diese Mal bei mir nicht unbedingt im Vordergrund steht, denn ziemlich schnell wird klar, um welches Thema es sich in dem Buch handelt.

Ich bin sehr gespannt, ob mir dieses Experiment gelungen ist. Sage mir gern deine Meinung in Form einer Rezension oder auf anderem Wege.

Egal, wie deine Meinung ist, möchte ich dir aber in jedem Fall danken, dass du mich mit einem Kauf unterstützt hast. Es ist immer wieder eine aufregende Zeit, da man als AutorIn nie weiß, ob man den Nerv der LeserInnen trifft. Ich habe bereits alles erlebt, Wut, Hass, Liebe. Letzteres Gott sei Dank immer in der Überzahl.

Ich bin dankbar, dass ich diesen Traum leben durfte. Im Februar 2025 veröffentliche ich mein 20. Buch. Kaum zu glauben, dass ich so lange durchgehalten habe. Denn normalerweise wechsel ich alle 6 bis 8 Jahre meine Jobs ;-)

Möchtest du mehr von mir, außerhalb der Bücher, möchtest du KomplizIn sein, dann melde dich doch gern bei meinem Komplizen-Letter an:

https://andreareinhardt.de/newsletter

Dort erwarten dich Kurzgeschichten mit dir als Hauptfigur, tolle Aktionen, Gewinne uvm. Ich freue mich, dich dort zu sehen.

Mein ganz großer Dank geht an all diejenigen, die auch dieses Mal wieder wahnsinnig viel Unterstützung geboten haben.

Luise Deckert – Lektorat, Chris Gilcher – Buchdesign, Diana Alchanow – Korrektorat, Susanne Stelter-Walter – Homepage-Branding-Design, Steffy – Polizistin und persönliche Beraterin

Ebenso meinen Vorablesern: Steffi Haustein, Carmen Heiser, Viviane Grosbusch, Beate Werum, Daniela Bertram, Bernd Kroll, Alex Behr, Franziska Geraldy, Jörg Häusler, Sandra Bühnemann

Ohne mein hervorragendes Team wären meine Bücher nur halb so viel wert. DANKE!

Weitere Bücher der Autorin

Kommissar Marcel Schweißer
1. Verdorbene Brut
2. Gefährliche Angst
3. Eiskalter Tanz
4. Quälende Vergeltung
5. Schreiender Schmerz

Kommissar Mathias Kron
1. Fünf, vier ... gleich sterben wir
2. Neun, zehn ... ich will dich sterben seh'n
3. Sieben, acht ... blutig ist die Winternacht

Sonderermittlerin Natalie Bennett-Trilogie
1. Teufelseltern
2. Missetaten
3. Wutschrei

Stand Alone
Gläserne Hölle
Schweigende Seele
Rachefrist
Tiefschwarzer Atem
Die Zeit des Todes
So laut das Schweigen

Leseprobe: Schreiender Schmerz

1

Erinnerungen sind wie rostige Nägel. Sie bohren sich jedes verdammte Mal in mein Fleisch, wenn ich an den Tag zurückdenke, der mein Leben zerstört hat. Das Wissen um die Wahrheit quält meine Seele, ich möchte sie herausschreien, möchte, dass sie dafür büßen.

Sie leben weiter, Tag für Tag. So als wäre es ganz selbstverständlich. Sie sind gewachsen, haben gelebt, haben geliebt. Aber sie haben es nicht verdient.

Viel Zeit ist verstrichen, in der ich versucht habe, den Schmerz und die Grausamkeit zu ignorieren. Doch das hat meinen Hass immer weiter genährt und ihn zu einem unersättlichen Monster geformt. Nun ist das Biest erwacht. Der Schmerz schreit aus mir.

Sie sollen sehen, wie zerstörerisch der Kummer ist, wenn das Herz in tausend Einzelstücke zerbricht. Ich werde ihre Leben zerschmettern. Mein Zorn giert nach Rache.

Wie eine dunkle Wolke schwebt die Wahrheit über ihnen, bereit sich zu entladen.

Ein Spiel wird beginnen, das seinen Anfang vor langer Zeit genommen hat und das in einem grausamen

Schicksal enden wird.

Vier Namen, vier unscheinbare Menschen, die nichts voneinander wissen. Doch die Vergangenheit hat sie miteinander verflochten.

Ich hole die alten Videos heraus und schaue sie wieder an.

So viele Schuldige, so viel Leid, so viele Tränen. Es ist Zeit, dass die Schuld sie einholen wird. Niemand von ihnen kommt davon.

Die Videos sind der Schlüssel zu ihrem bevorstehenden Schicksal. Mit jedem Abspielen wird sich ein heftiger Sturm über sie ausbreiten, der ihre sorgsam aufgebauten Leben zerstören wird. Ihre Augen werden sich weiten, ihre Herzen werden rasen, ihre Seelen werden nach Hilfe schreien. Der Albtraum hat begonnen. Es gibt kein Zurück mehr.

2

Es klingelte.

Verwirrt schaute Samuel in den Flur, als könnte er durch Telepathie sehen, wer vor der Tür stand. Er machte keine Anstalten aufzustehen, denn er erwartete niemanden.

Seine Freunde wussten, dass sie sich vorher anzumelden hatten, weil er oft in seinem Atelier war und nicht gestört werden wollte.

Da es kein zweites Mal geklingelt hatte, vertiefte er sich wieder in sein Buch, doch seine Konzentration war hinüber. Fragen geisterten in seinem Kopf herum, so laut und deutlich, dass nur Ruhe einkehren würde, wenn er nachsah, ob jemand vor der Tür stand.

Laut stöhnend, weil er sich über sich selbst aufregte, erhob er sich träge vom Sofa und schlappte zur Tür. Durch die Milchglasscheibe konnte er erkennen, dass sich niemand auf der anderen Seite befand, trotzdem öffnete er, um nachzuschauen.

Es war keine Menschenseele da.

Sein Blick glitt nach unten.

Ein kleines Paket lag auf dem Fußabtreter, eingepackt in schwarzes Papier, eine rote Schleife obendrauf.

Mit gerunzelter Stirn hob er es auf und schüttelte es.

Es fühlte sich leicht an, so als wäre gar nichts drin,

doch es machte dumpfe Geräusche beim Rütteln.

Samuel spürte, dass etwas hin und her rutschte. Erneut schaute er sich um und ging anschließend ins Haus.

Wer schickte ihm denn ein Geschenk? Sein Geburtstag war noch weit entfernt.

Er stellte den leichten Karton auf den Tisch und trank einen Schluck Wein. Dann betrachtete er das Päckchen. Fast rechnete er damit, dass etwas herausspringen würde. Er verdrehte die Augen. »Meine Güte, schau rein.« Es würde ihm sowieso keine Ruhe lassen. Samuel lachte über sich selbst, weil er sich so merkwürdig verhielt. Er ignorierte seinen schnellen Herzschlag, riss die Schleife auf und öffnete den Deckel.

Die Innenseiten waren ebenso schwarz wie außen. In dem Päckchen befanden sich ein Zettel und ein Puzzleteil, das unüblich groß war. Darauf befand sich eine Art Illustration, so als hätte jemand es für einen Comic oder ein Bilderbuch angefertigt. Sie bildete einen blonden Jungen ab, dessen Augen aufgerissen waren. Panisch schauten diese nach oben. Vor ihm standen acht Beine.

Irritiert schüttelte Samuel den Kopf, er konnte sich dieses merkwürdige Geschenk nicht erklären.

Was sollte ihm das Bild sagen?

Er nahm sich den Zettel und las.

Willkommen im Spiel der Wahrheit, wo die Vergangenheit erwachen wird. Wenn ihr die Puzzlestücke zusammensetzt, wird ein Hinweis entfesselt. Deine Angst wird mein Antrieb sein. Die Realität wird dir Schmerzen bereiten. Das Spiel hat seinen Anfang genommen, es gibt keinen Ausweg.

Die Masken fallen, die Schatten steigen empor – möge der Albtraum beginnen.

Auf der anderen Seite stand eine Art Anleitung, die Samuel Angst einjagte.

Finde heraus, was die Darstellung bedeutet. Wenn ich dich hole, verlange ich eine Antwort. Gibst du mir die richtige, hast du vielleicht eine Chance zu gewinnen. Wann wirst du an der Reihe sein? Du hast nicht viel Zeit, also gib Acht auf alle Hinweise, die ich dir schicke. Das Spiel startet jetzt!

Samuel las die Zeilen immer wieder.

Er las noch einmal die Botschaft und blieb bei dem Wort ihr hängen. Wenn ihr die Puzzlestücke zusammensetzt.

Von wem redete die Person? Sprach sie über seine Freunde oder Eltern?

War das eine Drohung, die er ernst nehmen musste, oder ein ekelhafter Scherz? Wer würde sich so einen bei ihm erlauben? Seine Freunde waren nicht gerade für komische Streiche zu haben. Wer aber sollte ihm so eine Drohung schicken? Er hatte bei seinem nicht vorhandenen Erfolg ganz bestimmt keine Feinde oder Neider.

Samuel wollte dieses ominöse Päckchen nicht einfach als makabren Scherz deklarieren.

Obwohl er das sonst nie machte, schloss er im gesamten Haus die Fenster und ließ die Rollläden hinunter. Außerdem riegelte er die Tür ab, die er immer offen ließ. Er überlegte, ob er seinen Freund anrufen und ihm davon erzählen sollte, verwarf den Gedanken aber schnell, weil er dem Ganzen keine allzu große Bedeutung beimessen wollte. Samuel setzte sich wieder auf das Sofa, schenkte sich Wein nach und betrachtete das übergroße Puzzleteil.

Ein kleiner Junge, der auf einem Waldboden saß und offenbar Angst vor den Personen hatte, die vor ihm standen. Warum war ihm dieses Teil geschickt worden?

Während er den Wein trank, suchte er krampfhaft nach einer Antwort. Vergebens.

Nachdem die Flasche Wein leer war, beschloss er, ins Bett zu gehen, weil in seinem Hirn nur Nebel herrschte. Über das Puzzleteil und die merkwürdige Botschaft würde er sich am nächsten Tag weiter den Kopf zerbrechen.

Er stellte das Weinglas in die Spüle, stolperte ins Bad, putzte sich die Zähne und wankte anschließend ins Schlafzimmer. Gerade als er seine Hose ausziehen wollte, klingelte das Telefon. Genervt verdrehte er die Augen.

Es konnte eigentlich nur sein Vater sein, kaum jemand anderes rief ihn auf dem Festnetz an. Außer vielleicht irgendwelche Betrüger, die ihm Cannabis-Aktien verkaufen wollten, oder Firmen, bei denen er angeblich an einem Gewinnspiel teilgenommen hatte. Aber die meldeten sich in der Regel nicht um diese Uhrzeit. »Oh, Papa. Ernsthaft? Das dritte Mal an einem Tag?« Er seufzte und überlegte, ob er das Klingeln ignorieren sollte.

Es verstummte.

Samuel kuschelte sich in sein Bett, da packte ihn das schlechte Gewissen.

Was, wenn sein Vater noch etwas Wichtiges loswerden wollte?

Samuel würde die ganze Zeit daran denken und keine Ruhe finden. Seufzend lief er in seiner Unterhose zurück ins Wohnzimmer, um ihn anzurufen. Die Winterkälte kroch an seinen nackten Beinen hoch und verursachte eine Gänsehaut. Er griff nach dem Hörer, da klingelte das Telefon erneut. Samuel lächelte und nahm ab. »Ich wollte mich gerade zurückmelden, ich war schon im Bett. Was hast du noch auf dem Herzen?«

Am anderen Ende der Leitung knackte es komisch.

»Hallo? Papa? Hörst du mich?«

Es folgte ein leises Rauschen.

»Ist da wer?«, fragte Samuel, dem die Situation zunehmend unangenehm wurde.

»Schlaf gut, Samuel«, sagte eine verzerrte Stimme. »Es wird die letzte Nacht sein, in der du deine Ruhe finden wirst.« Der Anrufer legte auf.